不埒な恋愛カウンセラー

Iori & Fuutarou

有允ひろみ

Hiromi Yuuin

エタニティ文庫

目次

不埒な恋愛カウンセラー

『このたび、慶和《けいわ》高校三年六組の同窓会を開く事になりました。
つきましては一人でも多くの方にご出席をお願いしたくご案内申し上げます。
【場所】渋谷駅南口から徒歩三分にある「居酒屋・わっしょい」
【時間】午後七時から十一時まで
記念すべき第一回の同窓会です。
ご多忙中とは存じますが、八年ぶりに顔を合わせる絶好の機会となります。
ぜひともご参加くださいますようお願い申し上げます』

「同窓会かぁ。高校卒業して、もう八年になるんだ……」

笹岡《ささおか》衣織《いおり》は、スマートフォンのメール画面を開いてからもう二十分以上も物思いに耽《ふけ》っている。気が付けば真っ暗になった画面に映る自分と、覇気《はき》のないにらめっこしていた。

先月二十六歳になった衣織は、高科商事《たかしなしょうじ》という、繊維や樹脂等の化学製品を取り扱う商社で役員秘書をしている。入社当初から秘書課に配属され、海外事業部の田代《たしろ》常務取締役に付いたここ一年は、それまで以上に日々忙しく仕事をこなしている。そう言うとちょっとしたキャリアウーマンを想像するが、実際の衣織は違う。

やや丸顔にくりっとしたリーフ型の目。ちんまりと形のいい鼻に、ふっくらとした唇。いまだ学生に間違われるほどの童顔と、ちょっと大きめのヒップが長年のコンプレックスだ。

性格も大人しいし、普段着る服も無難で暗い色合いのものばかりと、全体的に地味で冴《さ》えない。そのせいもあるのか、衣織はこれまで一度も男性とまともに付き合った経験がなかった。

卒業して八年、もう結婚して子供がいる同級生だっているというのに。

「それに引きかえ私は……どうしてかなぁ……。なぜか、まったく縁がないんだよねぇ……」

ふーっと深いため息をついて、衣織はもう一度スマートフォンのメール画面を表示させる。

大学二年生の時、何度かデートらしきものをした事はあった。バイト先で知り合った二つ上の大学生からある日いきなりSF映画に誘われ、その後二回ほど居酒屋で食事をした。他は、バイトのシフトが重なった時に駅まで一緒に帰ったくらいだ。

そんな曖昧《あいまい》な付き合いが続いた二ヶ月後、その人からいきなりバイトを辞める事を伝えられた。

『じゃ、もうお別れだね。今だから言うけど、衣織って、一緒にいてもなんかつまんなかったんだよね』

そんな捨て台詞《ゼリフ》以降、男性と縁がないまま今に至る。当然キスも――セックスだってした事がない。

「あーあ、二十六にもなってヴァージンだなんて……」

自虐的な思い出に浸《ひた》ったところで、再び深いため息をひとつ零《こぼ》す。

この頃、こんな風に一人落ち込んでため息をつく回数が増えているような気がする。

たまに会う友達は皆それぞれに綺麗になって人生を謳歌《おうか》しているというのに、自分ときたらどうだろう。外見も中身も高校の時からさほど変わっていないどころか、今日だって貴重な休日を読書とメールチェックだけで終えようとしている。

自分だって、人並みに彼氏を作って素敵な恋をしたい。だけどいったい、いつどこに行けば自分だけの王子様に出会えるというのだろう。

同窓会のお知らせメールには、「出欠」と名前のついたファイルが添付されていた。

それを開くとすでに出席を示す丸印がいくつかついており、そのうちの何人かは結婚して姓が変わっている。

「あっ」

衣織の視線が、ある名前でぴたりと止まる。

その途端、衣織の頭の中に当時の懐かしい思い出が一気に蘇《よみがえ》った。

「風太郎《ふうたろう》、同窓会に出るんだ」

佐々木《ささき》風太郎。

衣織がこれまで生きてきて、唯一想いを寄せた初恋の相手だ。

風太郎は、当時バスケットボール部のエースにして、クラス委員長。生徒会長も務めた事があり、容姿端麗の上に成績も優秀だった。一年生と三年生の時に同じクラスだった彼とは、卒業後は一度も会っていない。

「懐かしいなぁ。風太郎……高校の時の一番の思い出だよね。ほんと、楽しかったな……」

高校の三年間、ずっと彼を想い続けていたけれど、その気持ちは誰にも明かさなかったし、もちろん本人に伝えるなんて思い切った事も出来なかった。

人気者で頼りがいのある風太郎は、友達から相談を持ちかけられる事もしょっちゅうだった。そのほとんどがなぜか恋に関する悩みだったが、彼はそのひとつひとつに親身になって向き合い、その都度的確なアドバイスをしていた。

それが彼の進路に影響したのか、風太郎は大学で臨床心理学を学び、心理カウンセラーとなった。そして、今やテレビや雑誌でも見かけるイケメンカウンセラーとして大活躍しているのだ。

元同級生が超有名人に？

その事が知れ渡った当初は、みんな驚いたし、テレビ越しに見る風太郎の更なるイケメンぶりに目を見張ったものだ。

その風太郎が、同窓会に来る。参加すれば、八年ぶりに彼に会える。忙しい彼の事、てっきり欠席だと思っていたのに、まさか参加するとは——

彼が来ると知った途端、心がウキウキと弾んできた。それまで薄曇りだった心に、一筋の光が差し込んだようだ。

風太郎は、きっと一段とかっこよくなっているに違いない。

せっかくだから、服と、それに合わせた靴を新調しよう。

美容院にも予約を入れておかなければ。同窓会当日まで、あとひと月もない。

「自分を変えるいいきっかけになるかも……うん、がんばろう！」

具体的に何をどうすればいいかわからないけれど、とりあえず変わる努力をしよう。

漫然とスマートフォンを弄《いじ》っているだけでは、きっと何も始まらない。

衣織は、メールに出席の返事を返した後、口元にきゅっと決意の微笑みを浮かべた。

四月初めの日曜日、午後六時三十五分。

ここ渋谷駅南口は、いつも通りたくさんの人でごった返している。

同窓会の会場は、駅からすぐの距離にあるチェーン店の居酒屋だ。午後七時開始なので、行くには早いけれど、どこかに寄り道をするほどの時間はない。

（さすがに、ちょっと早く来すぎちゃったかなぁ）

駅の改札を出てすぐにある柱の横に佇《たたず》み、衣織は今日のために新調したワンピースの裾を見つめた。

（ほんとに似合ってるかな。やっぱりもっと落ち着いた色にした方がよかったのかも……）

衣織が普段選ぶ事のない桜色のワンピースは、顔見知りのスタッフにすすめられるまま試着もせずに買った。

同系色のハイヒールに、緩《ゆる》く巻いた肩までの髪の毛。思い切って買ったオレンジ系のルージュは予想外に艶《つや》があって、浮いてやしないかと今になって気になりだす。

同窓会に出ると決めた時から、自分なりにいろいろと努力してきた。メイクだって研究したし、日頃健康のために通っているスポーツクラブで、ダイエットコースを試したりもした。たった数週間で満足のいく結果は出なかったけれど、やれる事はやったつもりだ。

『変わりたい。素敵な恋がしたい』

そう願う自分の気持ちが、同窓会に出る事で更に勢いづけばいいと思っている。

とりあえずぶらぶらして時間をつぶそうと、少し歩いた先にあるレンガ造りのビルの前まで歩く。

東京に住み始めて八年になるのに、いまだ都会の喧騒《けんそう》には慣れないし人混みも得意ではなかった。

手に持ったスマートフォンを覗いてみるが、さっき見た時から五分も経っていない。

「うーん……」

辺りを見回すも、元同級生らしき人は誰一人見当たらない。仕方なくまた歩き出したその時、後ろから聞き覚えのある甲高い声に呼び止められる。

「衣織？　衣織でしょう？」

振り向いた衣織は、目の前でにこにこと笑っている女性を見つめた。長い睫毛《まつげ》に大きな目をしている女性の胸元には、ゴージャスな巻き髪がのっている。

「ええっと……」

（誰っ？　……私の名前を呼ぶって事は、絶対今日の同窓会メンバーだよね？）

「さっきまで友達と会ってたんだけど、ちょっと早く来すぎちゃった。でも、衣織がいてくれてよかった」

話している内容からしても、同窓会に来たメンバーに間違いない。とりあえず、目の前の女性と同じように笑おうと口元を緩《ゆる》めてみる。

（えーっと……うわー、どうしよう、思い出せない！　向こうはわかってくれているのに。ものすごーく気まずいんですけど……）

思い出そうとすればするほど、頬が引きつって笑顔がますます不自然になる。

「あれえ、もしかしてわかんないの？　私よ、加奈子《かなこ》！　高校の時、同じ英語研究会だった森山《もりやま》加奈子よ！」

名前を聞いた途端、衣織は、銀縁《ぎんぶち》の眼鏡をかけ、長い髪をいつもひとつに束ねていた少女を思い出した。

「えっ、加奈子？　うわっ、ごめん！　ぜんっぜんわかんなかった！　なんかすごく変わったね」

そう言えば、声だけは間違いなく加奈子のものだ。だけど、外見がまるで違う。当時丸かった身体はすっきりと引き締まっているし、綺麗にメイクした顔は本当に別人のようだった。

「でしょでしょ？　こうなるためにどんだけお金を掛けて努力したか……おかげで人生変わったわ〜。っていうか、衣織は高校の頃とぜーんぜん変わってないね！　一目見てすぐにわかったわ。さ、早く行って、近くの席に座ろうよ」

「う、うん」

ぐいと腕を引かれて、衣織は加奈子と一緒に会場のある雑居ビルに入った。

(加奈子ってこんな子だったっけ？　昔はもっと大人しくて、私と同じくらい地味な子だったのに……)

衣織は、ショーウインドウに映る自分の姿をちらりと見る。

(ぜーんぜん変わんない、か……これでも最大限努力したつもりなんだけどなぁ)

そっとため息をつき、また階段を上り始める。

目の前を行く加奈子が着ているのは、華やかな花柄のワンピース、そして高さのあるハイヒール。いかにも女性らしいコーディネートは、日頃いいなと思っても自分ではどうしても着こなせない類《たぐ》いの組み合わせだ。

そんな事を考えていたせいか、足元がおろそかになった衣織は、階段の途中であやうく転びかけた。

「うわっ！」

手すりにしがみついたので無事だったが、下を見ると靴の先に小さな傷が出来てしまっている。

(幸先《さいさき》、悪っ……！)

そう思った瞬間、おろしたてのハイヒールが、急に合わなくなったような気がした。

春らしいと思っていたワンピースの色も、薄暗い階段ではくすんだ肌色に見える。

「衣織、遅いよ！　早く早く！」

「……うん、今行く！」

（駄目駄目！　せっかくの同窓会なのに落ち込んでる場合じゃないでしょ！）

そう自分を鼓舞して、衣織は手招きする加奈子に笑いかけ、勢いよく階段を駆け上った。

「はーい、全員注目！　まだ来てない奴もいるけど、時間になったから始めまーす。みんなグラス持ったか？　では、三年六組の再会を祝して、カンパーイ！」

幹事である元放送部の戸田《とだ》が音頭を取り、同窓会が始まった。

会場となった部屋は長テーブルが縦に三つほど並べられた和室で、床には所狭しと縞《しま》模様の座布団が置かれている。衣織が座ったのは、部屋の一番奥にあるテーブルの隅っこだった。周りには比較的大人しめのメンバーが固まって座っている。

総勢三十二名の元同級生のうち、欠席は五人。かつて同じ教室で机を並べていた生徒達は、今やそれぞれの道を歩み、職業も家族構成もばらばらだった。外見も変化しており、驚くほど老け込んだ女子や、恰幅《かっぷく》がよくなった男子がいる。

「衣織ったら、どうかしたの？　何だかぼんやりしてるみたいだけど」

隣に座る成瀬朋美《なるせともみ》が、衣織の肩をトンとつついた。彼女は当時から一番仲のよかった親友だ。卒業後もたまに会って遊んでいたが、彼女が結婚して一児の母になってからはなかなか会えなくなっていた。今日は子供を預けてから直接会場に来るという事で、一緒には来られなかったのだ。

「ううん、なんでもないよ」

そう言って、衣織はにっこり笑った。実は、さっきから入り口が気になっている。同窓会が始まってからもう一時間が経つというのに、肝心の風太郎がまだ顔を見せていないのだ。

（風太郎、いったいどうしたんだろう）

ちょこちょこと口をつけるグラスは、いつの間にか空っぽになってしまった。

「今日はペース早いね。衣織、いつの間にお酒強くなったの？　やっぱ役員秘書ともなると、お付き合いが多くて飲みなれちゃったりするわけ？」

そう言う朋美も、かなり頬を赤くしている。妊娠を機に禁酒した彼女だったが、子供が離乳食を食べ始めると同時に、アルコールを解禁した。

「ううん、強くなってないよ。秘書といっても、テレビで見るような華やかな部分なんてほんの一部だから、飲む機会はそんなにないし」

小さい頃から人見知りで、初対面の人と会うとなるといつだってひどく緊張する。特に男性――。仕事中であれば平気だが、それ以外の場面では異性というだけで苦手意識が先に立ってしまう。それを承知してくれている常務は、衣織にとって理解ある上司だ。必要に迫られてレセプション等の華やかな場所に行く事はあっても、裏方に回れるよう配慮してくれる。

「ここ、ちょっと暑くない？　みんなの熱気で温度上がってるのかな」

衣織は掌《てのひら》をぱたぱたと動かし、火照《ほて》る頬に少しだけ風を送る。

肩から外したショールを見て、ふとある事に気付いた。それは、ごく薄いピンク色をしていて、バッグも同系色。よくよく見れば、今夜自分が身に着けているものは全部同じような色合いのものばかりだった。なんだか野暮ったく感じてきて、衣織は恥ずかしくなる。

「そう？　ま、飲も飲も。せっかくみんなとも久しぶりに会えたんだし、飲まなきゃ損！　私も注文しちゃおうっと」

朋美に促《うなが》されて、衣織はアルコールのメニューを手に取る。

その時、すでに出来上がっている様子の戸田が、突然立ち上がって大声を出した。

「風太郎、遅いぞ！　もう来ないのかと思っただろ」

衣織はもちろん、部屋にいる全員が一斉に入り口の方を振り返る。

「遅れてごめん。出掛けに急な仕事が入っちゃって」

（風太郎！）

みんなの視線を浴びた風太郎は、ちょっと照れくさそうに片手を上げて挨拶《あいさつ》する。

百八十センチを優に超える長身に、無造作にセットしたストレートの黒髪。やや切れ長な目元に濃褐色の瞳。すっきりと伸びる鼻梁《びりょう》と形のいい唇――昔から誰が見ても納得の美男子だった彼が、大人の魅力をまとい、微笑んでいる。

服は、濃紺のジャケットに淡いブルーのシャツを合わせ、襟元はノーネクタイでボタンをひとつ外している。とてもおしゃれで、雑誌やテレビで見るより何倍もかっこいい。

「うわぁ、懐かしい！」

「元気だったか？」

風太郎は話しかけてくる友達と肩を叩き合い、楽しそうに笑い声を上げる。

（風太郎、思ってた以上にかっこよくなってる……そこらにいる芸能人なんて目じゃないよ！）

衣織のテンションは一気に上がった。さすが、当代きっての人気カウンセラーだけはある。

（やっぱり来てよかった。生の風太郎を見られただけでも、テンションが上がるし。でも、出来る事なら一言二言は話したいな……）

グラスに口を付け、何気ない風を装って彼をじっと見つめる。

風太郎の視線が、部屋の中をぐるりと巡った。元同級生の顔を一人一人確認し、部屋の隅にいる衣織の上でぴたりと止まる。

（あ、風太郎、こっち見た――）

途端に身体が緊張して、グラスを持つ指に力が入った。

「風太郎、こっちこっち！」

突然視界が遮《さえぎ》られて、店中に聞こえるほど高い声が部屋の中に響いた。

「ずっと待ってたのよ。ほら、ここ座って？　風太郎の特等席！」

真ん中のテーブルにいた加奈子が、立ち上がって大袈裟《おおげさ》に手を振る。その途端、華やかに着飾った女性達が申し合わせたように集まりだした。

「おい、風太郎。こんの色男が～ワザと遅れて来て女連中の視線を独り占めかよ！」

「そうはいくか、俺も交ぜろ！」

戸田ともう一人の男友達に脇を固められた風太郎は、そのまま引き摺《ず》られるようにして用意された席に腰を下ろした。隣のテーブルの真ん中にあるそこは、衣織から三メートルほど離れている。

少し距離があるので話しかけられないが、彼の様子は窺《うかが》える。

「これで全員揃いました！　ってとこで、もう一回カンパーイ！」

戸田が飲みかけのジョッキを振り上げると、周りにいる者達もそれにならい、グラスを掲げた。乾杯が終わるや否《いな》や、戸田や加奈子が我先にと風太郎に話しかける。

それを横目で見ながら、衣織はグラスの中に残った氷を口に含み、コリコリと噛み砕いた。

彼の人気からしてこうなる事は予測していた。まだ会は続くのだし、運がよければちょっとくらい話をするチャンスがくるかもしれない。

「ちょっと戸田君達、邪魔っ！　私達、今日は風太郎と話をするために来たんだから」

ふくれっ面《つら》の加奈子が、風太郎を挟み込む男達を睨《にら》む。

「ふざけんな。お前らどうせ恋愛相談ばっかだろ？　だったら女子は後っ」

風太郎は、別に恋愛を専門にカウンセリングしているわけではない。だが、彼に持ち込まれる案件は恋愛に関するものが多数を占めているらしい。そのため、よく『恋愛カウンセラー』と紹介されるようだ。

「なんでよ！　男子こそ後にしなさいよ。あんた達だってそのつもりのくせして」

クレームを言う加奈子に、風太郎が屈託のない笑顔を向ける。

「みんなちょっと待ってくれよ。話は一人ずつ聞くから。それと、とりあえず俺にもビール飲ませて」

「あ、悪《わり》ぃ、まだ何も飲んでなかったよな」

「いいよ、遅れてきた俺が悪い。他にもグラス空いてるやつがいるだろ？　――あ、店員さん！」

騒がしい店の中に、風太郎の伸びやかな声が響いた。すぐさま店員がやってきて注文を聞き始める。矢継《やつ》ぎ早《ばや》に話しかけられてもちっとも怒らないという、相変わらずの神対応だ。

運ばれてきたジョッキを受け取るなり、そばにいる全員が彼と杯を合わせたがる。その中に入れない衣織は、仕方なく心の中で風太郎に向けてグラスを掲げた。

風太郎が、ごくごくと美味《おい》しそうにビールを喉に流し込んでいく。くっきりと尖《とが》る喉仏が上下し、黒々とした眉にぎゅっと力が入る。

(うわぁ……、ビール飲む仕草までかっこいい)

頭の中で賞賛の声を上げた衣織は、口元がにやけそうになるのを唇を噛んで誤魔化す。

「風太郎、先週出てたファッション誌、見たわよ。春のデートコーデ特集！　あの時着てたスーツ、すっごく素敵だった」

「ありがとう。あれ、知り合いのコーディネートなんだ。今度会った時、好評だったって言っておくよ」

「……風太郎、そんなのにも出てるのか？　相変わらず仕事忙しそうだな。来月のバスケ部OBの試合、大丈夫か？」

「ああ、ちゃんとスケジュール組んであるよ。久々の試合だし、絶対参加する」

「この間のテレビもよかったわね。芸能人の恋のお悩み相談室ってやつ」

「それ、俺も見たよ。メディアの仕事しながらクリニックに勤務するって、大変じゃないのか？」

心配顔の同級生の顔に、風太郎は笑顔で応える。

「うん、それなりに大変だけど、すごく楽しいよ。クリニックの宣伝にもなるし、院長も協力的なんだ」

ひっきりなしに話しかけられつつも、風太郎は合間を縫ってビールを飲み、おつまみを口に運ぶ。その様子を見ながら、衣織は高校の時の風太郎の事を思い出していた。

（風太郎の周りには、いつだって人だかりが出来てた。ワイワイ言ってすごく楽しそうだったなぁ）

むろん、自分はその中に入っていなかったが、それをちょっと離れたところで見ているだけでも楽しかった。

そう、今と同じだ。いくらクラスが同じだったといっても、自分の立ち位置はずっと変わらない。

だけど、それほど人気のある風太郎なのに、不思議と浮いた話ひとつ聞かなかった。あれだけかっこよければ、彼女の一人くらいいてもおかしくないのに……それとも、上手く隠していただけだろうか？　どちらにしても、だからといってどうという事もないが――

「ねぇ、風太郎。女優さんから連絡先とか渡されちゃったりするの？　ってか、ここだけの話、風太郎って彼女いるの？」

いつの間にか、ちゃっかり風太郎の隣に陣取っている加奈子が、あけすけな質問をぶつける。

それに対し、風太郎は動揺する事もなく口を開いた。

「残念ながら、今は彼女いないよ」

「えええーっ、嘘ぉ、ほんとに？」

さらりとした風太郎の答えに、彼を囲む女性達が一斉に色めき立つ。

「本当だよ。ここんとこ仕事が忙しくて、それどころじゃないしな」

(風太郎、彼女いないんだ。ふぅん、そっかぁ……)

それを聞いた衣織も、心の中でほっと胸を撫で下ろした。衣織にはなんの関係もないが、好きだった相手なのでそれくらい気になって当然だろう。

「ねぇねぇ、風太郎の患者さんって女の人が多いんでしょ。悩みを打ち明けるって、相手を信頼してないと出来ない事だし、なんかこう……自然と親密な感じになっちゃうんじゃない？　カウンセリングしてる途中で、患者さんの事好きになったりしないの？」

その質問に、衣織の耳がまたぴくりと反応する。彼がカウンセラーになったと知った時から、それについてはなんとなく気になっていたのだ。

「患者さん——うちのクリニックではクライエントっていう呼び方をしてるんだけど、カウンセラーは、クライエントとは絶対に恋愛関係にならない。そういう決まりがあるんだ。でなきゃ、まともにカウンセリングが出来なくなるから」

風太郎の答えに、周りの女性達が一様に頷く。

「ふぅん。じゃあ風太郎を落とそうと思ってクリニックに行っても無駄なんだね」

「私、明日にでも、風太郎のとこにカウンセリング受けに行こうと思ってたのに〜」

「あ、私も」

冗談とも本気ともつかない言葉を、風太郎は軽い笑い声で受け流す。

「お前ら、風太郎のカウンセリング受けるのに、予約もなしって無謀すぎるだろ！」

ひとしきり笑い声が聞こえて、また違う質問が始まる。

相変わらず呆れ返るほどのモテっぷりだ。この調子だと会が終わるまで、風太郎に近寄る事すら出来そうにない。いや、きっと会が終わっても無理だろう。

衣織は、諦めと共にそっと肩をすくめた。

(せっかく会えたのに、一言も喋《しゃべ》れないで終わるのかぁ……。でも、それも仕方ないよね。あのイケメンっぷりだと、将来は美人女優やモデルと結婚して週刊誌に載っちゃうかも)

衣織の頭の中に、黒のタキシード姿の風太郎が思い浮かんだ。隣にいる花嫁は、白いヴェールを被り、彼の腕に手袋をした指を絡めている。一瞬、それが自分だったら……

なんて想像しそうになって、衣織は赤面する。

「衣織、どうした？　なんか顔赤いよ？」

朋美に気付かれ、慌てて頬を掌《てのひら》で隠す。

「あ、ちょっと飲みすぎたかな？」

この手の誤魔化しは、高校の時からお手の物だ。衣織が風太郎を好きでいた事は、当時も今も誰一人知らない。

「でもすごいよねぇ、うちのクラスからあんな有名人が出るなんて」

「風太郎が同窓会に来るって言ったら、うちの旦那にサインもらってこいって言われたわ」

「俺の奥さん、なにげに風太郎のファンなんだよ。まぁ仕方ないよな。ルックスだけじゃなく性格もいいって知ってるから、男としても文句のつけようがないよ」

そんな同級生達の会話を耳にしつつ、衣織は取り分けた野菜サラダに箸をつけた。

「で、衣織は相談しなくてもいいの？」

お刺身を摘《つま》みながら、朋美が軽く肩をぶつけてくる。

「えっ、私っ？　誰に、何を？」

驚いて横を向くと、朋美が視線だけで風太郎の方を示した。

「もちろん、風太郎に恋愛相談を、でしょ。せっかく今話題の恋愛カウンセラーがいるんだから、ちょっと行って来たら？」

「……いや、無理でしょ。ほら、すごい順番待ちだよ？」

箸を動かしながら、二人して風太郎のいるテーブル席を眺めた。彼の横には加奈子がへばりついているし、戸田はマネージャー気取りで相談者達を仕切り始めている。

「そういえば衣織、三年の時に一緒にクラス委員してたじゃない。そのよしみで優先してもらえば？　なんなら私が言ってきてあげようか」

「いやいやいや、朋美待って！　それはいいよ！」

立ち上がろうとする朋美を慌てて押し止《とど》めて、衣織は首をぶんぶんと横に振った。

「なんでよ～。彼氏欲しいんでしょ？　前に、会社と自宅との往復だけじゃつまらないって言ってたじゃない」

不満そうな表情を浮かべた朋美は、ちらちらと風太郎のいる方を窺《うかが》っている。目元が赤くなっているところを見ると、どうやら飲みすぎているようだ。

「確かに言ったけど、今はいいよ」

「今はいいって、今じゃなきゃいつ相談するのよ。風太郎のクリニックに予約入れるにしても、一年先までいっぱいだって、この間テレビで言ってたでしょ」

それは、衣織も知っていた。風太郎がメディアに登場するや否《いな》や、クリニックは大繁盛。彼自身はもちろん、他のカウンセラーもなかなか予約出来ないらしい。

「だって、わざわざ風太郎に相談とか……。なんか申し訳ないし、みんなのいる前で自分の事を話すのもちょっと……」

「なーに言ってんのよぉ。自分から積極的に動かなきゃ、彼氏なんか出来やしないよ！」

「わわっ、しーっ！　しーっ！　朋美ったら、声が大きいよ！」

人差し指を唇に当て、衣織は必死に朋美に注意する。隣のテーブルにまで声が聞こえたのではないかと心配したものの、幸いこちらに注意を向ける者は誰一人いなかった。

「だってさ、衣織って昔から超がつくほどの奥手だし、いつまでたっても彼氏作る気配ないし、私本気で心配してるんだからね～！」

ダメだこりゃ。完全に酔っ払いのお世話焼きモードに入っている。朋美は高校の時から何かと衣織の事を気にかけてくれていたが、ここ最近では、それが恋愛に関する事に集中している。

「わかった！　わかったから、もう少し小さい声で話してくれる？」

「はいはい。でもさ～、ほんと誰かいい人いないの？　大会社なんだし、適齢期の男性とかいっぱいいるでしょうに」

朋美が痛いところをついてくる。

「そりゃいるにはいるけど……。正直あまり接点がないんだよね。近くにいるのは既婚の役員ばっかだし、独身の男性社員とは話をするきっかけすら、ぜんぜんないし」

普段会話するのは自分の父親や祖父と同じ年代の人ばかりで、同年代の男性社員との絡みは仕事のみ。関係部署と直接やりとりをする事もあるが、そこから何かが生まれるわけでもなかった。縁がないものはないのだから仕方がない。

「ないったって、それじゃ駄目でしょ。考えてもみなよ、私達もう二十六歳だよ。あっという間に三十路《みそじ》を迎えて、気付いた時にはもうアラフォーでしたなんて事になったら、目も当てられないんだからね！」

まるでお見合いをすすめる親戚のおばさんみたいな口調で、朋美が言う。

「わ、わかってるけど、出会いがないんだってば。努力しようとは思ってるんだけど、なかなか……」

そう言って下を向く衣織に、朋美は同情の顔を向けた。

「わかるよ。今日だっていつもよりおしゃれしてるもんね。だけどねぇ……」

朋美の視線が、いきなり衣織のファッションチェックを始める。

「全体的にちょっと大人しすぎるんじゃないかな。そのワンピースも、会社のお偉いさん達には受けがよさそうだけど、同世代から見ると……真面目すぎて男がつけ入る隙もないって感じ？」

「つ、つけ入る隙って……」

やっぱり駄目か。朋美にまで駄目出しをされてしまった。自分なりに精一杯おしゃれして少しは進歩したと思っていたけれど、どうやら自己満足の域を出ていないようだ。

「メイクだってそう。それ、ほとんどすっぴんと変わんないよ。衣織、素材はいいんだから、それなりの格好してばっちりメイクすれば、あっという間に彼氏とか出来ちゃうって！　まずは変わろう。そして、恋をしようよ！」

肩をバンと叩かれた衣織は、勢いで前につんのめってしまった。

「私だって出来る事ならそうしたいよ」

部屋の中は、それぞれの話し声が入り交じってだいぶ騒がしい。だから少しぐらい声を張り上げても、誰も気にしないだろう。お酒を飲んでいる事もあって、衣織は普段隠している胸の内を語り始める。

「だけど、具体的に何をどうすればいいのか、わかんないんだもの。自分を変えたい……外見も中身も。それでもって、素敵な彼と巡り会って、恋をして幸せになりたいっ」

手にしたグラスをぐいと傾け、冷たいジン・ライムを半分ほど飲み干す。頭の中に、ぼんやりとある映像が浮かんできた。素敵な笑みを浮かべた、背の高い憧《あこが》れの王子様が。ちらりと視線を移せば、風太郎の笑った顔が見える。彼こそ王子様に相応《ふさわ》しい容姿と資質を兼ね備えた男性だ。

（おお神様！　どうか私に風太郎クラスの彼氏を与えたまえ！）

「そうっ、その意気だよ！」

朋美の力いっぱいのハグを食らって、空想の世界を漂《ただよ》っていた思考が、いきなり現実に引き戻される。ふと気が付けば、朋美はもうレモンハイを立て続けに二杯空けている。ぐらぐらと身体を揺すられ、衣織の持っていたグラスの中身が零《こぼ》れそうになった。

「朋美、平気？　だいぶ酔ってるよね？」

「平気よぉ。ね、今日はとことん飲もうよ。あ、あっちのグループにも誰かいい人いないか聞いてみようか。ねぇみんな、ちょっと聞いてくれる～？」

朋美が、斜め前にいるグループに話しかける。

「もう、ちょっと朋美ってば！」

これ以上この話を長引かせると、しまいには風太郎の耳に入るかもしれない。

衣織は慌てて朋美を引き戻して、彼氏がいない事はここだけの話にしてくれるよう頼み込んだ。

気になって風太郎をちらりと見ると、彼は次々に持ち込まれる相談事に耳を傾け、的確なアドバイスをしている。

（昔からああだったなぁ。そりゃあ人気カウンセラーになっちゃうよね。私だって風太郎に相談したいよ。どうやったら彼氏出来ますか？　どうすれば上手く変身出来ますかって……）

だけど、きっとこうやって思い悩んでいるだけでは何の解決にもならない。どうにかしてこの現状から脱出しなくては。それはわかっているけど、具体的に何をどうすればいい？　恋をするには？　自分の外見も中身も変えるために必要な事は？　ああ、これでは堂々巡りだ……

「えー、宴《えん》もたけなわではございますが、一次会はこれで終了～！　続いて二次会の会場に移りたいと思いまーす」

賑《にぎ》やかな部屋の入り口に立ち、戸田が大声を出した。それを合図に、帰り支度を終えた面々が席を立ち始める。はっと顔を上げた衣織も、時計を見て帰り支度を始めた。いつの間にか、もう十一時を回っている。

「衣織、二次会行くでしょ？　私、子供の面倒は実家に任せたから、今夜は朝までオッケーなんだ。久々に羽を伸ばすぞ～！」

立ち上がったところで、衣織は朋美に肩を抱かれた。

「んー、どうしようかなぁ。明日は早くからちょっと忙しいんだよね」

明日は朝一番で役員会議がある。いつもより早めに家を出て、会議室の準備をしなければならない。

「え～、いいじゃん、今日くらい付き合ってよ。あんたっていつもそうだよね、放課後も部活終わったら速攻家に帰っちゃってさぁ」

かなり酔っぱらっているらしい朋美は、傍《かたわ》らに置いていた衣織のショールを取り上げて抱え込む。

「ねぇ、ちょっとだけでもいいから行こうよ〜。じゃなきゃ、これ返してやんない」

猫撫で声で懇願され、衣織は仕方なく妥協案を出した。

「わかった、行くわよ。だけど、終電に間に合うように帰るからね」

「やったぁ！」

朋美が、大げさに手を上げて叫ぶ。

気が付けば、部屋に残っているのは自分達だけだった。衣織は、朋美を入り口の外に押し出し、誰か忘れ物をしていないか一通り部屋の中を見回す。こんな癖がついたのも、担当役員である田代常務が忘れ物の常習犯だからだ。

「衣織、早く行こう。置いて行かれちゃうよ〜」

「ごめん、先に行ってて。私ちょっとお手洗いに行ってくるから」

朋美が外に出て行ったのを見送ると、衣織は店の奥にある化粧室へと向かった。

ふと振り返れば、廊下の向こうに戸田と並んで歩く風太郎の後ろ姿が見えた。レジのそばにいた男性陣が風太郎を囲み、店の外に出て行こうとしている。八年ぶりに三メートルほどの距離に近づけたというのに、結局それ以上近づく事は出来なかった。

（あーあ、結局風太郎とは一言も話せなかったなぁ。この調子だと、二次会に行っても同じかも）

辿り着いた化粧室の前には、年配の女性客が四人、立ち話をしながら並んでいた。列の最後尾に並んで、何とはなしに風太郎と初めて会った時の事を思い浮かべてみる。

それは、高校の入学式の日。電車で一時間弱かかるその高校に進んだのは、衣織のいた中学からは彼女ただ一人だった。周りを見ても、当然誰一人知った顔がおらず、緊張の中で式を終え、教室に入ったのを覚えている。

一クラスの生徒数は全部で三十二名。衣織の後ろの席が風太郎で、すでに周りの注目を集めるほどのオーラを放っていた。

スポーツマンらしく髪を刈り上げ、涼しげな目元が印象的なイケメン男子――

誰にでも優しくフレンドリーだった風太郎は、すぐに人気者になった。そんな風太郎が後ろの席だったおかげで、彼と話すうちに自然にみんなと打ち解けられている事に気付いた。

学期毎《ごと》に席替えがあったけれど、なぜかいつも席が近く班も同じ。それまで男子とはあまり話した事がなかったのに、風太郎が相手だとなぜか話しやすかった。

話す内容も多岐にわたって、普段突っ込んで話せない本の話や好きな映画の話も出来たり。

そうするうち、いつの間にか彼といるだけで胸がドキドキしている自分に気付いた。

あれだけの美男子だし、性格もいい彼を相手に当然といえば当然なのだが、衣織がそんな気持ちになったのは、生まれて初めての事だ。

だけど、風太郎に自分の気持ちを知られてしまったら、きっとこれまでの友達関係が崩れてしまう。

そう考えた衣織は、誰にも気付かれないよう徹底的に自分の気持ちを隠す事に決めた。

（そういえば、なんで風太郎をあんなに好きになっちゃったんだろうな……）

特別な出来事があったわけではない。気が付けば、もう彼を好きになっていた。そう自覚したのが、一年生の一学期半ば。三年生でまた同じクラスになれた時は、嬉しくて丸一週間浮かれ気分だった事を覚えている。

ようやくやってきた化粧室の順番で、衣織ははっと我に返った。用をすませ、急いで店の外に出て辺りを見回す。

「あ……あれ？」

店の前には、いくつかの酔っ払いグループがたむろしているものの、見知った顔は誰一人いない。

「えっ、嘘……。みんなどこ？」

もしかして、置いていかれたのだろうか。道の真ん中に進み、背伸びしながら視線をあちこちに巡らせてみると、遠くの方に薄い色のショールが揺れているのを見つけた。

「あっ……もう、朋美ったら！」

衣織が急いで駆け出そうとしたところ、手首をぎゅっと掴まれた。

「衣織！」

「えっ？」

驚いて振り向いた先には――にこやかな笑みを浮かべる風太郎の顔があった。

「ふっ、風太郎？」

（なんで？　どうして風太郎が？）

突然の展開に頭がついていかず、衣織は口をあんぐりと開けたままその場に立ち尽くしてしまった。

さっきまで頭に描いていた高校生の頃の風太郎が、八年の月日を飛び越えて、目の前で笑っている。

「久しぶりだな」

「う、うん、久しぶり……」

完璧な笑顔、優しい声。それを数十センチの距離で見つめている今の状態が理解出来ず、衣織はパニックになる。

「えっと、どうしてここにいるの？　みんなもう二次会のお店に行っちゃったよ。ほら、あそこにいるの、そうだよね？　なんか私、置いてきぼりくらっちゃったみたいで……」

衣織が指を差した方向には、朋美に奪われたショールが、ゆらゆらと揺れている。

「ああ、さっきまでここで固まって騒いでたんだけど、通行人の邪魔になるからって俺が先に行かせたんだ。多分、半分以上は二次会に流れたかな。帰宅組はもうとっくに駅に向かった」

「そうなんだ……」

彼の顔と、徐々に見えなくなっていくショールを交互に見比べ、衣織は必死に頭を動かした。

風太郎はなぜここにいるのだろう。しかも、衣織と二人っきりで。

風太郎が握ったままでいる手首が、どんどん熱を帯びていっている気がする。

(いけない、冷静になれ、衣織!)

内心の動揺を悟られないよう平静を装い、衣織は問い掛ける。

「風太郎はなんでここにいるの?」

すると、風太郎は満面の笑みで答えた。

「衣織を見かけたから、待ってたんだ」

この上なく魅力的な彼の笑顔を、色鮮やかなネオンが照らす。濃褐色の瞳がきらきらと光って、まるで白馬に乗った王子様のように煌《きら》びやかだ。

(だ、だからって、なんで風太郎が待っているんだろう……?)

ほろ酔いの脳みそが一気に覚醒して、胸がドキドキしてきた。それと同時に、頬も火《ほ》照《て》ってくる。

（八年ぶりだから、どうしていいかわかんないよ！　話したいとは思ったけど、まさかこんな形で二人きりになるなんて――）

突っ立ったまま目を瞬《しばたた》かせる衣織を見て、風太郎がクスッと笑う。

「こんな時間に女性を一人だけ置いて行くわけにはいかないだろ。たちの悪い酔っ払いに絡まれるかもしれないし。男連中は結構出来上がっちゃってたから、比較的酔ってない俺が残る事にしたんだ」

「あ……、あぁ、そうなんだ」

なるほど、さすが風太郎だ。的確に物事を判断して、一番よい対処方法を瞬時に選び出す。外見だけじゃなく、中身もかなりグレードアップした風太郎に改めて驚愕《きょうがく》する。

高校時代からなんら変わりない自分とは大違いだ……

「待たせちゃってごめんね。えっと、風太郎はこれから二次会に行くんだよね？」

「衣織は？」

「ちょっとだけ顔を出そうかなって。でも明日朝一で会議だから、終電に間に合うように店を出るつもり」

「そっか。俺はどうしようか迷ってるんだ。そしたらちょうど衣織を見かけたから少し話したいと思って」

「え？　わ、私と？」

　思いがけない彼の言葉に、また心臓がドキリとする。

「うん。他のやつらとは全員話せたけど、衣織はまだだったからね」

「……そうなんだ。なんか、わざわざありがとう……」

「どういたしまして――って、なんだよ。妙に他人行儀な事言って」

　照れてかしこまったところを、風太郎に軽く笑い飛ばされる。そのおかげで、かえって気が楽になった。

「だって、まさか風太郎が待ってくれてるとは思わなかったから。私も、風太郎と話したかったんだよ。でも、あれだけ囲まれてたら無理かなぁって。すごいね、風太郎。昔から人気者だったけど、今やそれが全国区に広がっちゃってるんだもの」

　彼を目の前にして、しみじみとそう感じる。

「周りに恵まれたからな。いい先生に出会って、いい環境で働かせてもらって、いい感じで後押しされて今に至る、だ」

　そうやって驕《おご》らないでいるところも昔のままだ。これだけのイケメンなんだし、ちょっとくらい自慢してもいいだろうに。元同級生というだけの関係だが、なんだか誇らしくて周囲に自慢したくなる。

「っと、ここにいると、通行人の邪魔になるな。ちょっとこっち行こうか」

「うん」

　掴まれたままだった手首を軽く引かれて、ビルの合間のやや薄暗い路地に入った。

　何気なく離された手首に、ほんのりとした温かさを感じる。風太郎といると、ドキドキもするけど、妙に落ち着く。この不思議な感覚は、高校の頃から彼と接するたびに感じていた。

「そう言えば、さっき飲み会で聞こえたんだけど、衣織って今彼氏いないの？」

「えっ！」

　突然の質問に、衣織は思わず目を剥《む》いた。

「嘘っ、聞こえちゃってた？　誰も聞いていないと思ってたのに……」

「しっかり聞こえてたよ。自分を変えたい、外見も中身も。そして、素敵な彼と巡り会って、恋をして幸せになりたいって」

「うわっ、そこまで聞こえちゃってたんだ……」

「うん」

　向かい合って立つ風太郎とは、身長差が二十センチはあるだろうか。それを気にしてくれているのか、風太郎はやや前かがみになった姿勢で首を傾げる。

　こうなったらもう開き直るしかない。妙に隠し立てするよりは、素直に打ち明けた方が楽になれる。

「……でも、当分無理そう。だって、恋をするにも自分を変えなきゃダメだし、だからって自分を変える方法なんて、何をどうやったらいいか……実のところ途方にくれちゃってるんだよね」

下を向いて、衣織はおろしたてのワンピースを見つめる。

「自己流で努力したところで、結果が伴わなきゃやってないのと同じだよね。こんなんじゃ、恋をして幸せになるなんて夢のまた夢かな……」

ふと顔を上げると、風太郎がこちらをじっと見つめていた。穏やかな表情をしているのに、なぜかやけにセクシーに見えて、一瞬息が出来なくなる。

「そんな事ないさ。正しい方法で取り組めば、それ相応の結果は出る」

「そうなのかな……」

「そうだよ。よかったら、俺がカウンセリングしてやろうか?」

「え……?」

風太郎のいきなりの発言に、衣織の思考が止まる。

「元同級生のよしみでさ。メンタル面からファッションまで、全部ひっくるめてカウンセリングする——いわば、衣織の個人的な恋愛カウンセラーってとこかな」

「……ほ、ほんとに?」

驚きのあまり、衣織はあんぐりと口を開けたまま風太郎の顔に見入った。ただでさえ忙しいのに、元同級生だからといってそこまでしてくれるなんて。

「うん、本当に。もちろん料金は取らない。俺、出来るだけカウンセラーの経験を積みたいんだ。雑誌やテレビに出てるとはいっても、まだまだひよっ子だしね。チャンスがあれば、新しいカウンセリング法を模索したり、チャレンジしてみたいと思って」

風太郎の目に、仕事に対する真摯《しんし》な光が宿る。

なるほど、ギブアンドテイクというものか。衣織は恋愛に前向きになる事が出来るし、風太郎はカウンセラーとしての経験が積めるのだ。

「つまり……業務提携みたいなもの？」

「ははっ。上手い事言うな。そんな感じだ」

風太郎は、やっぱり風太郎だ。現状に甘んじる事なく、常に自分を磨《みが》こうとしている。

衣織は、うんうんと頷きながら姿勢を正し、改めて風太郎に顔を向けた。

「もし衣織が本気で自分を変えたいと思っているなら、俺は全力でそれをサポートするよ」

「もちろん本気で自分を変えたいって思ってるよ！　ほんとの本気、これ以上ないってくらい本気だから！」

風太郎からの願ってもない申し出に、衣織は思わず勢い込んで返事をする。

こんなチャンス、きっと二度と巡って来ないだろう。

「よし！　じゃあ早速だけど、これからうちのクリニックに来ないか？」

「え？　これから？」

「『善は急げ』だ。ここからタクシーで十分くらいの距離にあるから。衣織、終電は何時？」

「〇時四十分だよ」

「そうか。じゃあそれに間に合うように、またタクシーで駅まで送るよ。それでいい？」

「私はいいけど、風太郎は二次会行かなくていいの？」

「いいよ別に。これを機にもっと頻繁《ひんぱん》に同窓会やろうとか言ってたしな。またすぐにみんなに会えるよ」

「そっか――」

朋美には悪いけど、二次会には行かないとメールさせてもらおう。奪われたショールはまた今度会った時にでも返してもらえばいい。

「でも、なんだか申し訳ないな。風太郎の貴重な時間を無料《タダ》でもらっちゃうとか……」

風太郎は料金は取らないと言ってくれているが、やっぱり社会人としてきちんと支払ったほうがいいのかもしれない。

「だから気にしなくていいって。むしろ、衣織の時間を割いてもらう分、俺が支払いをしなきゃいけないと思ってるのに」

「わわっ！　そんな、滅相もない……！」

今をときめく人気恋愛カウンセラーが、無料でカウンセリングをしてくれるだけでもったいなさすぎる話なのに。

「そもそも俺が言い出した事だし、衣織は『クリニック』じゃなくて『俺』の個人的なクライエントだから。……ああでも、その代わり、ちょっと実験させてもらってもいい？」

「うん、もちろん！　そんなのぜんぜん構わないよ」

完全に恋愛ベタをこじらせている自分の事。むしろ、積極的にいろいろと試《こころ》みてほしいくらいだ。

「そうか。じゃあまずは大通りに出てタクシーに乗ろう――っと、寒いだろ、これ着とけよ。衣織のショール、朋美が持って行っちゃったもんな」

風太郎はおもむろに着ていたジャケットを脱いで、衣織の肩にふんわりと掛けてくれた。

「あ、ありがとう」

「どういたしまして。四月っていっても、まだ夜は寒いからな」

何気なく見せてくれる優しさに、つい心臓が跳ねてしまう。

坂道を通り抜けて大通りに出ると、ちょうど乗客を降ろしたばかりのタクシーが停まっていた。

「あれに乗ろう」

後部座席に乗り込むと、風太郎がドライバーに行き先を告げる。大通りに出た車は、交差点を渡り指示された細い道へと入っていった。窓を流れるなんでもない街の風景が、きらきらと輝いて見える。

（まるで、お城に向かうお姫様みたい――）

まさにそんな気分のまま到着した場所は、白壁に「垣田《かきた》メンタルクリニック」というプレートが掲げてある五階建てのビルだった。

衣織はタクシーから降りて来た風太郎の後に続き、レンガで出来た階段を五段ほど上って、ドアの前に立つ。バッグからカードキーを取り出した風太郎はドアを開け、衣織の方を振り返って手招きをする。

「ようこそ、俺の職場へ。今日は特別に貸切だよ」

風太郎の歓迎の言葉に、衣織は気持ちを落ち着かせるため肩の力を抜いて深呼吸する。

「静かでいい場所だね。このビル全体がクリニックになっているの？」

「そうだよ。ドクターとカウンセラーが全部で六人。経営者の垣田先生は大学の先輩でもあるんだ。精神科医と臨床心理士の資格を持っていて、俺の目標であり尊敬する人だよ」

促《うなが》されビルの中に入ると、暗かったフロアにぱっと明かりがつく。

温かみのあるオフホワイトの壁に、メープル色の床板。柔らかな曲線を描く受付カウンターの上には、ピンク色の薔薇《ばら》の花が飾られている。

「結構雰囲気が柔らかいね。メンタルクリニックって、もっとかしこまったところかと思ってた」

そう言って、衣織はきょろきょろと辺りを見回す。クリニックというよりは、ちょっとしたリゾートホテルのロビーみたいだ。

「クライエントがリラックス出来るようなつくりにしてあるんだ。カウンセリング用の部屋もそれぞれ少しずつ違っていて、各自の状態に一番合う部屋に案内して話をする。衣織は……そうだなぁ、とりあえず上に行こうか」

エレベーターに乗り、風太郎が三階のボタンを押す。衣織は、少し前に立っている風太郎にちらりと視線を投げた。シャツの上からでも腕の筋肉がたくましく隆起しているのがわかる。高校の時よりも身長が伸びているし、身体つきも全体的にがっしりとしている。

（今もバスケ続けてるみたいだし、まさに文武両道って感じ。風太郎……ほんと、変わんないなぁ……）

思えば、同窓会が終わってから、信じられない幸運が次々に起こっている。

店を出たら、高校の時に憧《あこが》れ続けた風太郎が待っていた。それだけでも驚きなのに、彼は自分から衣織のカウンセリングを買って出てくれ、今その打ち合わせをするために彼の職場まで来ている。

おまけに料金はかからないのだ。

（ちょっと待って。ほんと夢じゃないよね？　私、そこまで酔ってないよね？　日頃頑張っている貴女に、特別なプレゼントを——的な、どっきり企画だったりして……）

天井や壁にテレビカメラがないか探しそうになるものの、風太郎がそんな悪ふざけに加担するはずがないと、すぐに考え直した。

次第に、ちょっとした沈黙が気恥ずかしく感じられてきた。そこで衣織は、ふと頭に浮かんだ疑問を口にしてみる。

「風太郎って、普段からこんな風にクライエントさんを時間外で診《み》たりするの？」

「うーん、どうしても必要となれば、時間外でも診る事はあるけど、それも予約を取った上だね。とはいえ今みたいにビルの中に二人っきりではないし、こんな遅い時間には絶対に診ない。仕事だっていう事ははっきりさせておかないと、何かとまずいからね」

「そっか……それもそうだね」

クライエントのメンタルに関わる仕事というのは、そういった面でもいろいろと気を使うものなのだろう。風太郎の場合は、ただ彼に会いたいがために予約を入れる人もいるはず——そんな人に対して今みたいな事をすれば、勘違いされて大変な事になりそうだ。

（勘違い……私こそヘンな勘違いをしないように気をつけなきゃ）

風太郎はカウンセラーであり、自分はそのクライエント。そして元同級生であり、ただの友達。

（って、何を改めて念押ししてるの？　それじゃまるで風太郎に恋をする前提で話しているみたいじゃない……！）

　エレベーター到着のベルの音が響いて、三階フロアに降り立つ。廊下の突き当たりの部屋に入ると、そこは淡いピンク色を基調とした、まるでカフェのような明るい内装だった。窓のそばには飾り棚があり、丸テーブルの前に椅子がふたつ向かい合った形で置かれている。

「適当に座って待ってて。今コーヒーを淹《い》れてくるから」

　そう言って、風太郎は部屋を出て行った。彼は、居酒屋で見た時よりもずっと、生き生きとした表情をしている。仕事が好きで、きっと毎日が充実しているのだろう。彼女はいないと言ってたが、今は仕事に集中したい時期なのかもしれない。

「お待たせ」

　戻ってきた風太郎は、シャツの上にアイロンのきいた長い白衣を羽織っていた。カラカラと音を立てて押してきたワゴンからは、淹れたてのコーヒーが香っている。

「あ、白衣着てる」

「一応カウンセリングだからね。この格好の方が雰囲気が出ると思って。これもクライエントによって着たり着なかったりするんだ。白衣を嫌う人もいれば、逆にそれを見て安心するって人もいるから。衣織はどう感じる？」

テーブルにカップを置き、風太郎がおどけたように両腕を広げて微笑を浮かべる。

「うん、安心する。この人になら本当の事を言えるっていうか、いろいろと相談に乗ってもらいたいっていう気持ちになる」

それプラス、これほど白衣が似合う人って初めて見た！　と、心の中でこっそり感動する。でも、その格好で見つめられたりしたら、治療どころじゃなくなってしまいそうだ。

「そうか、よかった。自分なりにいろいろと考えてやってみてるんだけど、日頃クライエントにはこんな風にストレートには聞けないから、すごく参考になるよ」

衣織の前に腰掛けた風太郎は、そう言って嬉しそうに笑った。その笑顔に見惚《みと》れつつ、衣織は同窓会の時に聞いた話題を振る。

「あ、そうだ、風太郎って今もバスケ続けてたんだね」

「ああ、たまに集まってよそのチームと試合したりするんだ。あとは、適当に自主練かな。まぁ、ほとんどその後の飲み会がメインだけどね。衣織は？　英語研究会の連中と集まったりしないの？」

「うーん、卒業して半年経った頃に一度集まっただけかな。同窓会もそうだけど、集まるのって、まとめる人がいないと難しいよね」

「そうだな。バスケ部の場合、そういうのが三人ぐらいいるから、ヘタしたら月に三回くらい呼び出しがかかるよ」

「へえ、いいね、和気藹々《わきあいあい》って感じ。運動部の中でも、バスケ部は特にみんな仲よかったもんね」

「マネージャーもいない、野郎ばっかりの部だったもんなぁ」

そんな風に、しばらくの間、二人はコーヒーを飲みながら昔話に花を咲かせる。

「さてと。どう？　少しはリラックスしてきた？」

「あ、うん」

そう言われて、さっきまで多少残っていた緊張がいつの間にか解けている事に気付いた。さすが人気カウンセラーだけあって、その辺りの気遣いはばっちりだ。

「衣織が高科商事に入社した事は人づてに聞いてたけど、秘書だなんてすごいな。仕事はきつくないか？」

「うん。大変な時もあるけど、すごくやり甲斐があるの。昔から裏方タイプだから、結構秘書っていう仕事が性《しょう》に合ってるみたい。中学の頃から好きで頑張ってた英語も使えるし」

就職活動をする時、秘書や英語を使える仕事にこだわっていたわけではなかった。だけど、第一希望にしていた高科商事に採用が決まって、入社当初から今の仕事に就かせてもらえたのは、幸運だったと常々思っている。

「そんなに仕事頑張っているんなら、見合いとか紹介とかこないのか？」

「えっ？」

風太郎の言葉に、衣織は驚いて首を傾げる。

「だって、衣織って性格もいいし、取締役の秘書ともなれば華やかな場に出る事もあるだろ？　重役から見合い話が舞い込んだりするんじゃないかと思って」

「……朋美にも同じような事を言われたけど、そういうのはないよ。先輩や同僚にはそんな人もいるけど、あいにく私には関係ない話みたい」

事実、先輩秘書の一人は、すすめられた見合い話に乗って去年めでたく寿《ことぶき》退社を果たした。

「ふぅん。上司もそういう点では、ちょっと見る目ないな。もし俺が衣織の上司なら、一番の良縁を衣織に持っていくのに」

「ほんと？　今までそんな風に言ってくれた人なんていなかったよ。……あれ？　もしかして、もうカウンセリングに入ってるの？」

衣織がはっとした表情で尋ねると、風太郎が笑顔で続ける。

「カウンセリングは抜きにして、素直な感想だよ。衣織の他にどんなメンバーがいるか知らないけど、性格の良さや努力家っていう点では間違いなく衣織が一番だと思うな。

だいたい会社の男どもは何してるんだ？　せっかくこんないい子がいるってのに……同じ男として情けないよ」

風太郎は、口をへの字に曲げ、呆れたように首を横に振った。

「あ、ありがとう。……男の人っていえば……私ね、大学の頃、男の人にデートを申し込まれた事があったの。バイト先で知り合った人だったんだけど、ちょっとだけ付き合って……」

「ちょっとだけ？」

風太郎が、二杯目のコーヒーをカップに入れながら聞き返す。

「そう。二ヶ月経ったところで、急にフラれちゃったから」

「向こうから申し込んできたのに？」

「うん――といっても、ちゃんと付き合おうって言われたわけじゃなかったんだけどね。女子大で寮生活だったから、男の人と話す機会なんてめったになくって。いざ一緒に出掛けても、何を喋《しゃべ》ればいいかよくわかんないし、緊張のしっぱなしで一緒にいても気まずくなるばかりだったんだ」

二杯目のコーヒーにミルクを入れ、衣織は添えられたスプーンを手に取った。くるくると掻き回し、その香りを胸いっぱいに吸い込んで吐き出す。

「で、言われちゃったの。『衣織って、一緒にいてもなんかつまんないんだよね』って。私、恋愛に向いてないのかな……。もし今後誰かと付き合っても、また同じような失敗をするんじゃないか、つまらないって言われるんじゃないかって……そんな風に思ったりするんだ」

話しながら、衣織は自分でも驚いていた。

思い返してみれば、誰かに心の内を吐露《とろ》するのは、これが初めての事だった。しかも、自分はそんな風に思っていたのかと、今初めて気が付いたという有様だ。

「続けて――」

風太郎の低く落ち着いた声に促《うなが》されて、衣織は小さく息を吸い込んでまた話し始めた。

「変わりたい、恋がしたいって言ってるけど、本当はそうなるのが怖いのかも……。そもそも男の人が苦手なんだと思う。仕事では平気でも、いざ恋愛となると……。男の人って何を考えているかわからないんだもの。周りにいるカップルみたいに、自分が彼氏とデートして幸せそうに笑ってる場面とか、想像つかないの」

「……そうか」

風太郎が、ゆっくりと頷き、優しい声音で話し始める。

「未知のものに対して、恐れを感じるのは当たり前の事だ。焦らず一歩ずつ進んで行けばいいよ」

「うん……」

柔らかな彼の声が、ざらついている心を落ち着かせてくれる。気持ちが緩《ゆる》んだ衣織は、もうひとつの不安も口にした。

「もしかしたら、いつも地味な服装ばかりしているから、魅力がないのかな？　だけど、たまに違う服を選んでもうまくいかなくって……」

「そう？　俺はそのワンピースいいと思うけどな。春っぽい色合いだし、似合ってるよ」

「あ、ありがとう……」

まっすぐに衣織を見る風太郎の瞳。その嘘のない褒め言葉に、素直に嬉しくなる。

「だけど、やっぱりもっと変わらなきゃって思うの。顔だっていつまでたっても童顔で色気ないし……もちろん外見だけ変えても駄目だっていうのはわかってるんだけど……」

不安そうな顔をする衣織を見て、風太郎は柔らかな微笑みを浮かべた。

「それについては心配しなくていい。そのために俺がいるんだ。俺に任せて――衣織はきっと変われる。外見も中身も。俺が保証するよ」

力強い彼の言葉に、衣織は心が和《なご》むのを感じた。

（あぁ、この感じだ――）

風太郎と一緒だといつもドキドキするのに、なぜかとても居心地がよかった。彼が素敵すぎてそわそわと落ち着かなくなるのに、同時に安らぎも感じるのだ。

風太郎がくれる励ましや、慰《なぐさ》めの言葉は、いつだって彼の心から発せられるものだった。

彼の優しさはきっと天性のもの。外見より何より、風太郎のそんな人柄に衣織は惹かれたのだ。

だからこそ、あんなにも好きになって、今もその時を懐かしく思い出すんだろう。

ふと、肩にまだ風太郎のジャケットを羽織ったままでいる事に気付いた。ぶかぶかで自分には大きすぎるのに、妙に身体に馴染んでいて、借りている事を忘れてしまっていたのだ。

「あ、これありがとう。おかげで風邪を引かずにすんだよ」

ジャケットを差し出した衣織の指先が、それを受け取る風太郎の掌《てのひら》に触れた。リラックスしていた身体に、一瞬だけ稲妻が走るのを感じる。

いったいこれは何なのだろう――？

そんな衣織の動揺をよそに、風太郎はカップの中のコーヒーを飲み干し、ワゴンの上のドリッパーに手を伸ばした。

「おかわり、どう？」

「う、うん、いただきます」

衣織はちょうどいい温度になったコーヒーを口にし、香りを楽しみながらゆっくりと飲み込む。

（まさかこんな風に風太郎と話せるなんて……同窓会に出てよかった）

風太郎への想いは、八年の年月の中で自分なりに折り合いを付けて、ちゃんと昇華させた。だけど、こうしてまた二人で話せば、純粋に嬉しいし、まるで高校の頃に戻った気分になれる。

「なんだか、話したらいろいろとすっきりしちゃった。つまんないって言われた事も、気にならなくなってきたよ」

「そりゃあよかった」

にっこりと微笑んだ風太郎は、衣織の顔を見て目を細めた。

「言っとくけど、衣織はつまんなくなんかないよ。結構おとぼけだし、高校の時も見ていて面白かった。今もそれは変わんないみたいだしな？」

「おとぼけ……って、ひっどーい！」

「いや、いい意味で抜けてるとこがあるって事」

ひとしきり笑って、お互いの顔を見てまた微笑を交わす。そんな気軽な感じが、ひどく心地いい。

「それを見抜けずに馬鹿な事を言う奴は、ほっとけばいいさ。俺からすればとんでもない間抜け野郎だな」

風太郎はそう言いながら、衣織の方に向けて椅子を数十センチほど移動させた。

「衣織は恋愛に向いてないんじゃなくて、ただ単にいろんな事が未経験で、そのせいでちょっとした恐怖心があるだけだよ。恋愛なんて最初は誰だって初心者だからな。失敗して当然だし、経験を積んで慣れていけばいいいんだ」

「……うん」

今夜風太郎と過ごす中で、一番近い距離に彼の瞳がある。明るく柔らかな照明の下で、目《ま》の当たりにする風太郎の濃褐色の瞳は綺麗だ。

(……って、近い！　メイク崩れてないかな？　まさか、お酒臭かったりとかしないよね？)

咄嗟《とっさ》にいろいろな心配事が頭に浮かぶ。だからといって、今更どうする事も出来ないが、これからカウンセリングを受ける身として、改めて男性に向き合う事を意識した大切な第一歩だ。

「さてと……」

風太郎が表情を引き締めて、衣織を見つめる。

「じゃあ、改めて確認するけど……衣織の場合、女子大で寮生活してたし、就職して以来ずっと女性ばかりの秘書課勤務で、男に慣れていない。そうだな？」

軽く首を傾げられて、衣織はうんうんと頷く。

「仕事が絡むと平気なんだけど、それ以外だと全く……」

「なるほど」

神妙に頷いた風太郎は、傍《かたわ》らに置いていたクリップボードを手にして、何やら考え込んでいる。

「話を聞きながら、衣織に合ったカウンセリングを考えていたんだけど、ひとつどうかなと思ってるものがあるんだ。――俺と疑似恋愛をしないか？」

「……はいっ⁉」

ぎじ……れんあい？　今、風太郎は疑似恋愛と言った？

「そう、疑似恋愛。カウンセリングをする上で、俺と恋人同士になるって事だ」

「恋人……同士。私が、風太郎と……？」

いきなりの申し出に、頭の中がパニックになる。

「普通の恋人同士と同じ経験をする事で、経験値を積んでいくんだ。その中で、男そのものに慣れる。少しずつ段階を踏むから、変化していく自分にも徐々に慣れるはずだ。そして、自分の手で幸せを掴めるようにするのが最終目標になる」

なんとか今言われた事を理解しようと頭をフル回転させる衣織に、風太郎が優しく続ける。

「衣織は、男とか恋愛について知らない分、すごく臆病《おくびょう》になってる。だから、実践的なカウンセリング法が一番即効性があると思った。衣織も、俺とならそんなに固くならずにすむだろ？」

そう言われ、衣織はとりあえず頷いた。確かに、顔なじみだからか、男性である風太郎と今は普通に話が出来ている。

「うん……風太郎が相手なら、そんなには緊張しなくてもすむかも」

「よし、じゃあ決まりだ。八年ぶりとはいえ、今も衣織は俺の大切な友達だし、心から信頼している。だからこそ出来るカウンセリング法なんだけどな」

——俺の大切な友達。

そんな風に言われて、嬉しくないわけがなかった。衣織を見る彼の眼差しは、優しい上にとても真摯《しんし》だ。

「ありがとう。私だって同じ気持ちだよ。風太郎に任せれば大丈夫だって思ってる。——でも、具体的に何をどうすればいいの？」

衣織の言葉に、風太郎は口元を綻《ほころ》ばせた。

「基本、俺がリードするから、衣織は楽に構えていたらいいよ」

「えっ、それだけでいいの？」

「うん、自然体が一番だからね。じゃあまず、カウンセリングをするにあたっての基本的なルールを伝えておこうか。——あぁ、昔みたいに自分で書き留めた方がやりやすいか？」

「あ、そうだね」

衣織が頷くと、風太郎からクリップボードとペンを渡された。なんだか一緒にクラス委員をしていた頃に戻ったみたいで、懐かしくなる。

「第一に、さっきも言った通り、カウンセリングの料金は一切発生しない。第二に、カウンセリング中は二人共恋人同士になり切る事。そうでなければ、中途半端な効果しか出ないから」

恋人同士になり切る？　それはどういう風にやるのだろう。ペンを持つ指に、知らず知らず力が入る。

「第三に、恋人同士だから、多少のボディタッチが発生する。具体的な内容は、その都度説明するよ。もちろん、無理強いはしない。嫌と言えばすぐにやめるし、衣織が出来るところまでしかやらないから」

（ボディタッチ……！）

ペンを走らせながら、具体的にどんな事をするのか、衣織は想像しようとした。だけど、あまりにも現実味がなくて、まったく思い浮かばない。

動揺しつつもすべてを書き終え、『基本的ルール』と題したメモをざっと読み返す。

（なるほど……これに従ってカウンセリングを進めていくんだ……）

擬似恋愛だのボディタッチだの、多少――いや、大いに気になる部分はあるが、とりあえず風太郎に任せておけば間違いない。

「デート中は基本手を繋《つな》いでいる事、無理をしない事も大事かな。あとはあまり深く考えず、気楽にやっていこう……と、だいたいこんな感じ。何か質問はある？」

そう言われて、顔を上げた衣織は風太郎を見る。彼の瞳は、高校の時と同じ嘘のないまっすぐなものだ。彼なら、きっと自分を正しい方向に導いてくれる。そう思い、衣織は口を開く。

「カウンセリングはいつやるの？」

「そうだな……毎週土曜の午後っていうのはどうかな。具体的な時間と場所は、その週の金曜までに俺から連絡をする。何か用事があったら、衣織の方からも遠慮なく連絡してほしい」

「うん、わかった」

「他には？」

「えーっと、今のところは大丈夫かな」

ここまできて、にわかに緊張してきた。

人気カウンセラーを、毎週独り占め出来る——それを再認識すると、あまりにも恐れ多い事のように思えてきた。

「じゃ、そういう事でよろしく。衣織、一緒に頑張ろうな」

「よろしくね！　風太郎」

互いに手を差し出して握手を交わし、にっこりと微笑み合う。

なんて頼もしくて男前な恋愛カウンセラーだろう！

（私、変われるよね？　素敵な彼と巡り会って、恋をして幸せになれるよね？　……風太郎がついてるんだもの、きっと大丈夫！）

衣織は風太郎の手を握り締めたまま、自分の幸せな未来を確信した。

◆　◆　◆

月曜の朝、衣織はいつもより早く起きた。

朝一で会議があるので、元々早めに起きようと思ってはいたのだが、目覚まし時計が鳴る前に自然と目が覚めてしまったのだ。

ベッドから下り立ち、洗面台に向かう。昨夜は自分でもびっくりするくらい気持ちが高ぶっていた。おかげでなかなか寝付けなかったものの、四時間ちょっとの睡眠でも頭は意外なほどすっきりとしている。

鏡の前に立って、起きたばかりの自分の顔を見つめた。

たまごのようにつるりとした顔は、相変わらず幼くて色っぽさの欠片《かけら》すら見当たらない。雑誌のメイク法はどれも微妙に合わなくて、試すのも億劫《おっくう》になってしまったほどだ。

だけど、そんな自分ともうおさらばだ。

「聞いて驚け。私には、イケメン恋愛カウンセラー様がついているんだぞっ」

鏡に映る自分に、思い切り威張ってみる。そうだ、その通り。何の心配も要らない。

昨日取り決めたカウンセリングの『基本的ルール』は、水色の便箋《びんせん》に清書して洗面所にある鏡のそばに貼った。そうすれば毎日ルールを確認出来るし、気合だって入る。

思いを新たにして身支度を整え、マンションを出て駅への道を歩いた。

通りかかったコンビニの窓に、普段と変わらない地味な色合いの服を着た自分が映る。それが心なしか華やいで見えるのは、近い未来に希望が持てているからだろう。

会社と自宅をほぼ往復するだけの毎日が、同窓会を機に劇的に変わるのだ。これからは、毎週土曜日に風太郎に会ってカウンセリングを受ける。それを思うと、ぎゅうぎゅうの満員電車に乗る事すらまったく苦にならないから不思議だ。

電車を乗り継ぎ、家から三十分ほどで会社に到着する。十階建ての自社ビルに入り、八階にある秘書課のフロアに向かう。

「衣織さん、おはようございまーす！」

席に着くと、後輩秘書の西尾京香《にしおきょうか》が嬉しそうな顔をして駆け寄ってきた。

「あ、おはよう」

すらりとした手足に、メリハリのある顔立ち。秘書というに相応《ふさわ》しい風貌をした京香は、衣織が教育係をした事もあって気楽に話せる間柄だ。

「いよいよ今日から副社長が本社に赴任してきますね。私、いつもより気合入れておしゃれしてきちゃいましたよ」

くるりと一回転してみせた京香は、淡い水色のブラウスに花柄のスカートを合わせている。

副社長こと高科雅彦《たかしなまさひこ》は、高科商事社長の長男として生まれ、絵に描いたようなエリートコースを歩いている。三十五歳とまだ若いが、本社に来るまでの間、各支社長を務め上げ、この春に副社長への昇格が決まったのだ。

早い出世は、創始者一族であるばかりが理由ではない。ビジネスセンスの高さは社内で評価されていたし、斬新かつ的確な戦略を持つ彼が将来トップになる器《うつわ》である事は誰もが認めていた。

加えて経済界きっての美丈夫であり、いまだ独身だ。そんな非の打ち所のない男性がいよいよ本社勤務になり、副社長に就任した。

これを機に、いよいよ副社長も真剣に結婚を考え始めるに違いない――

一部役員がそんな憶測を口にした途端に、本社にいる女性社員が皆一様に色めき立った。

そんな中、衣織はただ一人平常心を保ったまま、黙々と日々の業務をこなしていた。

元々セレブ婚など狙っていないし、考えた事すらない。副社長にまるで興味がないとは言わないが、それはあくまでも上司としてというだけで、それ以上でも以下でもなかった。

パソコンを開き、今日こなすべき仕事をざっと確認して、頭の中で一日のスケジュールを組む。

衣織の担当役員である田代常務は、先週からアトランタに出張している。だからといって仕事が楽になるわけではない。留守中に片付けるべき仕事があるし、常務はたとえ海外出張中であってもオフィスにいる時と同じくらい用事を言いつけてくるのだ。

「笹岡さん、会議室のコーヒー二つ追加お願い。急遽《きゅうきょ》、外部監査役もお見えになる事になったの」

作業中、衣織は先輩秘書の一人に声をかけられた。

「わかりました」

返事をした後すぐに、衣織の脳みそがフル回転を始める。

席の追加や必要な資料のコピー、昼食、車の手配といった雑務も、衣織が担当しているのだ。

「会議の後、副社長から一言ご挨拶《あいさつ》があるから、全員そのつもりで」

大方の準備が終わった後、秘書課長が全員に向けてそう声をかけた。

転勤してきたばかりの副社長には、まだ正式に担当の秘書が決まっていない。本人の希望で、しばらくの間は担当なしで様子を見る事になったのだ。

それはすなわち、その間に秘書達の仕事ぶりを見て相応《ふさわ》しいと判断した者を担当秘書に指名したい、という思惑があるから。選ばれた人は、もしかすると副社長の花嫁候補になれるのかもしれない――そんな憶測が秘書課のみならず、本社全体に広がっている。

頼まれ事をやり終え、デスクに戻った衣織は、やりかけの仕事に取り掛かった。

会議の議事録を英文に訳して、来月予定されている海外での会議用にまとめ直す。常務を担当するようになって二年目の今、以前より英語力がかなり鍛えられた事は確かだ。

会議が終わり後片付けをすませた頃、衣織宛てに常務から連絡が入った。

「はい。笹岡です」

「あぁ、田代だ。ちょっといいかな？　昨日メールで送ってもらった資料だけど、あれ、過去五年分のデータも用意出来る？」

「大丈夫です。一時間ほどいただければ、メールでお送り出来ます」

「それと、明日朝一で乗る予定の国内便、いったんキャンセルしてもらえる？　ちょっとスケジュールが変更になりそうなんだよ」

「承知しました。では、明日予約していたレストランにも連絡を入れておきます」

軽く頷き復唱しながらメモを取っていると、部屋の入り口で課長の声が響いた。

「みんな集まってくれるか。今から副社長よりご挨拶《あいさつ》がある」

衣織は、通話に集中しつつも顔を上げて入り口の方を振り返った。一歩下がった課長に代わって、ダークグレイのスーツを身にまとった副社長が部屋の中に入ってくる。

端整な顔立ちに、すらりと伸びた体躯《たいく》。聞こえてくる声は低く落ち着いたバリトンで、副社長という重要なポストに就くに相応《ふさわ》しい貫禄も備えている。

衣織を除く全員が副社長の前に整列した。ちらりと衣織を見た課長は、通話を続けるようジェスチャーで指示してくる。

常務からの電話は思っていた以上に長引き、結局副社長の話が終わる頃になって、衣織はようやく列の端っこに並ぶ事が出来た。課長が締めの言葉を言う。

「――というわけで、近々副社長の担当秘書が決定する。以上、よろしく。では各自仕事に戻って」

その場にいる秘書が一斉にお辞儀をする中、副社長は入り口に向かって歩き始める。

一呼吸置いて顔を上げたその時、衣織は彼とばっちり目が合ってしまった。

驚いたのも束の間、副社長はすぐに部屋を出て行く。

もしかして、一人だけ電話をし続けていたために目をつけられてしまったのだろうか。

許可が出ていたとはいえ、さすがにちょっと長電話すぎたのかもしれない。とはいえ、今更どうにも出来ないので、衣織は気を取り直して目の前の仕事に取りかかる事にしたのだった。

残業を一時間ほどこなして帰り着いたその日の夜、風太郎から一回目のカウンセリングについてメールをもらった。

『早速だけど今週末は空いてる？　土曜日の午後二時、虹ヶ崎《にじさき》公園前のカフェで待ち合わせてデートしよう』

目を通した途端、食い入るように返信を打つ。

「『了解、土曜日の午後、スケジュール空いています』――それから、えっと……」

返事を考えつつも、ついつい口元が緩《ゆる》んでしまう。

「うーん、ちょっと事務的すぎる？　絵文字とかつけた方が……いや、仮にもカウンセリングを受ける身なんだし……」

しばらく迷った挙句、『よろしくお願いします』とだけ付け加えて送信した。すぐに、もう少し可愛げのある文面にすればよかったと後悔したが、後の祭りだ。

それにしても、デートなんていったい何年ぶりだろう。今更ながらドキドキしてきた。

疑似といっても、恋人同士の真似事をするのだ。

風太郎のカウンセリングを見込んで、とりあえず今後三ヶ月の間、土曜日のスケジュールは空けておいた。元々そんなに外を出歩く方でもないし、何か予定が入りそうになっても可能な限りカウンセリングを優先するつもりだ。

(風太郎と恋人の真似事……。うわぁ、どんどんスペシャルな設定に思えてきた)

カウンセリングをする上で必要な事とはいえ、初めてのシチュエーションに胸が高鳴ってしまう。

同窓会の時みたいに、何を着て行こうかあれこれ考えてみたが、風太郎が言ってくれたようにここは無理をせず自然体で行こうと決めたのだった。

◆◆◆

そして迎えたデート当日。

緊張のあまりか、目覚まし時計が鳴る一時間も前に目が覚めてしまった。午前中は落ち着かないままそわそわと過ごし、約束の時刻が近づくと、白のブラウスに紺色の膝丈スカートを着てマンションから飛び出す。

指定されたカフェは、公園に臨むフランス風オープンカフェだ。お店の前にある花壇には色鮮やかな薔薇《ばら》が咲き誇っている。おしゃれすぎず一人でも入りやすい雰囲気に、幾分《いくぶん》緊張がほぐれた。

ふと時計を確認すると、約束の時間まであと四十分もある。

「あれっ?」

ちょっとだけ早く来るつもりが、ものすごく早く到着していた。

(やだ……私ったら、緊張しすぎ……)

思えば、用意出来た途端、時計もろくに確認せずに出てきてしまった。

それでも秘書?　と思われるような失態だ。これだから風太郎に『おとぼけ』とか言われてしまうのだ。

(ま、いっか。どうせ部屋にいてもする事なかったし)

衣織は気を取り直して店に入り、テラス席に着いて冷たいカフェオレを頼んだ。それを飲みながら、花壇にある紅色《べにいろ》の薔薇をぼんやりと見ていると、だんだん高校二年生の時の出来事が頭に浮かんでくる。

冬休み直前の日の放課後の事——衣織は担任に頼まれて連絡プリントを印刷していた。すると、そこに部活を終えた風太郎が通りかかり、出来上がった印刷物を職員室まで運ぶのを手伝ってくれたのだ。

『もう帰るんだろ?　外、だいぶ暗いし、駅まで一緒に帰ろう』

突然降って湧いた夢のようなシチュエーション。二年生で別のクラスになってから、風太郎とあまり話す機会がなかった。ここへきてまさかのラッキーにありつけたのは、日頃担任の雑務を手伝っていた事が報われたのだろうか。

寒がりな衣織は、冬になるといつも厚手のカーディガンを着込んでいた。だけど今は少し暑かったので、カーディガンはバッグにしまい込んだままだ。

『風太郎、すごく寒そうだね。これ、肩に掛けたら少しはましになるんじゃない？』

肩をすくめ、ポケットに手を入れて歩いている風太郎に、衣織は思い切って自分から声をかけた。差し出した手には、紅色のカーディガンが握られている。

『え、いいのか？ でも衣織寒がりだろ。これ貸りたら、風邪引いたりしない？』

『平気。制服の下にカイロいっぱい貼ってあるから』

カーディガンを風太郎の手に押し付け、巻いていたマフラーに顔の半分を隠すと、衣織は風太郎の少し前を歩く。

カイロなんて実は一枚も貼っていなかったのだが、自分より風太郎が暖かくなってほしかった。

結局その週末に風邪を引いて二日間寝込んでしまった事は、内緒の話だが――

そんな自分を思い出して、思わず口元に笑みが零《こぼ》れる。

(健気《けなげ》だったなぁ、私。それに三年生の時は……)

高校三年生の時は、同じクラスになれただけでなく、一緒にクラス委員をする事になった。

当時から人望も統率力もあった彼は、委員を決める時に満場一致で委員長に選出された。副委員長は投票によって女子生徒が選ばれ、さて書記は誰にしようかという段になって突然、風太郎が衣織を指名してきたのだ。

今までそんな目立った事のない衣織は驚いた。だが、指名されたからにはと引き受けたのだ。書記の仕事は、思った以上に忙しかったけれど、それよりも風太郎と接点が出来た事がこの上なく嬉しかった。

頭の中に、次々と当時の記憶が戻ってくる。それと同時に、風太郎がなぜあの時衣織を指名したのか、いまだに理由を知らない事に気付いた。

(風太郎、どうしてあの時私を書記に指名したのかな?)

そんな事を考えていると、後ろから弾むような声が聞こえてきた。

「お待たせ。って言ってもまだ二時十分前だけどね」

振り返ると、風太郎がにこやかに笑っていた。シンプルなホワイトシャツにヴィンテージらしいジーンズを着ており、足元はインディゴブルーのスニーカー。無造作にセットされた髪のせいか、同窓会で見た時よりずっとラフで男っぽく感じる。

「早かったな、衣織」

「うん、ちょっと早く来すぎちゃって」

手にしたスマートフォンをしまいながら、衣織は笑みを浮かべる。

(ううっ、やっぱり緊張する)

元同級生にして初恋の相手。いくら過去の想いとはいえ、これほどかっこいい男性を前にすれば、胸が躍ってしまうのも無理はないと思う。

風太郎が、衣織の前にある空っぽのグラスに目をやる。

「ずいぶん待ったみたいでごめん。ここはもう出ようか。天気いいし、ちょっと公園を散歩しよう」

「わかった。じゃあお会計――」

「待たせたおわびに、俺が出すよ。会計をすませてくるから、外で待ってて。あ、店から一歩外に出たらデート開始だから、そのつもりで」

「う、うん!」

風太郎に背を向けた途端、大きく深呼吸してみる。いよいよ、本格的なカウンセリングが始まるのだ。

(焦ってとんでもないドジを踏まないようにしなくちゃ……!)

決意を新たにしたところで、風太郎が店から出てきて衣織の横に並んだ。

「さあ、行こうか」

急に風太郎が衣織に向かって手を差し出してきた。

「えっ?」

緩《ゆる》く広げられた掌《てのひら》が、衣織の右手を誘っている。今までに経験した事のないシチュエーションに、頭の中が真っ白になってしまう。

「えっ、じゃないだろ。もうカウンセリングは始まってるんだぞ。俺達は今、恋人同士。デート中は基本手を繋《つな》ぐっていう決め事、もう忘れたのか？」

引き寄せられるように彼の手に右手をのせると、長い指が衣織の掌をしっかりと包み込んだ。大きくて力強い、男性の掌。こんな風に異性と手を繋ぐなんていつ以来だろう？　小学生の時のフォークダンス以外思いつかない。

そんな衣織の心情にはまったく気付かない様子で、風太郎は周りの景色を見ながらのんびりと歩いている。

「さっきカフェにいた時、何か考え込んでいるみたいだったけど、どうかしたのか？」

「あ、うん。ちょっと高校の時の事を思い出してたの。三年でクラス委員をやったなぁとか。そう言えば、風太郎はどうして私を書記に指名したの？　あの時、他にも書記をやりたいって子はたくさんいたのに」

記憶が正しければ、確か五、六人はいたはず。しかも全員が女子で、それぞれ勉強や容姿で目立つ子ばかりだった。

「うーん……なんでって、単純に衣織にやってほしいって思ったからかな」

そう言って、風太郎は当時を懐かしむように視線をゆっくりと空に巡らせる。

「一年の時、衣織は図書委員をしてただろ？　俺、いつもきちんと委員の仕事をする衣織を見て、目立たないけどすごく真面目に仕事をする奴だなぁって思っててさ。だから指名したんだ。案の定、俺が期待していた以上の活躍をしてくれたな」

「……結構、こき使ってくれたよね。風太郎、生徒会もやってたから、私もいつの間にかそっちの仕事までやらされていたりして。でも、その時頑張った経験が、今の仕事に繋《つな》がってるのかもしれない」

「だろ？　俺って先見《せんけん》の明《めい》があると思わないか？　衣織の隠れた資質を見抜いて、将来秘書として抜群の能力を発揮出来るように導いたんだ」

風太郎が、得意げに胸を張ってみせる。その子供のようなしぐさに、衣織は噴き出しそうになった。

「うわ、偉そう！　……でも、ほんとそうかも」

「かもじゃなくて、事実だよ」

彼が自信満々にそう言い切ったところで、二人同時に声を上げて笑う。

「だけど、ほんと衣織を指名してよかったと思ってる。一緒に頑張ってくれたのが衣織だったから、俺もあれだけやれたんだ」

しばらく並んで歩いた後、風太郎は衣織の手を握ったままゆっくりと腕を肩の高さまで掲げた。

「うーん、天気よくて気持ちいいよなぁ」

「え……うわっ！」

身体のバランスが崩れて、歩調が乱れる。よたよたと歩く衣織を見て、風太郎が軽やかに笑った。

「衣織、まだ緊張してるな？　ほら、一回グーンと背伸びしてから一気に肩の力を抜いてみろよ」

ぐっと背伸びする風太郎につられて、同じように腕を振り上げて力を抜く。

「はい、もう一回」

言われた通り、何度か腕の上げ下げを繰り返す。気が付けば、握り返せないままでいた風太郎の手をぎゅっと握っていた。

「どう？　ちょっとは力抜けたか？」

確かに、固まっていた肩の筋肉が幾分《いくぶん》ほぐれた気がする。

「うん。だいぶ楽になった……ありがとう」

こんなに話しやすいのは、彼が一流のカウンセラーだからだろうか？　楽しいし、すごく穏やかな気分になれる。

それから二人は、道沿いにある花や木を眺めてそぞろ歩いた。風太郎は、衣織に合わせて狭い歩幅にしてくれている。

（ふふっ。なんだか、本当の恋人同士みたい……）

そんな事を思い、思わず頬が火照《ほて》った。日差しを遮る雲があまりないせいか、更に熱くなってしまう。

「あそこのベンチに座ろう。アイス買って来るからちょっと待ってて」

衣織を近くのベンチに座らせた風太郎は、向こうに見えるアイスクリーム売りの屋台まで駆けて行った。遠ざかっていく彼の背中を見つめながら、もう一度腕を上下に動かしてみる。

さっきまで握り合っていた掌《てのひら》が、まだ彼の温もりを覚えている。最初こそ指先に鼓動を感じるくらい緊張していたが、今はだいぶ慣れてきた。

衣織の緊張を敏感に感じ取って、それをほぐすためにさりげなく和《なご》ませてくれた風太郎のおかげだ。高校の時のくだらない馬鹿話や、今上映中の映画や昨日発売したばかりの本の話。無理をしなくても話が弾むし、彼が提供してくれる話題すべてに興味が湧く。

きっとこんなのが『デート』であり『恋愛』なのかな、と思った。なんでもない事が嬉しかったり、ただ一緒にいる事が楽しかったり——

二十六年生きてきて初めて知った感覚に、心が躍る。

（初めてのカウンセリングで、もうこんな気持ちになれるなんて……これも相手が風太郎だからなのかも）

そんな事を思いながら待っていると、風太郎が両手にアイスクリームを持って戻ってきた。その姿が、まるでメンズ雑誌のモデルみたいに絵になっている。

「お待たせ。チョコとバニラ、どっちがいい？」

「チョコ！」

即答した衣織にチョコレートアイスを渡しつつ、風太郎は声を上げて笑った。

「そう言うだろうと思った。衣織、高校の時もよくチョコアイス食べてたよな」

「え！　なんで知ってるの？」

「昼休みに購買で買い食いしてるの、しょっちゅう見掛けてたから」

「うっ、見られてたんだ……」

確かによく食べていた。昔から甘いもの好きで、特にチョコレートには目がない。

「そう言えば、三年のバレンタインに手作りのチョコをくれたよな。あれ、美味《うま》かったよ」

「ほんと？　嬉しいな。っていうか、よく覚えてたね」

数種類のチョコを溶かし、それぞれをコルネで細く搾《しぼ》り出して花の形になるように重ね合わせた。

それは、衣織が何度も試作して完成させた一品だった。お菓子作りが得意な母のサポートも断り、自分一人で最初から最後まで作り上げた事を、今でもよく覚えている。

「そりゃ覚えてるよ。見た目も綺麗だったし、食べるのがもったいなくてさ」

そんな彼の言葉に、ますます気持ちが弾んでくる。

「あの時、風太郎って大きな紙袋二つ分くらいのチョコもらってたよね。あれだけあると、さすがに一人で食べきれなかったんじゃない？」

衣織が把握しているだけでそれだ。自宅に送ってきたりこっそり手渡された分を合わせると、もう一袋分くらいあったのではないだろうか。

「うん、さすがに家族で手分けして食べた。けど、衣織のは義理チョコなのに手作りのをくれたから、それはちゃんと自分で食べなきゃと思って頑張った」

「そ、そっかぁ」

（いやいや、あれ、義理じゃなくて本命だったんだけどな）

頭の隅でそう呟《つぶや》くものの、確かに衣織は風太郎に手渡す時に『これ、手作りだけど義理チョコだから』とわざわざ言って渡したので、気付かれなくて当然だ。

あれもこれも、風太郎に関する思い出はどれをとっても甘酸っぱい――そんな事を思いつつ手渡されたアイスを舐めると、口いっぱいにほろ苦い甘さが広がった。

「このアイス、すっごく美味《おい》しい！」

「だろ？　あの移動販売のアイス、素材にこだわってるんだってさ。初デートだし、どこに行こうか結構迷ったんだけど、チョコ好きの衣織が喜ぶところがいいかなと思って」

「そうなんだ……ありがとう、すごく嬉しい」

なんだろう、この感じは。恋人と過ごす時間というのは、こんなにも気持ちがフワフワと浮き上がるものなのだろうか。

「喜んでもらえてよかった。衣織のテンションを上げるには、やっぱり美味《うま》いチョコレートを食わせるのが一番だな」

ちょっと粗野な言葉遣いが、高校生の頃の記憶をまた蘇《よみがえ》らせてくれる。

結局告白する事もなく終わった恋だったけれど、八年という時を超えて今という時間と繋《つな》がっているのだ。その事がなんだか不思議に思えた。

辺りを何気なく見回してみると、一定の距離をあけて何組かのカップルがデートしていた。それぞれがぴったりと寄り添い、いかにも幸せそうに見える。

「私、こんな風に公園でデートするの初めて。前にしたデートは、いつも人混みの中でセカセカ動き回ってて、のんびり出来なくて」

衣織はアイスをひと舐めして、ゆっくり空を仰いだ。青い空に浮かぶ雲が、まるで薄く伸ばした綿菓子みたいに美味しそうに見える。

「そっか。これからは俺と本当に楽しいと思えるデートをしよう。なっ？」

ひょいと覗き込んでにっこりと笑う顔に、思わず「うん」と頷いて笑い返した。そんな衣織の表情を見て、また風太郎が微笑む。

和《なご》やかな時が流れて、ようやく『休日のデート』というシチュエーションを理解する事が出来た。

そんな時、若いカップルが、互いの腰に手を回した格好で二人の前を通り過ぎる。そして、楽しげな笑い声を上げた後、カップルはおもむろに立ち止まって熱烈にキスをし始めた。

「あっ……」

それを目にした衣織は、いきなりの事につい隣にいる風太郎を見た。

同じタイミングで衣織を見た彼と目が合い、照れてしまう。

「さ、さすがデート日和の土曜日だね。今の、まるでドラマのワンシーンみたい……」

「ああ、この辺りは静かだし、格好のデートスポットだからな。今の彼女、たぶんここの近くにある高校の生徒だよ」

「え？　高校生っ？」

驚いてもう一度見ると、カップルはキスを終え、こちらに背を向けて歩いていく。

「持っていたバッグに校章がついてたから」

そう言えば、チェックのミニスカートから見える脚がやけに眩《まぶ》しかった。

「そ、そうなんだ。近頃の若い子って進んでるんだね。いや、もうこれが普通なのかな？　私なんかいまだにキスもした事ないのに――っと……」

つい口を衝《つ》いて出た言葉に、しまったとばかりに唇を噛んで下を向いた。

(うわぁ、今のナシ！ お願い！ せめて最後の方だけでも聞こえていませんように……！)

ぎゅっと目を閉じて、必死に念じる。だけど、すぐ隣にいる風太郎に今の言葉が聞こえていないはずがない。いくらまともに付き合った事がないとはいえ、さすがにキスもまだなんて想像の域を超えるこじらせ女子だ。

(ドン引きだよね……。あーあ……もう……)

思い切って目を開けたのはいいものの、恥ずかしさのあまりどうしても顔を上げる事が出来ない。

「……笑っちゃうでしょ。オオサンショウウオかアホウドリクラスの天然記念物だよねぇ」

なるべく卑屈に聞こえないように茶化してみたが、声のトーンが妙に平坦になって不自然きわまりない。

どうしよう——そう思った時、風太郎が、そっと衣織の左手を握った。

「俺はそういうのっていいと思うよ。焦って無理にするようなものじゃないだろ？ キスがまだ——って事は、その先もまだ？」

「……うん。ハイ、まだです……」

衣織は蚊の鳴くような声でそう返事をして、身体をぎゅっと強張《こわば》らせる。

(やっぱ、ないわ……。いくらなんでもそれはない。二十六にもなってヴァージンとか――ああ……!)

目の前が真っ暗になって固まる衣織に、風太郎が気にした風もなく話しかける。

「だったら、尚更いい彼氏を見つけなきゃだな。そして、いい恋をして幸せになる。大丈夫、俺にドンと任せておけ」

風太郎は、きっと衣織の気まずい思いに気付いている。それなのに、あえて何でもないように振る舞ってくれているのだ。

おそるおそる顔を上げて視線を合わせると、風太郎は笑顔で軽く頷いた。

「大切な身体なんだ。納得のいく形でその時を迎えればいい。な?」

「う、うん」

「よし!」

繋《つな》いだ掌《てのひら》に、風太郎がぎゅっと力を入れる。

「カウンセリングとはいえ、俺は衣織に出来るだけ楽しんでほしいと思ってるよ。いいか? 今の俺達は恋人同士なんだぞ。ヘンに遠慮なんかしなくていい。もしどこか行きたいところがあれば、遠慮なく言ってくれていいから」

こういうところが風太郎らしいのだ。いつだって思いやりがあって、男気に溢《あふ》れて――

再び、高校時代のきらきらした思い出が蘇《よみがえ》ってくる。

「しかし、同窓会も出てみるもんだな。なんたって八年ぶりだし。バスケ部のＯＢ会とかで、何人かとはコンスタントに会っていたけど、衣織には卒業以来一度も会う機会がなかったもんなぁ」

人気者だった風太郎の噂は、頻繁《ひんぱん》に耳に入ってきていたので、衣織は彼が夢を叶えた事をよく知っていた。

大学院に進んだ事や、アメリカに留学した事など、彼の進路を友達から聞くたびに、彼に負けないように頑張ろうと自分を鼓舞していた。一度も会わなかった八年の間、風太郎が常に衣織のモチベーションを上げてくれる存在だったのは間違いない。

「風太郎は偉いよ。自分の夢を叶えて、なりたい自分になってるんだもんね。私なんてまだまだ。日々の仕事に追われてあっぷあっぷしてるし」

「それは俺も一緒だよ。毎日が勉強だし、常に自分のやる気との真剣勝負だ」

そう語る風太郎の顔は、昔と同じく生き生きとしている。

「そういうとこ、昔のままだね。いつだって前向きで、真摯《しんし》で……。私なんて、変わらなきゃいけない部分をずっと引きずって上手く変われなくて……」

弱気になっちゃいけない――。そう思っているのに、風太郎を前についつい弱音を吐いてしまう。

衣織は、それを誤魔化すようにアイスを口に運んだ。彼の掌《てのひら》のぬくもりと、口の中に広がるほろ苦い甘さ。頭の中はいつの間にか、引っ込み思案だった高校時代の自分に戻っている。

そんな衣織を、風太郎は穏やかな目でじっと見つめていた。

「……変わりたいっていう衣織の気持ちはよくわかるし、大事だと思うよ。でも、変わらなくていい部分だってたくさんある」

アイスを一口齧《かじ》って、風太郎が空を仰いだ。

「衣織は、真面目で何にでも一生懸命なとことか、ぜんぜん変わってないよな。何をやるにしても丁寧だし、きちんとやり遂げるまで妥協しない。俺はいつも見習わなきゃなって思ってた」

ちらりと流れて来た彼の視線が、衣織の瞳を捕らえる。高校の時と同じ、だけどあれから八年経った今の風太郎の視線が。

「あ、ありがとう。風太郎の言葉を聞くと、なんだかやる気が出ちゃうなぁ」

やはり彼が人気カウンセラーになったのは、必然だったのだろう。これだけ人の心を救ってくれるのだから。

そう思い、微笑んだ衣織の鼻先に、風太郎の顔がいきなりぐっと近づいてきた。

「わわっ、なにっ？」

突然目の前にきた端整な顔に動揺して、一気に頬が赤くなるのを感じた。距離にして、拳《こぶし》二個分ぐらいだ。

（ち、近い！　いくらなんでも近すぎるっ……）

衣織は心の中で叫び声を上げる。すると、元の位置に戻った風太郎が、器用にもアイスを持ったまま人差し指で自分の右の頬をつついた。

「ここ。ほっぺたにアイスが付いてる」

「え？　あ、ああ！　アイスね！」

風太郎の行動の理由がわかったものの、衣織の心臓はばくばくしたままだ。

「えっと、み、右？」

「うん、右。子供みたいに夢中になって食べてたから、気が付かなかったんだな」

とは言っても、片方の手はアイスで、もう片方は風太郎と手を繋《つな》いでいるので、どうする事も出来ない。

すると、もう一度彼の顔が近づいてくる。そして、柔らかくて温かいものがそっと衣織の右頬に触れた。

（えっ……？）

それは、風太郎の舌先だった。ぺろりと舐めて、ちゅっと唇でそこを軽く吸って……

（う、嘘！　今、風太郎に舐めてもらった？　ほっぺたにキス？　風太郎が、キス？

まさかまさかーーーっ！）

一人脳内で大パニックを起こしている衣織の顔を、風太郎は真正面から眺めて満足そうに頷く。

「よし、取れた。アイス、手にも垂れてきてる。食べ終わったら手を洗おう」

「そ、そうダネッ」

妙な感じに声がひっくり返ったが、今の衣織にはそんな事を気にする余裕すらない。

全身の血が沸いて完全に興奮状態に陥《おちい》ってしまっていた。

これもカウンセリングの一環なのだろうか？　恋人同士なら、普通にある事なのか？

そうだ、きっとほっぺたにキスぐらい、特に驚くような事でもないのだ。

（——だとしても、びっくりした！　すごくびっくりした！）

「さてと、もう少し歩いて、公園の向こう側にある薔薇《ばら》園に行ってみようか。その後、どこに行くかは決めてないんだ。ゆっくりぶらついて、夜は予約してある店で食事をしよう」

歩き出した風太郎の手が、自然に衣織を薔薇園へと導く。緑が溢《あふ》れる環境のせいか、都会の真ん中だというのに鳥の声が聞こえてくる。

繋《つな》いだままの手が、まるでブランコのように二人の間で揺れる。

正面からやってきたカップルが、同じように手を繋ぎ、楽しそうに話しながらすぐ横を通り過ぎた。

ごく普通の恋人同士が、ごく普通にデートしている。

ただそれだけの事なのに、衣織にとっては何もかもが初めてで、そわそわと落ち着かない。

衣織はふと、先ほどの出来事――ほっぺたにキスされた事を思い出す。

意識すればするほど、ますます緊張が高まり、足が震えてくる。

（ちょ、ちょっと待ってよ、衣織。いい？　くれぐれも勘違いしないようにね。風太郎は、カウンセリングの一環として私と擬似恋愛をしてくれているだけなんだから）

そう自分に言い聞かせつつも、初めて頬に男性の唇が触れたという事実に、脳内がお祭り騒ぎになる。

『カウンセラーは、クライエントとは絶対に恋愛関係にならない。そういう決まりがあるんだ。でなきゃ、まともにカウンセリングが出来なくなるから』

同窓会の時に聞いた彼の言葉が、脳裏に蘇《よみがえ》る。

風太郎は、カウンセラーであり、自分はそのクライエント。いくら今の状況が夢のようだからといって、その事だけは忘れてはいけない。

「衣織、和食好きか？　今夜予約しているのは、ちょっとしゃれた感じの会席料理店なんだ」

風太郎が、身体ごと衣織の方に振り向く。

「う、うん、大好き」

「そうか。ならよかった。ついこの間見つけた店なんだけど、こぢんまりとしてて、雰囲気もいいんだ」

そう言う風太郎の雰囲気こそ、衣織にとっては最高級だ。彼の笑顔が眩《まぶ》しくて、衣織は誤魔化すように質問を投げかけた。

「えっと、風太郎って一人暮らし？ 普段、ご飯とかどうしてるの？」

言った途端、いきなり突っ込んだ質問をしてしまった事に気付き、そっと下を向く。

「うん、高校卒業以来ずっと一人暮らし。だから、ある程度のものは作れるようになったよ」

「そうなんだ……」

嫌がらずに答えてもらった事に安堵しつつ、衣織は顔を上げる。

「風太郎って、なんでも出来ちゃうんだね。もし今の職業についてなくても、今みたいに人気者になってテレビとか雑誌に取り上げられそう」

「ははっ。やけに褒めるなぁ。だけど、今の職業についてない自分とか、ちょっと想像つかないかな」

風太郎が、歩きながら空を見上げた。

「あっ……、だよね。ごめん、変な事言っちゃったね」

「いや、そうじゃないんだ。俺、他の職業を選んだ自分を想像した事もなかったなぁって思って。例えば、他にどんな職業が合いそう？」

「えっ、うーんと、風太郎なら……そうだなぁ。学校の先生とか、スポーツのインストラクターとか……あ、俳優さんもいいかも！」

「うわ、さすがに俳優はないかなぁ。アクションものならまだしも、シリアスな恋愛ものとか絶対無理。俺、ラブシーンで絶対笑い出す自信あるよ――。うん、どう考えても、俳優なんて無理無理無理！」

「そ、そう？」

ラブシーン？　さっきのも、ちょっとしたラブシーンではなかったのだろうか？

それとも、ほっぺたはギリギリ普通のスキンシップのうちに入るという事なのか。

（だけど、舌がペロッて……そんでもって、ちゅって吸われたりしたけど、それでもラブシーンとは言わないのかな？）

悶々《もんもん》と考えるうちに、いつの間にか眉間に力が入る。

「ん、どうした？　やけに難しい顔して」

「……あ、ううん！　なんでもないの。ちょっと頭がぼおっとして――あ、薔薇《ばら》園！　うわぁ、すごく綺麗！」

必要以上に意識しちゃいけない――。わかっているのに、どうしてもキスの記憶が頭から離れない。

それでもなんとか平静を装い続けて夜を迎え、二人は予約してあった会席料理店に入った。

「カウンセリング第一日目、お疲れ様。どう？　こんな感じで進めていって大丈夫？」

透き通ったガラスのお猪口《ちょこ》を合わせ、乾杯した後、風太郎が言う。フルーティですっきりとした飲み心地の日本酒が、喉の奥にするすると入っていく。

「うん。すごく楽しかったし、どきどきしたりうきうきしたり……これが恋愛なんだなぁって……なんだかいろいろと勉強になったって感じ」

「そうか、それならよかった。俺もすごく楽しかったよ。さ、食べよう。お腹空いただろ？」

それまで、手を繋《つな》いでいるとはいえ、並んで歩いていた。だけど今は、向かい合って座っている。

正面から見る風太郎は、正真正銘のイケメンで、完璧なまでに優しい恋人を演じてくれていた。

本人は俳優なんて無理だと言っていたけれど、きっと大丈夫だろう。

照れるあまり、普段飲み慣れない日本酒を飲みすぎてしまった。その結果、二軒目の店に辿りつく前に足元がおぼつかなくなってしまい、記念すべき一回目のカウンセリングデートを早めに終わらせる羽目になったのだった。

◆　◆　◆

週明けの月曜。会社へと向かう電車が、ちょうど川沿いの桜並木の横を通り過ぎる。遅咲きの八重《やえ》桜が枝いっぱいにピンク色の花を咲かせているのをぼんやり眺めながら、衣織は土曜日にあった事を反芻《はんすう》していた。

(飲みすぎて心配されて、家まで送ってもらうとか、私って一日目から駄目駄目だなぁ……)

思い返すたびに、顔が火照《ほて》ってくる。土曜日の反省を、今までずっと引き摺《ず》っているのだ。

それにしても不思議な気分だ。風太郎に再会して、思いがけず彼が個人的にカウンセリングをしてくれる事になって——そして、一回目を終えた今、なんだか妙に心が揺れている自分がいる。

(なんだろうなぁ……。やっぱ、初めて男の人とまともなデートをしたから、動揺してるのかな)

キスといっても、あくまでもカウンセリングの一環だ。だけど、そうとわかっているのに、今乗っている通勤電車並みに気持ちがぐらぐらと揺れまくっている。

もしかして、こんな心の動揺もカウンセリングの効果のひとつなのかもしれない。

それとも、やはり相手が風太郎だからだろうか？　なんといっても、初恋で憧《あこが》れ続けた相手なのだ。

（今度会う時には、もう少し落ち着いていられるかな……）

また風太郎に会えると思うと、自然と口元が緩《ゆる》んでしまう。

（いやいや、浮かれている場合じゃない！　とりあえず仕事っ。頭を切り替えて頑張ろう！）

浮かれ気味だった脳みそに活を入れ、衣織は駅を出てオフィスに向かう。

今日は朝一で田代常務から頼まれた資料作成に取り掛かり、午前中には仕上げるつもりだった。

彼はまだ海外出張から帰ってきていないけれど、やるべき仕事は相変わらず山積みにされているのだ。

衣織は早々にデスクに着き、仕事に集中する。合間にかかってくる電話に応対しながらも、無事資料を作り終え、ランチタイムに入った。

ロッカールームに行くと、昼食を食べ終えたらしい京香が、軽く手を振って衣織を迎えた。

「衣織さん。今日はどうかしました？　なんだか怖いくらい仕事に集中してましたね」

ロングヘアを綺麗にまとめ上げた京香が、にっこりと笑う。

「ああ、田代常務に渡す資料、午前中には仕上げようと思ってたから」

「そうだったんですか。……あれっ、今日の衣織さんって、なんとなくいつもと雰囲気が違いませんか？」

「えっ、雰囲気？　そう？」

衣織は咄嗟《とっさ》に右の頬を押さえた。掌《てのひら》に、風太郎と手を繋《つな》いだ時の感触が戻ってくる。

「うーん、どこがどうとははっきり言えませんけど……なんかこう、ふわふわっとしたオーラを感じるというか。よくわかんないですけど、とにかくいい感じなんです」

「そうなんだ、自分ではよくわからないけど」

「何かいい事あったんですか？」

「えっと、別に何もないよ。……っと、私これからお昼行ってくるね」

いってらっしゃいと京香に見送られて、衣織はエレベーターで一階に下りる。

（雰囲気が違う？　もしかして、もうカウンセリングの成果が出てるって事かな？）

そう思い、気分よくビルの外に出ると、暑いくらいの日差しが降り注いできた。

今日のランチは、野菜たっぷりカレーか、それともパンがおかわり自由のサラダランチセットか――いくつかの店の自慢料理を頭に思い浮かべながら、衣織は駅に向かって歩く。他の課にいる同期と一緒の時もあるが、今日は一人ご飯の日と決めているのだ。

通りすがったコスメショップの前で、ふと足を止める。

「あ。この口紅の色、可愛い……」

普段化粧品を気にする事などめったにないのに、今日はやけに心惹かれた。店頭に置いてあるサンプルを手に取り、手の甲に軽く塗ってみる。まるで肌に薔薇《ばら》の花びらを置いたようなピンク色に、ついそのままレジに持っていってしまった。予定外の出費だ。

今まで、こんな弾む気持ちで化粧品を買った事なんかなかったのに――

(買っちゃった、ローズピンクの口紅……ちょっと派手だったかな？　でもいいよね。今度風太郎に会う時、これをつけて行こう)

そんな事を思いながら、またちょっと右の頬にキスの感触が戻ってくる。

ふとスマートフォンを見ると風太郎からのメールが届いていた。

『二回目のカウンセリングだけど、次の土曜日、午後二時に衣織の家まで車で迎えに行く』

あっさりとした文面なのに、ほんのりとした温かさを感じさせる風太郎からのメール。

衣織はすばやく返信文を打ち込む。

『予定通りで大丈夫。自宅まで迎えに来てくれるの？　ありがとう。よろしくお願いします』

何回か読み返して、えいやっとばかりに送信ボタンを押した。

会社に戻った後も知らないうちににやけていたらしく、廊下ですれ違った役員に「何かいい事でもあった？」と聞かれてしまった。

（ふふっ、本当にカウンセリングをお願いしてよかった）

このまま彼のカウンセリングを受けていれば、間違いなく自分を変える事が出来る。

改めてそう思った衣織は、心の中で腕まくりをして午後からの仕事に取り掛かった。

◆◆◆

週末まで、いつも以上にバリバリと仕事をこなし、無事迎えた約束の土曜日。空は薄曇りだが、雨が降ってくる心配はない。

『時間ぴったりに家の前まで行くから、用意して待ってて』

そう言われ、指定された時間の一時間前には身支度をすませた。衣織が住んでいるのは、割と駅近の七階建てワンルームマンションの四階角部屋だ。一階には大家さんが住んでいるのでセキュリティ面はしっかりしているし、住み心地は申し分ない。

「あと五分か」

最後にもう一度洗面台の鏡に向かい、先日買ったローズピンクの口紅を唇の上にのせた。

ぷるん、といい具合に艶《つや》めいた唇が出来上がると、タイミングよく風太郎から到着を知らせるメールが入った。

今日の服装も、何の変哲もない白のブラウスに薄いブラウンのフレアスカートだ。それにベージュのパンプスを合わせて、エントランスのドアを開けた。見ると、目の前に漆黒《しっこく》の車が停まっている。その横に立っている風太郎が、衣織を見て手を振り、にっこりと笑いかけた。

衣織は急いで彼のもとへ向かう。

「お待たせ。えっと、なんだかすごく……その、かっこいいね」

衣織の声は、明らかに上ずっている。彼が身に着けているのは、フォーマルに近いダークカラーのスーツと、濃緑色のアスコットタイだった。まるで英国紳士のような風貌に、衣織は圧倒されてしまう。

「ありがとう」

少し照れたように口元を綻《ほころ》ばせると、風太郎は衣織の手を引いて導き、助手席のドアを開けてくれた。きちんと整えた髪と上品な身のこなしが、今日のデートがラフなものではない事を物語っている。

「今日は衣織にちょっとしたお姫様気分を味わわせてやろうと思って。これから俺の知り合いがやってる銀座の店に行って、めいっぱいおしゃれしよう」

「う、うん」

衣織は助手席に乗り込み、落ち着かない気分でシートベルトを締めた。車内はきちんと掃除されていて、塵《ちり》ひとつ落ちていない。

「迎えに来てくれてありがとう。今日もよろしくお願いします」

ぺこりと頭を下げると、風太郎が「こちらこそよろしく」と優しく応える。

「口紅、可愛い色だね。すごく似合ってるよ」

何気ない褒め言葉なのに、衣織の頬が一気に上気する。

「あ、ありがとう。ちょっと派手かなって思ったんだけど、勇気を出して買ったの。今日のデートにつけて行きたくて」

その途端、自分が口にした「デート」という言葉に反応して更に頬を赤く染めた。慌てて正面を向いた衣織は、誤魔化すように別の事を口にする。

「後輩秘書の京香ちゃんっていう子が、私の雰囲気がいつもと違うって言ってくれたの。役員の人も、何かいい事あったのか、なんて聞いてくるし。自分じゃよくわからないんだけど、ちょっとはカウンセリングの効果が出てるのかな、なんて……」

照れたように下を向く衣織に、風太郎が答える。

「うん、俺もそう思うよ。そうやって笑ってる顔とか、雰囲気が前よりも柔らかくなってるしね」

「ほんと!?」

風太郎に言ってもらった事で、自分でもおかしいくらいテンションが上がってしまった。あまりにも単純だが、嬉しさを隠し切れない。

そんな衣織に微笑みかけつつ、風太郎は車のエンジンをかけた。走り出した車は、道路を滑るように走っていく。

「仕事はどう？　順調にいってる？」

「うん、大丈夫。ありがたい事に、上司にも同僚にも恵まれてるから」

「そうか、それを聞いて安心した。仕事が問題ないなら、カウンセリングに集中出来るな」

車は、渋滞に捕まる事なくいくつかの交差点を通り過ぎる。

普段車で都心を走らない衣織だが、周りの風景よりも運転席の風太郎の事が気になって仕方がない。手馴れた様子でハンドルを握りながら穏やかに話す彼に、やたらと胸がときめいてしまう。車の運転には性格が出ると言うけれど、それが本当なら風太郎はこの上なくスマートで優しい人だという事だ。カーブを曲がる時や、後ろをちらりと窺《うかが》う様子からそれがわかる。

まるで映画みたいなプロローグで始まった二回目のデート。やがて車は、銀座の裏通りでエンジンを止めた。

「ほら、着いたよ。ここが、古くからの知り合いがやっている店だ」

到着したのは、銀座裏通りにあるセレクトショップだ。車を降り、助手席側に回った風太郎がドアを開けてくれる。衣織が差し伸べられた手を借りて車を降りると、目の前には白壁のヨーロッパ風建物が佇《たたず》んでいた。大きなショーウインドウと同様、入り口はガラス張りで、その上に金文字で『Freesia』と書かれている。

「すごく素敵なお店だね。一人だったら、絶対入れないよ……」

「ははっ、気負わなくていいよ。事前にお願いしておいたから、今の時間は貸し切りなんだ。どれでも気に入った洋服を選んでいいよ。当然、これもカウンセリングのうちだから、値段は気にしないで」

途端に、自分が映画のヒロインになった気分になる。浮かれた気持ちを落ち着かせようと、衣織は別の話題を振った。

「店名って、花の名前？」

「そう。オーナーがフリージアの花が好きでね。あ、それと彼女には、俺と衣織は本当の恋人同士だって伝えてあるからそのつもりで」

「う、うん。わかった」

手を繋《つな》いだまま耳元でそう囁《ささや》かれて、また胸が高鳴ってしまう。

『ＣＬＯＳＥＤ』と書かれたプレートが掛かる入り口のドアを開けると、フロア中程にある扉から一人の女性がひょいと顔を出した。

「あ、風太郎いらっしゃい！　待ってたわよ」

「やぁ、真里菜《まりな》。今日はよろしく」

ぱっちりと大きな目に長い睫毛《まつげ》、すらりとした長身の美女だ。後ろに結い上げた髪は明るい栗色をしている。どことなくエキゾチックな雰囲気がする彼女は、風太郎をちらりと見ただけですぐに視線を衣織の方に移した。

「あなたが衣織ちゃん？　初めまして、私、桂木《かつらぎ》真里菜。どうぞよろしく！」

「あ、はい、こちらこそどうぞよろしくお願いします！」、
真里菜の美貌に見惚《みと》れていた衣織は、慌てて挨拶《あいさつ》をした。ほんのりと花の香りがする真里菜は、スタイルもよく、女優といっても納得してしまうほどの美しさだ。

彼女はつかつかと歩み寄り、風太郎から衣織の手を譲り受けて、奥の部屋に招き入れた。

「風太郎から話は聞いたわ。ほんと、言われていた通りの可愛らしい人ね。今日は任せて。私が衣織ちゃんを最高にエレガントなレディに変身させてあげる」

奥の部屋には、カーテンで仕切られた広いフィッティングルームが設《もう》けてあった。慣れない場所に来て不安そうにしている衣織を、真里菜がカーテンの中へと案内する。

「さて、まずは仕事用のお洋服を選びましょうか」

壁際にずらりと用意された服の中から、真里菜は数着の洋服を選び出した。そして衣織を後ろから抱きかかえるようにし、鏡に向かい次々と洋服をあてがっては満足そうに

頷く。

「うん、素敵。やっぱりちょっぴり可愛さもあるフェミニンな服がぴったりね。ほら、全部似合ってるでしょ」

あてがわれるのは、普段自分では絶対に選ばないデザインのものだ。だけど、どれをとっても不思議としっくりくるし、違和感がまるでなかった。

「はい、ありがとうございます！」

嬉しそうに目を輝かせている衣織を見て、真里菜はにっこりと笑う。

「いいわね、素直で可愛らしくて。さあ、今度はデート服よ」

他に並べられた洋服を見ると、どれも明るい色合いでデザインも素敵なものばかりだ。そんな洋服を前にして、衣織は改めてもじもじと鏡の前に立ち尽くした。

「あの、私今までこんな明るい色合いの服って上手く着こなせたためしがないんです。たまに冒険していつもと違うデザインや色合いの服を買っても、結局は後悔してばかりで……それが嫌で無難なものばかり選んじゃうんです」

普段、初対面の人とはなかなか思うように話せない衣織だが、いつの間にか真里菜に悩みを打ち明けていた。まだ会って少ししか経っていないのに、真里菜には人の心をほぐす力があるようだ。そこは、風太郎とよく似ている。

「メイクだってそうなんです。雑誌を見てその通りにやってみても、ぜんぜん似合わなかったり、余計子供っぽくなったりして」

「大丈夫。全部私に任せて。メイクも完璧に仕上げるからね」

真里菜はにっこりと笑い、話を続ける。

「じゃあ、ちょっと下着だけになってもらってもいい？　ちゃんとしたサイズを測らせてほしいの」

「あ、はい」

手慣れた感じで着ているものを脱がされ、衣織はあっという間にブラとショーツだけの姿になった。一応上下セットの真新しい下着を着けてきたが、まさかそれを人前に晒《さら》す事になるとは。

しかも、カーテン一枚隔《へだ》てた先には風太郎がいる。

恥ずかしさに縮こまらせている身体に、真里菜の鋭い視線が突き刺さった。

同性とはいえ、彼女みたいにスタイルのいい人に見つめられると、それだけで緊張する。

形は悪くないが、もう少し大きければいいなぁと思っている胸と、逆にもっと小さくてもいいんじゃないかと思っているヒップサイズが憎い。

「すごく綺麗な肌をしてるわね。ほくろとかほとんどないし、赤ちゃんの肌みたいにすべすべしてる。そうね、あまり濃いメイクで隠しちゃうと、かえってもったいないわ」

「はぁ、ありがとうございます」

「ヒップの形がすごくいいわね。ウエストも細いし、ミツバチ型――これって、男性が喜ぶセクシー体型そのものなのよ。ね、風太郎。あなたもそう思うでしょう？」

「はっ？」

いきなり話を振られた風太郎が、カーテンの外から驚いたような声を上げた。

「だーかーら、ヒップの大きさとウエストの細さが絶妙だって言ってるの！」

「あー、まぁ、そうかな……？」

風太郎の、何とも曖昧な声が聞こえる。きっとものすごく困っている。いくら設定上恋人だとはいえ、そこまで突っ込んだ話をされたらさすがに気まずすぎる。

「なーにが、『まぁ、そうかな？』よ！　やぁね、妙に澄ましちゃって。それに、ほらここ。腰の上にある可愛らしいえくぼ！　これって、ヴィーナスのえくぼって言われているのよ。いいわねぇ。ちょっと触ってもいい？」

「は、はい、どうぞ！」

（ヴィーナスのえくぼ？　初めて聞いた……）

毎日のバスタイムに、一応全身のチェックをしているが、そんなものがあるなんて気付かなかった。

（ミツバチ型って……。ただおしりが大きいだけなんだと思ってた。母親も同じ体型だし、弟もよくそんな風に言ってからかってきたし）

「さてと！」

ひとしきり衣織の身体を確認した真里菜は、持っていたメジャーを鞭《むち》のように胸の前で構え、にっこりと微笑む。

「これで下半身のサイズはばっちり測れたわ。次は上半身。ブラ、外しちゃうわね」

上機嫌で衣織の背に手を回した真里菜は、衣織の胸元から躊躇《ちゅうちょ》なく下着を取り除いた。

「あら……やっぱり思った通りだわ」

一歩下がり、裸になった衣織の胸を眺めていた彼女は、突然不機嫌そうな声でカーテンの外に向けて声を上げた。

「ちょっと風太郎！　あなた、いったい何してるの？　自分の彼女がサイズの合っていない下着を着けてるのを黙って見てるなんて！」

眉間に皺《しわ》を寄せた真里菜は、おもむろに閉めてあるカーテンの端を掴んで、大きく開け放った。

「ひゃっ！」

突然の事に脳みそがついていかずに、衣織はショーツ一枚の格好で立ち尽くしてしまう。

だがそれも束の間で、はっと我に返った衣織は顔を横に向けて風太郎を見る。

「ぶっ！」

カーテンが開くと同時に顔を上げた風太郎は、飲んでいたアイスコーヒーを噴き出しそうになっていた。

「ほら見て、せっかく形のいい胸がこんなにつぶれちゃって！　Cカップの胸がBカップのブラに収まるわけないでしょ。自分の事にかまけてばかりいないで、彼女の事をもっと大切に考えてあげなさい！」

そう言って真里菜は、衣織の両方の乳房をぐいと寄せて持ち上げた。

「え？　ま、真里菜さん！　あの……っ」

「ほぉら、こうしたらCカップがDカップにだってなるのよ」

正面を向かされた衣織の前には、大きく目を見開いたまま固まっている風太郎が——しかも、彼の視線は衣織の胸元に釘付けになっている。

「きぁあああああっ！」

衣織は咄嗟《とっさ》にしゃがみ込んだ。風太郎はといえば、椅子に座りながら前のめりになってゴホゴホと咳込んでいる。

「あら？　ちょっと刺激が強すぎたのかしら。だって、あなた達恋人同士なんだし、お互いの裸とか見慣れていると思って」

あっけらかんとした真里菜の声と共に、風太郎が座っていた椅子を蹴り倒す勢いでフィッティングルームに駆け寄ってきた。

「真里菜っ！　お前何やってんだよ！」

風太郎が、下を向いたままカーテンを閉めてくれる。

「何やってんだとは何よ！　あなたがしっかり管理してあげてないから悪いんでしょっ。――ごめんね、衣織ちゃん。ちょっとびっくりさせちゃったわ。さ、サイズ測らせてね～」

「は、はい……。あはは……」

真里菜に肩を抱かれ立ち上がった衣織は、放心状態のまま胸にメジャーを巻かれた。

（嘘でしょ……。風太郎に見られちゃった……私のパンイチ姿を……）

せめて掌《てのひら》で隠れていたならよかったのに、あの状態だと、ばっちりバストトップまで見られただろう。

（最悪～。どうしよう、お願いだから忘れて！　風太郎の記憶から、さっきの出来事が抜け落ちますように～！）

頭の中で何度も念じるが、衣織にはどうする事も出来ない。

せめて自分の記憶からは消し去ってしまおうとする一方で、ぴっちりと締められたカーテンの向こうは、まるで誰もいないかのようにシンとしている。風太郎はいったいどんな気持ちでいるのだろうか。想像も出来ないし、怖くて知りたくもない。

「さぁ、まずは下着から取り掛からせてもらうわ。髪もアップにした方がいいわね。大丈夫、時間通りデートに送り出してあげるから心配しないで」

語尾に音符マークがつきそうなくらい上機嫌な真里菜は、嬉々として衣織の世話を焼き続ける。

それからの一時間、衣織は真里菜の手によって全身をコーディネートされた。文字通り、頭のてっぺんからつま先まで。やはりここは、日常とかけ離れた別世界だ。

「風太郎、お待たせ。ほら見て」

真里菜が大きくカーテンを押し開け、中にいる衣織に左手を差し伸べる。手を取って、おずおずと前に出た衣織は、緩《ゆる》く編み込んだ髪をハーフアップにして、ローズカラーのショートドレスに身を包んでいた。

足元は薔薇《ばら》色のハイヒール、肩に羽織っているのはレースで出来た長袖のショートボレロだ。すべての服が、まるであつらえたかのように身体にフィットしていて、ごわごわ感や引きつれがまったく感じられない。

「どう？　惚れ直しちゃうでしょ。顔立ちが綺麗だから、メイクのし甲斐があったわ」

顔を上げた風太郎の視線が、まっすぐに衣織を捕らえた。そして、驚いた表情を浮かべながら繰り返し瞬《まばた》きをする。

「かなり大人っぽい雰囲気になってるでしょ？　ルージュだけは、今日つけていた色のままにしておいたわ。本当はもっと赤くてもよかったんだけど、ピンクの方が衣織ちゃんらしい可愛さが出ると思って。やっぱり正解だったみたい——って風太郎、黙ってないでなんとか言ったら？」

真里菜の言葉に、風太郎はゆっくり椅子から立ち上がった。

「ああ、すごくいいね。衣織、本当に——」

彼は、衣織の全身に目を走らせ、感じ入ったように口元を綻《ほころ》ばせる。

「想像以上に似合ってる。驚いたな、とても綺麗だ」

ついと近づいて来た風太郎が手を広げ、衣織をふんわりと包み込んだ。

「ありがとう……。あ……の、ふ、風太郎……？」

頭のてっぺんに、風太郎の温かい息遣いを感じる。

「素敵だよ、衣織。ほんと、びっくりした」

風太郎の腕にぎゅっと力がこもって、右の頬に彼の胸板が当たった。耳の奥で、心臓が鳴り響く音が聞こえる。ドキドキしているのは、自分？　それとも風太郎の心臓の音だろうか？　いずれにしろ、広くてたくましい彼の胸に抱かれて、心臓が喉元までせり上がるほど高鳴っているのは確かだ。

そんな二人を見て、真里菜がにんまりと笑う。

「ラブシーンは外でしてもらえる？　それに、あんまり強く抱き寄せたら、せっかくのメイクが台無しになっちゃうわよ」

　真里菜にそう言われて、風太郎は渋々といった風に衣織を抱く腕を解いた。

「さ、もうちょうどいい時間よ。王子様、姫君をデートに連れ出してあげて。衣織ちゃん、これからもこの店をごひいきにしてね」

「あっ、はい！」

　その言葉に、まだポーッと放心状態だった衣織は、背筋をしゃんと伸ばして真里菜の方に向き直った。

「今日は何から何まで、どうもありがとうございました！」

「こちらこそありがとう。楽しませてもらったわ。何かあったらいつでも連絡して」

　魅惑的な微笑と共に渡された名刺には、フリージアの花模様が描かれている。

　店を出ると、真里菜が車の前まで見送ってくれた。

　助手席を開けてくれた風太郎の横に、真里菜が並んで立つ。身長差は、おそらく五、六センチほどだ。

　並んだ二人を見ると、その美男美女ぶりに改めて驚かされてしまう。

　助手席に乗り込み、ドレスの裾を整えている衣織の耳に、外から楽しそうな笑い声が届いた。

「風太郎、この貸しはきっちり回収させてもらうから覚えといてね」

「ああ、わかってるよ」

「絶対だからね。忘れないでよ」

「ほら、お客さんが来てるぞ。さっさと店に帰れ」

呆れ顔の風太郎が、真里菜の背中を軽く押す。

「はいはい、わかりました。じゃあね、衣織ちゃん。いってらっしゃい。今夜は楽しんでね」

助手席を覗き込んだ真里菜が、衣織を見て華やかに微笑む。

「はい、行ってきます」

真里菜は店の前まで駆けていき、ドアを開けながら軽やかに手を振る。衣織がそれに応えて手を振り返すと、彼女はこくりと頷いて店の奥に消えていった。

(ほんと、綺麗な人だなぁ。古くからの知り合いって言ってたけど、どんな関係なのかな。実家が近いとか？　だとしたら幼馴染《おさななじみ》？　ううん、あの親しさ……もしかして昔付き合ってた彼女だったりして――)

一人助手席で悶々《もんもん》と考えていると、運転席のドアが開く音が聞こえた。

車に乗り込んできた風太郎が、衣織の方を見て軽く微笑む。

「さ、行こうか」

「う、うんっ」

軽く微笑み返し、衣織は背筋を伸ばしまっすぐ前を見る。すると、風太郎がいきなり覆いかぶさってきた。

「なっ、ななっ？」

思いっきり足を突っ張り、衣織はシートの背もたれに身体を押しつけて固まる。

（なにっ？　ま、まさか……キ、キス、とかっ？）

一人あたふたしていると、彼の腕が衣織の左肩をかすめた。

「ほら、シートベルト。締めるのを忘れてるぞ」

風太郎が手にしているのは、鈍く光るベルトの金具だった。

「ご、ごめん！　忘れちゃってた！」

（私ったら、何を勘違いしてるの？）

的外れな勘違いをした自分が、恥ずかしくてたまらなくなる。

（それに、なんでそんなに風太郎と真里菜さんの関係を気にするのよ。これは擬似恋愛だよ？　なのに、まるで本当に風太郎の彼女になったみたいに――）

カチッと音がして、シートベルトが締まる。顔を上げた風太郎とまともに目が合い、あまりの近さに一瞬息が止まった。

「ん？　どうかした？　顔が強張《こわば》ってるけど」

風太郎の濃褐色の瞳が、衣織をじっと見つめる。

こんなに近く、しかも密室で、たった二人きり――それだけでも緊張しすぎて、口から心臓が飛び出してしまいそうになる。

「ううん、別に！　ただ、ちょっとびっくりして……。真里菜さんって、すごく美人だよね。女優さん顔負けって感じ。スタイルもいいし、モデルさんみたいにかっこよくて――。もしかして、そういったお仕事をしてるの？」

「ああ、昔ちょっとだけモデルをやっていたらしい」

「そっかぁ、やっぱりそうなんだね」

運転席に座り直した風太郎は、自分のシートベルトを締めてエンジンをかけた。ごく軽い振動が身体に伝わってきて、小さなため息が低く唸《うな》るエンジン音に紛《まぎ》れる。

動き出した車が、人通りの少ない街路を走っていく。

「業界内でも結構評判いいみたいで、店の顧客にも有名人が多いとか言ってたな。今もその頃の知り合いに頼まれてスタイリストをやったりする事があるってさ。俺が雑誌とかテレビに出る時も、コーディネートは全部真里菜にやってもらってるんだ」

――もしかして、本当に特別な関係だったのではないだろうか。

そうだとしても、自分には何の関係もないけれど、気になるものは気になる。さっき店でやり合っていた様子からして、ただの古い友達とは思えない。

交差点で信号に捕まり、車が停止線の前で止まった。フロントガラスの前を、たくさんのカップルが通り過ぎる。みなそれぞれにめかし込んで、幸せそうに笑っていた。その姿が、さっき見た風太郎と真里菜に重なってしまう。

「衣織、手」

「えっ？」

見ると、風太郎がこちらに向けて左手を差し出している。

「俺達は今恋人同士。ちょっとの間でも相手に触れていたいって思うのが当たり前だろ？　そういう気持ちを隠さないで、相手に素直に伝えるって事も大切なんだ。そうでなきゃ、お互いの気持ちが見えなくなっちゃうから」

「あ、うん。そっか……そうだね」

衣織は頷いて、彼の掌《てのひら》にそっと右手を重ね合わせた。照れ隠しにちょっとだけ笑うと、風太郎が口元を綻《ほころ》ばせる。彼の指先が、衣織の手の甲をゆっくりと撫でた。優しくて温かな感触――

信号が青に変わる寸前、もう一度手をきゅっと握られ、風太郎の掌がハンドルへと戻っていく。

車が走り出した時には、心がほっこりとしていた。

（恋人同士っていいな……。そうだよ、今は余計な事考えてないで、せっかくの時間をめいっぱい楽しまなきゃ）

窓の外を見ると、いつの間にか街灯にぽつぽつと灯《と》りが点《も》り始めていた。こんな風に景色を眺めながら、恋人の車に乗ってドライブデートというのも、衣織にとっては初体験のひとつだ。

「これからどこへ行くの？」

「それはまだ内緒。でも、きっと衣織も気に入ると思うよ」

交差点を右に曲がると、少しの間坂道が続いた。横目で見る風太郎の運転姿が、怖いくらい様《さま》になっている。こんなのを、サプライズデートと言うんだろうか。今日はいろんな感情が総動員で頭の中を駆け巡っている。

「衣織は、どんな恋がしたい？」

高速へと続く道を走りながら、風太郎が何気なく質問してくる。

「う−ん……どんな恋、かぁ……」

そう言われて、自分が抱く『恋』というものを漠然と思い浮かべてみる。

だが、どういう形を求めているのか、ぱっと出てこない。

「具体的じゃなくてもいいよ。なんとなく、こんな感じの恋がしたいってイメージでも」

頭の中に描き出す『恋』のかたち――恋をしたいと言いつつも、今までそんな風にきちんと考えた事がなかった。

「えっと……ちゃんとした恋、かな？　真面目で、相手の事を尊敬出来るような。一緒にいて、お互いを高め合えて、そばにいるだけで幸せを感じられるような……ドキドキするけど、安心感もあってわくわくするような素敵な恋……。な−んて、二十六歳にもなって夢見すぎかな」

言いながら、どんどん顔が赤くなっていくのを感じる。

しかも、ふと頭に思い浮かんだのが風太郎の顔だったなど、口が裂けても言えない。

「なるほど、衣織の性格がわかるな。それなら、尚更慎重にいかないと。間違っても恋をゲームと考えているような男に捕まっちゃ駄目だ」

「……娘を持つお父さんみたいな口ぶりだね」

「そりゃそうさ。衣織は俺にとってクライエントであり、大事な友達なんだからな」

高速のゲートをくぐり、車のスピードが一気に増す。遠くに見える高層ビルの夜景が、以前苦労して完成させたジグソーパズルを思い出させた。

「正直、男の人ってよくわかんないや……」

不安なあまり、衣織はついぽつりと呟《つぶや》いた。すると、風太郎の落ち着いた声がそれに続く。

「……衣織は、まずそれが気になっているんだな。男っていうもの自体、まるで未知の生物という感じなんだろ？　でも大丈夫、徐々に慣れていけばいいよ。男なんて、衣織が思ってるほど複雑な生き物じゃないから」

「うん」

風太郎がそう言うなら、きっとそうなんだろうし、何も心配する事はない——

首都高に乗り、半時間ほどのドライブを経て一般道に入った。目の前に迫るビルの地下駐車場に車を止め、エレベーターで上階を目指す。乗り合わせた人はみなドレスアップしていて、中には風太郎の事に気付く人もいたが、話しかけてくる気配はない。

フロアに降り立つと、まるで神殿のように美しい大理石の壁が目に入った。ここは、国内最大級の劇場のひとつで、普段から様々なクラシックコンサートや舞台が開催されている。衣織が以前から一度は訪れてみたいと思っていた場所のひとつだ。

客のファッションや場所から察するに、今夜はここで何かの公演を観るのだろう。

（だとしたら、いったい何を観るのかな。オーケストラコンサート？　バレエ公演？　それともオペラ観劇？　いずれにしろ、ちょっと……ううん、すごくわくわくする）

実のところ、衣織はずっとこんな風に劇場でいろいろな演目を楽しみたいと思っていた。

これまでもいくつか観たいと思う公演はあったし、定期的にチケットサイトを覗いている。だけど、一人で行く度胸はなかった。かといって、チケット代はなかなか高価なため、安易に友達を誘う事も出来ない。

そうやって今まで遠くで指を咥《くわ》えて見ていたのに、まさか風太郎とここに来る事になるとは――

二人はクロークの前を通って、広々としたロビーを歩いた。周りの雰囲気に圧倒されている衣織を、風太郎が優しくエスコートしてコンサートホールの中に入る。一階中央付近の席に座れば、そこはもう別世界のように華やかな雰囲気に包まれていた。

「はい、これ」

隣に座る風太郎が、衣織に紅色のパンフレットを渡す。

「あ、ありがとう……。えっ……これ……」

手渡されたパンフレットの表紙を見るなり、衣織は口元を手で押さえ、目を大きく見開いた。

「このオペラ……」

「うん。今夜のデートは、おしゃれしてオペラ観劇だよ。その後ちょっとだけドライブして、海沿いのレストランでシーフードでも……ん？　どうかした？」

呟《つぶや》いたまま固まっていた衣織は、はっと顔を上げて風太郎を見つめた。

「これ、私がずっと観たいと思っていた演目なの。高校の頃、原作の小説を読んで以来、いつか舞台で観たいって……そう思い続けてきたものなのよ」

それは、イタリアの小説家が書いた悲恋物語だった。貴族である青年と恋に落ちた平民の女性が、身分の差を気にするあまり自《みずか》ら身を引く。それを心変わりだと誤解した青年は、彼女を非難した。

それでも真実を告げなかった女性は病《やまい》に倒れ、結果二人は永遠に離れ離れになってしまう。

「初めて読んだ時は、いろいろと納得いかなくてすごく嫌な気分になった。好きなのにどうして身を引くんだろうとか、どうして恋人を信じてあげないのとか……」

先を促《うなが》すように、風太郎の左手の小指が、パンフレットを持つ衣織の右手の小指に絡む。

「だけど、読み返すたびに、そんな愛もあるんだろうなって思うようになって……。愛してるからこそ身を引いて、信じていたからこそ許せなくて……。いつか舞台も観てみたいなって、ずっと思い続けていたんだ。だから、ほんと嬉しい！」

興奮した様子の衣織を見て、風太郎は嬉しそうににっこりと笑った。

「そうか。そりゃあよかった」

目の前にある、満足そうな風太郎の顔。

待望のオペラ観劇。しかも、超一流のイケメンとのデートコースで。

――なんという夢のようなシチュエーションだろうか。

トクトクという心臓の音が、徐々に大きくなって耳の奥に広がる。

(夢みたい……それとも、本当に夢？)

衣織は無意識に頬に指を伸ばし、左の頬をきゅっと摘《つま》んだ。

「いたっ！」

「ははっ、何やってるんだ？」

「だって、ほんとびっくりして……」

軽く笑う風太郎の目が優しすぎる。

たとえ擬似恋愛とはいえ、これほど素敵な人とデート出来るなんて、本当に夢みたいだ──

やがて照明が落とされ、ゆっくりとしたヴァイオリンの音が場内に流れ始める。一気に緊張が高まり、衣織は繋《つな》いだ風太郎の左手をきつく握り締めた。

幕が上がる。

薄暗い劇場の中に歌声が響いた瞬間、観客はたちまち物語の中に引き込まれた。

ヒロインを演じるのは、ブルネットの髪をした美しい歌姫。恋人役のテノール歌手も、お似合いの美男子だ。伸びやかな歌声に、絢爛豪華《けんらんごうか》な衣装と舞台装置が眩《まぶ》しい。あらすじを知りながらも、場面場面でハラハラする。やがて愛し合う二人が悲しい結末を迎えた時は、我慢出来ず泣き出してしまった。

幕が下りてからも、衣織はしばらく席を立てなかった。泣き腫《は》らした顔を人に見られたくなかったし、目の前で繰り広げられた世界に心奪われてしまっていたからだ。

次第に人がまばらになった頃にようやく席を立って、俯《うつむ》いたまま駐車場まで歩いた。

「大丈夫か？」

車に戻ってもまだ涙が止まらない衣織に、風太郎は真新しいハンカチを手渡す。

「ありがと……ごめんね、馬鹿みたいに泣いて……。すっかり舞台に入り込んじゃった」

周りにも泣いている人はたくさんいたが、衣織ほどぼろぼろと涙を零《こぼ》す人はいなかった。

「大丈夫、好きなだけ泣くといいよ」

シートに座る衣織を、風太郎がそっと腕の中に抱き寄せてきた。頭を撫でてもらうと、舞台とシンクロして辛くなっていた気持ちが、すうっと楽になる。

カーステレオから聞こえてくるのは、さっきまで観ていたオペラの前奏曲。しばらく泣き続けた衣織は、二枚目のハンカチを渡されたところでやっと少し落ち着いた。

「衣織、覚えてるかな？」

「なに？」

「高校一年の時、休みの日に何度か市の図書館で鉢合わせした事があったろ」

「あぁ！　うん、覚えてるよ。最初驚いたなぁ。風太郎って、いつも友達に囲まれてたけど、図書館に来る時は一人なのが不思議で」

「そりゃあ俺だって一人になる時はあるよ。そういや、あの時はいつも早い時間に行ってたな、図書館が空いてたから」

「そうだったね。私も人があんまりいない時間帯を狙って行ってたよ」

衣織は、思い出の中にある風景を辿り始める。図書館のテーブルに向き合って座る自分達を頭に思い浮かべた。

「会った時、お互いが読んでいる本を交換した事もあったね。読んでから、内容についてお互いに意見言い合ったりして……あっ」

はっと顔を上げて風太郎の方を向いた衣織は、あんぐりと口を開けた。

「私が読んでいた本、今夜のオペラの原作だったよね？　まさか、風太郎覚えてくれてたの？　……だから、これを選んでくれたの？」

衣織の言葉に、風太郎はにっこりと微笑んで首を縦に振った。

「まあね。俺、それまで恋愛小説は読んだ事がなかったから、すごく印象に残ってたんだよ。内容も新鮮だったし、衣織とあれこれ議論したのも楽しかったしな」

風太郎との思い出は何ひとつ忘れていないつもりだった。

彼が読んでいた本はちゃんと覚えていたけれど、その時に自分が何を読んでいたかは、今の今まですっかり忘れてしまっていたのだ。

「あの時の衣織、珍しく熱くなって喋《しゃべ》ってたよな。物語自体は嫌いじゃないけど、ヒロインには今ひとつ共感出来ないって言ってた。愛し合っているのに、別れを選ぶ気持ちが理解出来ない、って」

「うん……すごく腹が立った。本当はそんな単純な話じゃないのに、あの頃はそれがどうしても理解出来なくて……」

「だけど、今はそうじゃないだろ。現に、ヒロインの辛い胸の内を思うあまり、泣いてたんだから。俺も以前はそんな感じだったよ。でも、大人になった今ならわかる。相手を想うあまり、自分の事なんかどうでもいいと思ってしまうヒロインの気持ちが——」

「……風太郎……」

彼の言う通りだ。今なら恋人のためを思い、自分の気持ちを押し殺すヒロインの気持ちも理解出来る。

風太郎が図書館での出来事を覚えていてくれたという事、自分のために今日のデートをセッティングしてくれたという事——その事実に感激して、衣織の目からまた新しい涙が溢《あふ》れ出した。

「ありがとう……、もう、最高に感激した……。風太郎は、なんでここまでしてくれるの？　どうしてこんなに優しくして……つっ……！」

盛大に泣き出した衣織を、風太郎が再び胸に抱き寄せてくる。

「恋人なら当然だよ。恋する男は、好きな人の喜ぶ顔を見たいっていう、結構単純な事を考えるもんなんだ」

頭の上で、風太郎が小さく笑う声が聞こえる。

「こんなに感動してくれるなんて、こちらこそありがとうを言いたい気分だな」

更に下りて来る、風太郎の優しい声。

彼が本当の彼氏でない事ぐらいわかっているけれど、自分を思いやってくれたのが純粋に嬉しくて、心が震える。

「衣織……」

耳元で、風太郎が囁《ささや》く。

「……?」

零《こぼ》れ落ちる涙を瞬《まばた》きで散らし、衣織はほんの少し顔を上げて彼と視線を合わせた。風太郎は、微笑みつつもちょっと困ったような表情を浮かべている。

「そんな風に泣かれると、男はこうするしかなくなるんだけどな……」

「こうって……?」

風太郎の言葉の意味がわからず、衣織は泣き腫《は》らした顔で首を傾げた。すると、ふいに風太郎の顔が近づいてくる。

「目、閉じてごらん」

言われるまま素直に目を閉じると、唇のすぐ近くに温かな息遣いを感じた。

「ん……っ」

次の瞬間、衣織の唇を風太郎のそれが塞《ふさ》いだ。軽く触れる程度のものだったが、衣織にとって初めてのキス――

彼女がこれまでに何度となく夢見ていた、馬鹿みたいに乙女チックで夢のようなシチュエーションそのものだった。

今、風太郎と唇を触れ合わせた――

まさかの展開に軽くめまいを感じながらも、衣織はおそるおそる目を開けた。風太郎は微笑みを浮かべている。

「男が何を考えているのか、何をしたいと思っているのか。今ので少しはわかったかな?」

「あ……、うっ、うん……」

キスの衝撃で思考がまったく働かないが、とりあえず首を縦に振る。

(キス、しちゃった……。風太郎と、キス、しちゃった……)

「じゃ、出発しようか」

「わ、わかった」

衣織は小さく返事して、急いでシートベルトを締めた。駐車場を出ると、外はすっかり暗くなり、夜の街は煌《きら》びやかなネオンの明かりに溢《あふ》れている。

(そういえば私、今どんな顔してるんだろう……)

さっきあんなに近くで顔を見られてしまったが、泣きすぎて目蓋《まぶた》は腫《は》れていただろうし、メイクだってぼろぼろに剥《は》げていたはず。

そして、キス――

思い出した途端、身体がきゅっと縮こまり、みるみる顔が火照《ほて》ってくる。

だけど、ここで必要以上に舞い上がってはいけない。風太郎がキスをしたのは、あくまでもカウンセリングの一環として、だ。そもそも、彼にとってキスなんてたいした事ではないのだろう。

こんな素敵なデートをさらりとやってのけるくらいだから、きっとたくさんの女性と素敵なお付き合いを重ねてきたに違いない。

「さてと……この後行こうと思っていたレストランがあったんだけど、今夜はやめておこう。衣織も疲れただろうし、今夜はこのまま送っていくよ」

衣織はその提案に頷いた。公演の途中にあった休憩で軽食をとっていたので、幸いお腹は減っていない。

帰る道すがらに、さっき観た舞台や、それにまつわる映画や本の話をする。

「衣織、今でもよく本を読んでるの？」

「うん、週末には図書館に行ったりもしてるよ。部屋が狭いから、あんまり本を置いておけないしね。図書館って、なんか好きなの。就職する時、図書館の司書もいいよなぁなんて思ったくらい」

「俺もたまに、区や大学の図書館にはやっかいになってる。そっか……うん、司書をしてる衣織っていうのもいいかもしれないな。物腰が柔らかいしおとぼけだから、きっと子供やお年寄りにはモテモテだと思うよ」

「ま、また、おとぼけって……！」

風太郎の軽口のおかげで、キス以来ずっと緊張状態だった心がほぐれてくる。

（風太郎って、ほんと優しい……）

マンションの近くにある駐車場に到着すると、風太郎が車から降りた。ガチャリと低い音がして助手席のドアが開き、風太郎が手を差し伸べる。

その手を取り立ち上がった拍子に衣織はバランスを崩し、ハイヒールが片方だけ脱げてしまった。

「あっ」

慌てて拾おうとする衣織を、風太郎の掌《てのひら》がそっと押しとどめる。

「いいよ、俺が拾うから。今日はお姫様気分を味わわせてあげるって言ったろ？」

衣織の足元に跪《ひざまず》いた風太郎は、薔薇《ばら》色の靴を拾い上げた。掌につま先を導かれて、足にハイヒールを履かせるそのしぐさは、まるで映画に出てくる王子みたいだ。

「ありがとう。なんだかシンデレラになった気分」

「ははっ。零時の鐘が鳴るにはまだ少し早いけどね」

上を向いた風太郎の視線が、衣織のそれとぶつかった。優しい表情をした風太郎を見つめているうちに夢心地になって、彼が本当の彼氏だと勘違いしそうになる。

「あの、今日は本当にありがとう。いろいろと勉強になったし、すごく楽しかった」

「そうか、よかった」

ゆっくりと立ち上がった風太郎は、薄《うっす》らと土がついた膝を気にするでもなく、衣織に向かって頷いてみせる。

「俺も楽しかったよ。それに、カウンセリング的にも上々の結果が得られたしね」

「本当に？」

風太郎の言葉に、さっきしたキスの事が頭に思い浮かんだ。衣織の頬がまた火照《ほて》ってくる。

「じゃ、じゃあ私、帰るね！」

じりじりと後ずさりをして、裏の入り口へと続く暗がりの中に進んだ。

「ああ。ほら、そんな風に歩いていると、転ぶぞ。ちゃんと前を向いて帰りな」

「あ、うん！」

促《うなが》され、くるりと背を向けて歩き出した。背中に風太郎の視線を感じて、ふと彼の方を振り返ってみる。すると、風太郎はまだこっちを見ていて、軽く右手を振ってくれた。

（優しい！　風太郎って、どこまで優しいんだろう……！）

大きく手を振り返すと、衣織は踵《きびす》を返しマンションのエレベーターホールへと急いだ。

今日のデートは素晴らしかった。お姫様どころか、女王様になった気分だ。

ホールに着き、ちょうど降りてきた無人のエレベーターに乗り込む。ドアを閉めて『4』のボタンを押し、ふと壁にある鏡に視線を向けた。

「うわあ！」

そこに映っているのは、泣き腫《は》らしてメイクがぐちゃぐちゃになった自分の顔。

「ひど……っ」

こんな顔でファーストキス？　あまりにもひどい有様に、かえって笑いが込み上げてきた。だけど、不思議と心は弾んでいる。

今更どうなるものでもないし、前向きに考えよう。きっと、これも恋をする醍醐味《だいごみ》のうちのひとつ――

こんなに素敵な夜を過ごせた事に比べれば、不細工な顔を見られたくらいどうって事ない。衣織の口元には、自然と幸せそうな微笑が宿っていた。

◆◆◆

日曜に、真里菜から荷物が届いた。ハンガーに掛かったままの状態の服が八着、小型トラックで運ばれてきたのだ。

添えられていた手紙によると、送られて来た服はいずれも着回しがきくものばかりで、これだけあればいろいろなコーディネートが楽しめるらしい。おかげでクローゼットの中が一気に華やかになった。

ちなみに、この洋服代も風太郎が出してくれる事になった。衣織はさすがに申し訳ないと断ったのだが、カウンセリングのお礼だと言う風太郎に押し切られたのだ。

そして翌日の月曜、衣織はその中から、白のワンピースと淡いローズピンクのジャケットを選んだ。真里菜おすすめのメイクアップとヘアアレンジの教本を見ながら、いつもより時間をかけて準備をして出勤する。初めて頬にチークを入れ、髪の毛は緩《ゆる》く編み込んでバナナクリップで留めてみた。

自分の姿を見回してみるが、果たしてこれでいいのかどうかがわからない。通勤中もなんとなく気恥ずかしく、結局足元ばかり見ながらオフィスビルに辿り着いた。

誰もいないエレベーターホールをそそくさと通り過ぎ、非常階段を上る。八階まで上がるのは少しきついが、これも自分磨《みが》きのためだ。

風太郎からカウンセリングを受けるようになって、普段通っているジムの回数を増やし、自宅でもいろいろと美容法を試している。せっかく風太郎が協力してくれているのだから、自分も何か努力しないと——そんな風に思ったのだ。

ようやく上りきり、疲れた足でロッカールームに向かうと、京香に出くわした。

「おはようございまーす。……あれっ？　あれれ？　衣織さん……？」

京香が、衣織を見るなり驚いた表情を浮かべる。

「あっ、京香ちゃん。おはよう……どうしたの？　今日はやけに早いね」

京香は、こくりと頷いたものの、まだ大きく目を見開いたまま衣織を見つめている。

（え、やっぱり駄目？　どこかおかしいかな？）

秘書課の中でも、服装のセンスがいいと言われている彼女の事。その様子からして、きっと何か服装に変なところがあったのだろう。そう考えたのだが――

「衣織さん！　うわぁ、驚いた！　いったいどうしちゃったんですか？」

京香はそう言うなり、衣織の周りをぐるりと一周した。

「服装からメイクの仕方まで、まるっきり変わりましたね。一瞬誰かと思っちゃいましたよ」

「そ、そう？　実は、ちょっとイメージチェンジしようと思って……。やっぱり変かな？」

不安そうな顔をする衣織に、京香はとんでもないという風に首を横に振った。

「変じゃないです！　むしろ、すごくいいと思いますよ。ほんと、びっくり！」

「あ、ありがとうっ」

京香の言葉に、とりあえずほっと胸を撫で下ろした。日頃から割とストレートにものを言う京香がそう評するのならば、きっと今日の自分は合格点なのだろう。

「しかも、外見だけじゃないですよねぇ。最近なんだか雰囲気が変わってきてましたし、メンタル面でも何かあったんじゃないんですか？　女がここまで劇的に変わる原因といえば……もしかして彼氏が出来たとか？」

興味津々といった京香の顔が、衣織に迫る。

「いやいや、そんな深い意味はないの！　ちょっと心境の変化っていうか……これからは、もっとメイクやファッションに気を配ってみようかな、なんて……。それで、知り合いに頼んでいろいろとアドバイスしてもらって——」

「へぇ、そうなんですか。でも、ほんとびっくり！　その知り合いの方、すごいプロデュース能力ですねぇ！」

（京香ちゃん、鋭い！）

さすが秘書課一のファッションリーダーと言われているだけある。しかも、メンタル面にまで突っ込みを入れてくるとは。

ドキドキしたものの、おかげで自分が着実に変われている事がわかった。

（よし！　この調子で頑張ろう！）

はっきりとした手ごたえを得られて、衣織のテンションは一気に上がったのだった。

火曜日に選んだ服は、襟なしのジャケットに、いつもより短めのボックススカート。

水曜日は、胸元にドレープのある黒色のカットソーに、濃緑色のボトムスでシックにまとめてみた。どれも真里菜がコーディネートを提案してくれたものだ。秘書課の同僚にも好評だし、よく出入りする業者の女性にまでいいねと声をかけてもらった。

それから俄然《がぜん》やる気になり、これまで以上に前向きになってコツコツと努力しだした。肌にいいと言われるものを食べたり、お風呂に入る時にフェイスマスクやマッサージを取り入れてみたり。

すると、不思議な事に少しずつ自分自身の意識も変わってきた。明るい色の洋服も新しいメイク法も、肌に馴染んできたような気がする。

（ほんと、真里菜さんには感謝しなきゃ）

真里菜とは、あれからもちょくちょく連絡を取り合っている。送ってくれた洋服のコーディネートの仕方を聞いたり、メイク法を教えてもらうためだ。

彼女は優しいし、すごく面倒見がいい。そういうところも風太郎とよく似ている。二人はいったいどういった知り合いなのだろうか――

（やっぱり元カノ？　性格も似てて、相性もよさそうなんだよねぇ……）

ずっとその事が気になっているものの、それを本人に直接聞く勇気がない。それに、予想が当たったら落ち込みそうなので、真実を知るのが怖いという気持ちもある。

「笹岡さん」

木曜の退社時、駅に向かう途中で後ろから声をかけられた。

「あ、和田《わだ》主任」

駆け足で近づいてくるのは、ひとつ下の階にある営業推進部の和田主任だ。

人当たりもよく、上司からの信頼も厚い彼は、二年前に結婚して一児の父親でもある。

「今帰り？」

「はい。和田主任は？」

「俺は、これから得意先の部長と待ち合わせだよ。週末にうちの部署の何人かを引き連れて一緒にゴルフに行く約束をしててさ。その前の打ち合わせ兼懇親会って感じかな」

「大変ですね」

「まぁ、いろいろとね。それはそうと笹岡さん、最近ずいぶんと雰囲気変わったよね？」

「えっ……、そうですか？」

「うん。あっ、悪い意味で言ってるんじゃないよ。全体的に華やかで女性らしくなったっていうか……いや、今までがそうじゃなかったってわけじゃないんだけど」

しどろもどろになる和田に対して、衣織はにっこりと笑いかける。

「ありがとうございます。もう春だし、ちょっと雰囲気を変えてみるのもいいかなと思って。気付いてもらえて嬉しいです」

衣織の笑顔にほっとしたのか、和田も微笑んだ。

「そりゃあ気付くよ。オフィスに新しく花が咲いたって感じだからね」

そんな風に話をしながら駅に着くと、改札を入ってすぐに和田と別れた。

（新しい花、か……。ふふっ）

普段仕事以外で話をしない和田から、そんな言葉をもらえた事が単純に嬉しかった。

ホームに続く階段を下りる足取りも軽く感じて、そのままのテンションで自宅エステに励む。

鏡に映るすっぴんの顔が、自然と笑顔になる。

（京香ちゃんといい、和田主任といい、嬉しい事言ってくれるなぁ）

たった二回カウンセリングを受けただけで、こんなにも世界が変わってくるとは——

うきうき気分で寝る準備をしていると、風太郎から次回のカウンセリングについてのメールが入った。待ち合わせの日時は、いつも通り土曜日の午後。場所は都内のあるミニシアター前との事だ。

今回は映画デートなのだろうか。それを見越して当日のコーディネートを考えなければ。

すごくワクワクする。ちょっと前まで、まさか自分がこんなにもデートを待ちわびるなんて夢にも思っていなかった。

（恋をすると綺麗になるって、本当かも）

たとえカウンセリングの一環だとしても、風太郎みたいな恋人がいれば、いやが上にも自分を磨《みが》きたくなる。

この調子なら、カウンセリングが終わる頃には、恋をするのが楽しくなっているに違いない。

そんな期待を抱きながら、衣織はベッドへもぐったのだった。

◆　◆　◆

そして、やってきた約束の土曜日。

「衣織！」

待ち合わせのミニシアターに着くと、すでに風太郎がカウンターの横に立って待っていた。服装は、ライムグリーンのジャケットに白のコットンパンツ。髪は自然に後ろへ流していて、黒縁《くろぶち》でスクエア型の眼鏡をしている。

「ごめん、待った？」

「いや、さっき来たとこ。チケットはもう買ってあるよ」

「眼鏡……それって伊達《だて》？　すごく似合ってるね」

「ははっ、ありがとう。街中《まちなか》だし一応、ね。出来るだけカウンセリングに集中したいから」

公園や劇場の中なら問題ないが、街中だとたまに騒がれたり、声をかけられたりするのだという。

館内でコーヒーを買い込み、廊下の突き当たりにある革張りのドアを開けた。中に入ると、九十席ほどある椅子には、まだ数組のカップルが座っているだけだった。衣織達は、真ん中のやや後方に腰掛け、コーヒーをドリンクホルダーに置く。

「すごいね。ここって、カップル向けの映画館なのかな」

「そうだよ。ほら、こんな風に真ん中の肘掛けを上げると、ペアシートになるだろ？」

「うわぁ、ほんとだ……」

思わず小さく感嘆の声を上げると、風太郎がおかしそうに微笑み、かけていた眼鏡を外した。

「こんなところがあるなんて知らなかった。映画館って、進化してるんだね。すごいなぁ……」

しきりと感心しながら、衣織は館内のあちこちに視線を走らす。

今日の衣織の服装は、シェルボタンが付いたレース生地のブラウスに、アプリコット色のフレアスカートだ。

『一度挑戦してみて』と真里菜からすすめられ、ガーターリングにも挑戦してみた。

一見シュシュのように見えるそれは、太ももまでのストッキングを穿《は》いてそれをリングで留めるものだ。ガーターベルトほどハードルは高くないし、エロティックだが素材が白のレースなので下品にはならない。周囲に見せるものではないが、身に着けているだけで気持ちが高揚してくるから不思議だ。

「今日はどんな映画を見るの？」

「ハリウッド映画だよ。時代背景は十八世紀のキューバで、ちょっと刺激的な内容なんだけど、これもカウンセリングの一環だからね」

「え……う、うん」

いったいどんな映画なのだろう。タイトルだけ見ても、衣織にはどんな作品かまったくわからない。

ガラガラだった館内の席も、開演時刻が近づき、三分の一ほど埋まってきた。何気なく見てみるとそれぞれのカップルがぴったりと寄り添って、囁《ささや》き合っている。

（うわっ、みんなラブラブ！）

慌てて風太郎の方に視線を戻し、ホルダーに置いたコーヒーを一口飲んだ後、気を紛《まぎ》らわせるように話しかける。

「そう言えばね。私、この一週間でずいぶん周りから褒められちゃった」

「へぇ、どんな風に？」

「前に私の雰囲気が変わったって言ってくれた後輩の京香ちゃん――彼女、秘書課一おしゃれなんだけど、私の服装とメイクの仕方が変わった事に気付いて、すごくいいって褒めてくれたの。他の部署の男性社員にも、女性らしくなったって言ってもらえたんだ」

「それはすごいな。俺もそう思うよ。衣織は、確かに変わってきてる」

「ほんと？ ……すごく嬉しい」

ホルダーにコーヒーを戻して、じんわりと火照《ほて》る頬を掌《てのひら》で隠した。

「これも全部、風太郎のカウンセリングのおかげだよ。まだたった二回なのに、もう効果が出てるんだもの。さすが風太郎だね」

衣織の喜ぶ姿を見て、風太郎も嬉しそうに微笑む。

ふと膝の上に置いた右手に、彼の左手が重なった。どきりと心臓が跳ねたけれど、これもカウンセリングだと言い聞かせ、頑張って掌を上にして手を繋《つな》ぐ。

「これは特別のメニューだからね。通常では出来ないようなカウンセリングも試しているから、その効果がよく出たのかもな」

「そうなんだ。うん、こんな短期間ですごいよ。それに、公園デートもオペラデートも、どっちも素敵で楽しかった。きっと、一生忘れられないと思う」

そして、きっと今日のデートも――

周りはカップルだらけで、座っているのはデートにもってこいのカップルシート。さっきから手を繋ぐ風太郎の指先が、ちょうどガーターリングの縁《ふち》に当たっていて、落ち着かない気分になる。

「そう言ってもらえるとやり甲斐があるよ。今日もいいカウンセリングになるよう努力するよ。――ああ、始まるかな」

館内の明かりが消え、辺りは真っ暗になった。静かな音楽と共に、スクリーンにエキゾチックな街の風景が映し出される。帆船が停泊する港町で、黒髪の美女とセクシーなラテン系の男性が出会い、結婚する話だ。豪奢なお屋敷に天蓋《てんがい》つきのベッドで、日中から激しく絡み合う二人。決して下品なシーンではないものの、衣織にはどうにも刺激が強すぎる。

もちろんドラマや映画でベッドシーンを見た事はあるけれど、これほどまでにあからさまな性描写を見るのは初めてだった。演技だろうが、まるで本当に行為に及んでいるみたいにシーツが乱れていく。だけど、それがとても綺麗に見えて、気が付けば衣織はぽかんと口を開けたままスクリーンに見入っていた。

「衣織、周りを見てごらん」

耳元に囁《ささや》かれて視線を巡らせると、それぞれのカップルが思い思いにイチャついている事に気付いた。驚いて風太郎の方を向くと、彼の瞳とぶつかる。

衣織を見てゆったりと微笑んだ風太郎は、ついと顔を寄せて手を強く握ってきた。

「映画館って、カップルにとって作品を観るためだけのものじゃないって事だよ」

無言で頷いた衣織は、視線をスクリーンの方に戻す。

映画館、イコール絶好のデートスポット。

ましてや、続けざまにこうもセクシーなシーンを見せ付けられているのだから、ちょっとくらい大胆になるのも、当たり前の事なのかもしれない。

今、スクリーンに映っているのは、仮面舞踏会のシーンだ。花火が乱れ打ちされる中、色鮮やかな孔雀《くじゃく》の羽根の仮面をつけた男女がお互いに誰ともわからないまま踊っている。

不意に、風太郎の左手が衣織の肩を抱き寄せてきた。伸びてきた指先が、首筋を緩《ゆる》く撫で上げて止まる。

「脈が速いな。映画のせい？　それとも周りがイチャついているせいかな？」

「えっ……」

話す彼の声が、こめかみのすぐそばで聞こえる。温かな呼気を肌に感じて、背筋に震えが走った。

ふと、衣織の左側に座っているカップルの女性が、小さく喘《あえ》ぎ声を漏らした。声がする方をそっと窺《うかが》ってみると、映画そっちのけでキスをしていて自分達の世界に入り込んでいる。まさかと思って周りを見れば、そんな風になっているのは彼らだけではなかった。

「そ、そうかも……。みんなすごいね、なんだかこっちまでドキドキしちゃう……」

衣織は笑って誤魔化そうとしたが、頬が引きつってしまう。

「暗闇で寄り添ってるわけだから、より一層盛り上がるんだろうね」

「な、なるほど……」

スクリーンの中では、ヒロインがしどけない格好でソファに座り、男と絡み合っている。

スピーカーから聞こえてくるキスの音と、細く途切れがちな嬌声《きょうせい》。ヒロインが着る絹のドレスが、太ももの上までずり上がっている。

男の指がヒロインの脚の間に沈んだ。はっきりとは見えないけど、彼が何をしているのかくらいわかる。そう思った瞬間、胸がドキドキしてきた。

「衣織、映画と同じような事してみる？」

「えっ、お、同じような事を……？」

顔を上げると、すぐ近くにある風太郎の瞳が、スクリーンの明かりを受けて魅惑的に光った。

「そう。カウンセリングの一環としてね。キスの時みたいに、本当の恋をした時の予行演習ってやつ」

（ああ、そっか、カウンセリングね）

まるでこういった経験のない自分だから、いざという時まごついて何かとんでもない失敗をやらかすかもしれない。確かに、予行練習は大事だ。

「そうだね。予行演習……しといた方がいいかも……」

「じゃあ、ちょっとだけ――」

衣織を抱く風太郎の腕にぐっと力が入った。かがみ込んできた彼の唇が、衣織の額《ひたい》に触れた。

額へのキスを受けた途端、身体中が強張《こわば》り、肩が縮こまってしまった。

「大丈夫。リラックスして……」

「う、うん……」

頷いた顎《あご》を彼の右手ですくわれ、そのまま頬にキスをされる。徐々に下りていく風太郎の右手が、衣織のデコルテをかすめた。その甘い痺《しび》れに声が漏れそうになるが、唇をきつく噛んでどうにかそれを堪える。

やがて彼の指は、衣織の身体の真ん中を通ってまっすぐに下りていき、お臍《へそ》のくぼみをそっとかすめて、脚の付け根にまで到達した。

「んっ……」

小さく声が漏れ出て、慌てて唇を噛んだ。風太郎は太ももに置かれた衣織の右手をぎゅっと握る。そうしながらも、指先はスカートの上から脚の内側を軽く引っ掻いている。くすぐったいのとは違う、触れられた場所が熱く溶け出してしまうような不思議な感覚。

「……は……ぁっ……」

途切れがちの呼吸が、すぐそばにある風太郎の唇にぶつかるので息がしにくい。こんなに男の人と近づいた事などなかった。更に色気の増した目で見られたら、ますます冷静でいられなくなる。

なんだか、身体のあちこちが敏感になっているみたいだ。

下着の中の、普段意識する事なんかない場所――まさかと思うような部分が、ちくちくと甘く痛む。直接触られているわけでもないのに、どうしてこんな事になるのだろう？

（声が漏れてしまいそう……）

その時、風太郎の目線が衣織の唇の上で止まった。

「目を閉じてごらん。唇、少しだけ開けて」

「う、うん……」

風太郎の優しくて甘い囁《ささや》きに促《うなが》されるまま目を閉じると、唇に彼の舌を感じた。それは、ゆっくりと緩《ゆる》く閉じていた歯列を割り、更に奥へと進んでくる。尋常ではないほどの胸の高鳴りに、頭の芯がかあっと熱くなった。

やがて口の中で行き場を失った衣織の舌が、風太郎の舌に絡めとられ、キスがより深いものに変わっていく。

太ももにある彼の指が衣織の掌《てのひら》を離れ、スカートの裾を摘《つま》んだ。そこから中へもぐり込んで、太ももの内側をそっと撫でさする。初めて受ける甘美な刺激に、衣織は腰が砕けそうになってしまう。

「っ……、ふ……」

キスを重ねる間、耳の奥に唾液が交じり合う音が響いて、まるで熱に浮かされたように頭がぼおっとしてくる。

少しずつ脚の付け根を目指していた彼の指が、ストッキングを留めているガーターリングに触れた。

「エッチなものつけてるんだな。こういうのをしてると、男は、誘惑してるんだって思うよ」

「ち、違うっ。そんなつもりじゃ――」

「ふぅん、じゃあどんなつもり？」

「……んっ……」

言い訳する間もなく、また唇をキスで塞《ふさ》がれてしまう。ぴったりと唇が合わさり、ちゅくちゅくと音を立てながら舌先を吸われた。

キスが、こんなに官能的なものだったなんて。

ただ唇を合わせるだけじゃない、心が溶けてしまいそうなくらい扇情的にお互いの舌を絡みつかせて――

衣織は息苦しさのあまり、キスを受けたまま顎《あご》を上げた。風太郎のキスが衣織の顎に移る。そこを緩《ゆる》く噛まれた後、彼の舌がゆっくりと首筋に下りていくのを感じた。

同時に、ガーターリングの上を這う彼の指が、ストッキングの縁《ふち》を越えて衣織の肌を直《じか》に触れる。そのままゆるゆると上に移動していき、ショーツに触れるか触れないかの位置で止まった。そこをやんわりと揉み込みながら、彼は唇を喉元にそっと押し付けてくる。

「ぁ……っ……」

思わず声が零《こぼ》れたが、スクリーンから流れてくる音楽によってかき消される。喉元の肌を食《は》むように吸われて、衣織は泣き声みたいな吐息を漏らしてしまった。

「脈がかなり速いな……もう止めてほしい？」

衣織の耳朶《じだ》に触れた風太郎の唇が、そんな事を呟《つぶや》く。

慌ててかぶりを振り、そのまま続けてほしいと示した。

「……わかった」

耳の後ろに移ってきた彼のキスが、そこからゆっくりと首筋を下り、左の肩で止まった。そして、鎖骨を緩く咥《くわ》えながら、太ももに置いた指先でビキニラインをそろそろとなぞり始める。途端に衣織の息遣いが激しくなる。

「しーっ……」

囁《ささや》きと共に唇へと戻ってきた彼のキスが、衣織の唇をすっぽりと覆った。彼の舌が衣織の舌の根をくすぐり、指先は今にもデリケートな部分に触れそうになっている。太ももの裏側に、彼の掌《てのひら》がするりと滑り込んだ。

「あんまり感じすぎちゃ駄目だろ？　さすがに他の人に聞こえるから」

「ん……っ……」

エッチなキスと、いたずらな指先。

甘い声で理不尽な事を言われるが、逆らえない。

「衣織って、ほんと感じやすいな……」

風太郎の官能的な声が、唇の中に注ぎ込まれる。

頭のてっぺんがガンガンして、耳の奥にどくどくという心臓の音まで聞こえてくる。こんな感覚は初めてだ。身体がとろとろに溶けてしまったみたいに、まるで力が入らない。

（ど、どうしたらいいの……？）

ハイヒールのつま先が床を引っ掻き、椅子の上に置いている指が小刻みに震えた。

いったいどれくらいキスを重ねていたのか、気が付けば衣織は彼の胸にしどけなく寄りかかっていた。もう周りの事など気にする余裕もない。

「大丈夫？　映画が終わるまで、このまま寄りかかってていいよ」

彼の囁《ささや》きに力なく頷き、衣織はそのままの格好で映像をぼんやりと眺めた。何か考えようにも、頭の中が真っ白になっている。

しばらくして、差し出されたコーヒーを一口飲み、心を落ち着かせた。エンドロールを最後まで見た後、風太郎に腰を支えてもらいながら映画館の裏口へと続く階段を下りる。

建物の外へ出ると、街はもう夕暮れ時を迎えていた。タクシーを拾い、風太郎が予約しているというレストランに向かう。

カウンセリングの一環とはいえ、初めてあんな風に濃厚なキスをした後だ。頭の中はまだパニックを起こしているし、どんな顔をして何を話せばいいかわからない。

デート中だから手を繋《つな》いでいるものの、衣織は結局まともに受け答えが出来なかった。

タクシーが止まったのは、繁華街から離れた位置にある倉庫街だった。促《うなが》されるままあるビルの七階に上ると、廊下の真ん中に木製のメニューボードが置かれているのが見えた。

「こんなところにレストランがあるんだ……」

衣織は横にいる風太郎を見上げる。

「ここは会員制なんだ。だから、人目を気にしなくていい。オーナーは男だけど、穏やかな人だから安心して」

手を引かれドアを開けると、やや年配の男性が微笑んで店の中に迎え入れてくれた。

通されたのは、シェフが目の前で調理してくれるカウンター席。脇にある壁一面の窓からは、すぐ下を流れる川を見下ろす事が出来る。席に着き、食前酒で乾杯したところで、衣織はようやくひと心地ついた気分になった。

「コースもあるけど、アラカルトの方がいいかな」

「お、お任せします」

風太郎がいくつか注文をし、ほどなくして料理が運ばれてきた。前菜を口にした途端、衣織は自分がかなりお腹が空いていた事に気付く。

「これ美味《おい》しい……。なんだろう、初めて食べる味かも」

「ここの料理は、全部シェフの創作なんだよ。どれも手が込んでいるし、シェフの料理に対する愛情が感じられて、一層美味《うま》いんだ」

風太郎の言葉に気を良くしたシェフは、笑顔と共にをひとしきり料理のうんちくを話し始める。

それを聞いて相槌《あいづち》を打つうちに、衣織の緊張もすっかり解けた。

「衣織、少し疲れた？」

優しく微笑みかける風太郎の顔。リラックスしているせいか、いつもより人懐っこく見える。

「ううん。でも、あんな映画館って初めてだったから、いろいろと驚いたっていうのはあるけど」

彼の唇を目にして、映画館でのキスが蘇《よみがえ》った。瞬時に頬が火照《ほて》って、慌てて下を向く。

「そっ、それにしても、今時《いまどき》のデートスポットってすごいんだね。職業柄、いろんな読み物には目を通すようにしているけど、そこまではカバー出来てなかったよ」

「映画館も、顧客獲得のためにいろいろなサービスを考えているからね。最近じゃ、プラネタリウムにもカップル向けシートがあるしな」

「へえ、そうなんだ。私、つくづくそういうのに疎《うと》いんだなぁ……」

「そのうち詳しくなるよ。これから二人でいろんなところに行くんだからね」

「うん！」

窓の外に見える景色はいつの間にか夜の闇の中に溶け込み、聞こえていたBGMもクラシックからジャズに変わっている。

すごく居心地がいいと感じるのは、雰囲気のせいもあるけれど、きっと大部分は風太郎のおかげだろう。

（ほんと、不思議な人……。一緒にいて、こんなに心地よくて楽しい人、他にいないんじゃないかな……）

何気なく横を向いて、シェフと話している風太郎を眺めた。秀でた眉、完璧な顎《あご》のライン。グラスを傾ける手に浮かぶ血管まですべてがかっこよく映る。

「そろそろ出ようか。タクシーで送ってくよ」

「うん」

料理は美味《おい》しかったし、二人の会話はもちろん、シェフを交えてのおしゃべりも楽しかった。

外見も中身も、自分を変えたい。そして、素敵な彼と巡り会って、恋をして幸せになりたい――そう願った事で始まったカウンセリングだが、想像以上に楽しくて気持ちがふわふわと浮き上がる。

(いいな……。恋をすると、周りまで輝いて見えちゃうんだ)

通りすがりのタクシーを捕まえ、後部座席に乗り込む。手を繋《つな》ぎながら、特に何を話すわけでもなく、二人身体を寄せ合ってぼんやりと車窓を眺めた。それだけでも、心が満ち足りる。やがて安心したのか、どんどん目蓋《まぶた》が落ちてきた。

「衣織?」

軽く肩を揺すられ、衣織はハッとした。いつの間にか眠っていたようだ。

「あ、ごめん! 寝ちゃってた」

ぱちぱちと瞬《まばた》きをして窓の外を見ると、車はもう衣織のマンションの前に到着していた。

「うわ、もう着いてたんだ? 降りるね――わわっ!」

外へ出ようとした拍子に、片方のかかとが車のサイドステップに引っ掛かった。そのまま歩道につんのめって、左膝をしたたかに縁石に打ち付けてしまう。

「いたっ……」

「衣織！　大丈夫か？」

急いで降りてきた風太郎が、蹲《うずくま》る衣織の前に片膝をついてしゃがみ込む。そんな身のこなしですらスマートだ。なのに、自分ときたら無様に転んだりするなんて……

（は……恥ずかしいっ！）

痛みよりも転んでしまった事の恥ずかしさの方が勝る。

「あ、うん、大丈夫！　平気平気！」

精一杯の笑顔を見せ、なんでもないと言うように立ち上がろうとした。だが、慣れないハイヒールを履いているせいか、上手くバランスがとれない。

「いや、その様子じゃ大丈夫でも平気でもないだろ。血は出てないけど……痛い？　起き上がれるか？」

「ん、っとっと……」

肩を抱かれ、そっと起き上がる。痛みは歩けないほどではないが、片方のヒールがポッキリと折れてしまっていた。

居眠り、転ぶ、ヒール折れる——こんな漫画みたいな失態を演じるなんて、どこまでおとぼけなのか、自分は。

「派手に転んだからなぁ。どう、歩ける？　部屋まで送ってくよ」

「……お願いします」

風太郎に助け起こされ、肩を貸してもらいながら衣織はエレベーターホールに向かった。途中誰にも会わなかったのは幸いだったが、自分のあまりのヘッポコぶりに、恥ずかしくて風太郎の顔が見られない。

「ごめんね。タクシー、降りてもらっちゃって……」

「そんな事気にしなくていいよ。ほら、段差あるぞ」

「あ、うん……」

事前に注意してもらったのに、結局またそこに躓《つまず》いて、風太郎に抱き留めてもらう。

「歩きにくそうだな……よし、俺がおぶってやる」

「えっ？　あ……でもっ」

「いいから。その調子じゃあ、部屋に着くまでにもう二、三回転びそうだし」

躊躇《ちゅうちょ》する衣織を尻目に、風太郎は背を向けて衣織の前にしゃがみ込んだ。

「遠慮すんな。ほら、乗って。ぐずぐずしてると人が来るぞ？」

目の前にある広い背中が頼もしく見えて、胸がキュンとしてしまった。

「う、うん、じゃあ……、ごめん、重いかもだよ？」

出来るだけそうっと彼の背中におぶさり、身体をぎゅっと縮こまらせる。

「もっと力を抜いていいよ。どっちにしろ、体重は変わんないだろ？」

「……それもそうだね」

諦めて力を抜いてみたものの、今度は風太郎の背中に密着した胸の事が気になりだす。

それに、太ももを支える彼の掌《てのひら》の先に、ちょうどガーターリングが当たっているのだ。

意識した途端、全身の血が一気に沸点に達した。

（うぅ、やっぱおぶってもらうんじゃなかった……）

こんなにくっついているのだから、きっと胸のドキドキが彼に伝わってしまっているに違いない。

「安心しろ、そんなに重くないから」

風太郎の朗《ほが》らかな声。こんな時にまで、優しさを発揮してくれるなんて。

（どんだけイケメンなの……外見も中身も）

マンションの中に入ると、エレベーターホールから住人の話し声が聞こえてきた。風太郎は一瞬立ち止まったが、すぐ横にある階段の方に歩を進める。

「ちょっ……風太郎。そっち、階段だよ？」

さすがに重いからと降りようとする衣織を、風太郎が軽く首を振って制した。

「降りなくてもいいよ。衣織一人くらいおんぶして上っても平気だって」

「でも……」

「これでも日頃から鍛えてるんだ。トレーニングのつもりでやらせてもらうよ」

「トレーニングって！」

「ははっ。ほら、あんまり大きな声を出すと人が来るぞ？」

風太郎の言葉に、衣織は仕方なく黙り込み、おんぶされたまま階段を上った。

「……そう言えば、おんぶしてもらうとか、大人になって初めてかも」

「言われてみると、俺もおんぶするのは久しぶりだな。おんぶされたのは小学校の低学年が最後だけど、おぶったのは……うーん、六年くらい前かな？」

「ふうん」

二階の踊り場に到着して、そのまま立ち止まる事なく三階に続く階段に足をかける。まるで重さなど感じていないような軽快な脚の動き。広くてたくましい背中に、今更ながら照れてしまう。

（六年前って事は、まだ大学生の頃の話だよね。大学生の風太郎も、かっこよかったんだろうなぁ……。当然モテてたよね。おんぶしたのも彼女だったりするのかな……）

いったいどんな人をおぶったんだろう？

きっと羽のように軽い美人だ。それとも、ちょっと肉感的でコケティッシュな美女かも——

いずれにせよ、そんな並みいる美人達の仲間に自分が入るだなんて、なんだか申し訳ないような気がして、衣織は身を縮こまらせる。

そんな衣織の気持ちなど知らないだろう風太郎は、あっさりとネタ明かしをした。

「俺んちおばあちゃんがいるだろ？　大学の時、東京に遊びに来たら、テンション上がりすぎて街中《まちなか》で腰を痛めちゃってさ。タクシーを探す間、俺がずっとおぶってたんだ。おばあちゃん、『昔は私の方がおぶる側だったのにねぇ』なんて言ってさ」

「え？　おばあちゃん？」

彼女じゃなくて、おばあちゃん？

てっきり彼女だと思ったのに、おぶったのがおばあちゃんだなんて、ちょっと……いや、かなり和《なご》む。

三階の踊り場で衣織を背負い直すと、風太郎はそれまでよりも早い速度で階段を上り始める。

「おばあちゃんには、双子の娘がいてさ。妹の方が俺の母親。お姉さんの方が真里菜の母親なんだ。小さい頃、真里菜と一緒にいると、よく姉弟に間違われたもんだよ」

「ええっ？　じゃあ真里菜さんって、風太郎の従姉《いとこ》だったの？」

驚いて思わず声を上げてしまい、衣織は慌てて口を噤《つぐ》んだ。

「ああ。家も近いし、母親同士すごく仲がいいから、今でもしょっちゅうお互いの家を行き来してる」

「へぇ、そうだったんだ……」

だから、風太郎と真里菜はあんなに親しげだったのか。

(そっかぁ、元カノじゃなかったんだ。なぁんだ……)

ようやく二人の関係がわかり、衣織は気持ちがすっきりした。

「そういえば、昨日真里菜から連絡が来たよ。来月早々に新作が入るから、またお店に衣織を連れて来てくれって」

「うん、ぜひ。私も、日頃のお礼がてら行きたいと思ってたから」

四階に着き、辺りに誰もいない事を確認して廊下に出る。普段、挨拶《あいさつ》程度のご近所付き合いとはいえ、おんぶされている姿を見られるのはさすがに恥ずかしい。

ドアの前に到着すると、風太郎が顔だけを衣織に向ける。

「鍵、これ?」

「うん、そう」

衣織が手に持っていたキーケースを受け取り、風太郎は玄関のドアを開けた。

「じゃあ俺はこれで――」

風太郎が膝を曲げ、衣織を降ろしたと同時に、背後から甲高い女性の声が聞こえてきた。

「あら、笹岡さん、こんばんは」

「えっ? あっ!」

衣織は反射的に風太郎をドアの中に押し込んだ。そしてドア越しに今来た方を見ると、そこには一階に住む大家さんが立っていた。年齢は八十歳を超えているが、まだまだ若々しく見える。

「こ、こんばんは！」

「今チラシを配ってたの。来週からエントランスの工事が入るから、少しの間うるさくなるかもしれないわ。ごめんなさいねぇ」

「いえ、わかりました」

「あら、どなたかいらしてるの？」

「えっ、そ、そうです。実家の弟が来ていまして——あ、電話が鳴ってる！　すいません、失礼します」

急いでまくし立てて、にこやかな笑顔と共にドアを閉めた。ワイドショー好きの彼女の事だ、きっと風太郎の事も知っているし、見つかれば一騒動起きるのは容易に想像出来る。

衣織は鍵をかけて、ドアスコープから外を窺《うかが》う。すると、チラシを持った大家さんが、ドアの前を通り過ぎていくのが見えた。

「ふぅ……セーフ……わっ！」

足を動かした瞬間、すぐ後ろにいたらしい風太郎にぶつかってしまった。二人して、そのまま折り重なるように床に倒れ込んでしまう。

「ふ、風太郎、大丈夫？」

衣織は急いで立ち上がって明かりを点けた。倒れる時、風太郎が抱き込んでくれたので、衣織はどこも打たずにすんだのだ。

見れば、風太郎の頭のすぐ横には、夕べ置いておいた雑誌の山があった。

もしかして、ここに頭をぶつけたのかもしれない。

そう考えた途端頭の中がパニックになり、もう一度彼の顔を覗き込む。

「平気？　痛いとこない？」

衣織は風太郎の身体を触って、おかしいところがないか確かめた。

風太郎は黙ったまま、じっと衣織を見つめている。

突然、彼の腕に引き寄せられ、強く抱きしめられた。衣織を上に、二人の身体がぴったりと折り重なる。

「風太郎？　ねえ――」

呼びかける衣織の唇を、風太郎のキスがやんわりと塞《ふさ》いだ。その瞬間、昼間味わった濃厚なキスの熱が身体に戻ってくる。

「俺は大丈夫」

軽く唇を触れ合わせたまま、風太郎が低い声で囁《ささや》く。

「衣織は？」

「……わ、わた、しも……」

「さっき打ったところは？」

「へ、へいきだと、思う……」

どうにかそれだけ返事をしたけれど、今何が起こっているのか、まったく理解出来ていない。

「そうか。っと、ちょうどいい。さっき映画館でやったカウンセリングの続きをしようか」

「カウンセリング……？」

「そう」

ああ、そうか。カウンセリング。家に帰り着いたとはいえ、まだデートは終わってないという事だ。

風太郎が無事とわかり、だいぶパニックは収まったものの、抱き合った状態なので胸は高鳴ったままだ。

「どうする？」

「……う、うん。じゃあ、お願いします……」

幾分《いくぶん》かしこまってそう答えたのは、心の動揺を悟られたくなかったから。

「わかった。じゃあ、始めようか」

衣織の返事を受け、風太郎は真剣な表情になった。それは、仕事に向かうカウンセラーの顔だ。

(えっと、このままの体勢でやるの？　いったいどんなカウンセリングをするんだろう……)

いろんな事が頭の中を駆け巡るが、衣織は身動きひとつ取れないので、すべてを風太郎に任せるしかない。

「さて……男についてひとつ教える。誰もいない自宅に男を引っ張り込むって事は、ある事を期待させてしまうんだ」

「それって、その……昼間観た映画の内容みたいな……？」

おそるおそる口にすると、風太郎がわずかに頷く。その顔に浮かんでいるのは、いつもの爽《さわ》やかなものではなく、ターゲットを仕留める時の猛禽類《もうきんるい》のような表情だ。

「おとぼけの衣織は無意識でやってたんだろうけど、さっきみたいに半べそかいた顔で身体を触ってこられると、男は興奮するんだよ。……こんな風に」

「えっ……、んっ……」

背中にあった風太郎の右手が、衣織の後頭部を押さえ、唇がぴったりと合わさった。

左手は腰の方に下がり、こんもりと盛り上がったヒップラインを軽くなぞり始める。

スカートの裾が徐々にたくし上がって、太ももがすっかり露《あら》わになってしまう。

「さっき鍵をかけたろ？　衣織は自分からここを密室にしたんだ。その意味、わかるか？」

軽いキスの音に交じって、風太郎の呟《つぶや》きが聞こえる。キスがだんだんと長いものに変わっていき、舌が触れ合うだけで呼吸が乱れた。

「……っん、……ふ……」

何とか頷くが、衣織の頭の中は完全にショートしている。

腰が少し上にずり上がり、風太郎の指先が太ももに触れた。ヒップと脚の境《さかい》を撫でられ、次いで太ももをまさぐられる。

「だけど、嫌なら、はっきりと拒まなきゃいけない。そうでないと、衣織が嫌と言わないのをいいように解釈して、もっと欲しがるかもしれないからね」

「ほ……欲しがる、って……、ぁ……んっ……」

触れ合っている身体が火照《ほて》り始め、彼の両脚の上に乗った脚が勝手にもじもじと動きだした。身体の内側から、何か熱いものがこみ上げてくるような気がして、更に呼吸が荒くなってしまう。

（なに……？　すごく、ヘン……なんだか、おかしな気分になっちゃうっ……）

今はカウンセリング中だ。その事を忘れてはいけない。そうとわかっているのに、与えられる刺激に心が持っていかれそうになる。

「それが嫌なら、ちゃんと言ってあげないと、男は勘違いしたまま暴走するよ。そんなの困るだろう？　衣織、やめて、って言ってごらん」

彼の指が、太ももの上にあるストッキングの縁《ふち》で止まった。触れていた唇も、ほんの一センチの隙間をおいて離れる。

「や……やめ……て？」

小さな声で言うと、風太郎が困ったように眉尻を下げる。

「もっとはっきり言わなきゃ。『こいつ、やめてって言ってるけど、実はもっとやってほしいんじゃないか』って男は思うよ。困った生き物だろ？」

「そ、そうなんだ……」

瞳を覗き込んでくる風太郎の顔が、たまらなく魅力的だ。

「ほら、早く言わないと、狼に喰われちゃうぞ」

風太郎が少しおどけたように言ってくれたおかげで、張り詰めていた緊張がふっと緩《ゆる》んだ。

「やっ、やめてっ！　……こんな感じ？」

衣織は眉間に皺《しわ》を寄せ、怖い顔で叫んでみた。

すると風太郎はおかしそうにぷっと噴き出し、頷いてくれる。そして、おもむろに上体を起こすと、衣織を抱えながら玄関先に立ち上がった。

「はい、よく出来ました。そうやって、嫌な時はちゃんと拒否するんだぞ。――って事で、今日のカウンセリングは終了。じゃあ今度こそ帰るからな。打ったところ湿布しとけよ。おやすみ」

「あ、うん！　おやすみ――」

ポン、と掌《てのひら》を衣織の頭にのせると、風太郎は軽く手を振ってドアから出ていった。

しばらく呆然と立ち尽くした後、衣織は靴を脱ぎ、のろのろと部屋に入った。

「はぁ……」

部屋の明かりを点け、ラグの上に脚を伸ばして座り込む。

指先で唇を軽くひねると、じんわりとした痛みが甘いキスの記憶に繋《つな》がっていく。

(今日は風太郎とたくさんキスしちゃった……それに、あんな風に触られるの、初めて……)

彼の掌が太ももに触った時、全身の神経がそこに集中した。彼の手の動き、肌を辿る指先、硬い掌の感触。何もかもが衝撃的だった。

広がったスカートの裾を持ち上げ、左足を天井に向けて掲げてみる。

転んだ時に打った場所に触れてみると、ほんの少し腫《は》れていた。さっきまではあまり意識していなかったが、痛みもある。

だけど、そんな痛みも太ももに視線を移した途端、どこかに吹き飛んでしまった。

「ない……ガーターリングが、ない……」

太ももにあるのは、ヌードカラーのストッキングだけ。きょろきょろとあたりを見回し、立ち上がってキッチンにも行ってみたが、どこにも見当たらなかった。

「え……まさか、どこかに落としちゃった？」

いったいどこで落としたのだろう。そんな恥ずかしい事がデートの最中に起きていたとしたら……。そう思うと、また自分の間抜けぶりに顔を覆いたくなってしまう。

結局、部屋の中には見当たらず、衣織はため息をつきながら就寝の準備に入るのだった。

◆◆◆

週明けの月曜。衣織はいつもより一時間早めに出社した。

先週末に出張を終えた田代常務が、約三週間ぶりに出社するのだ。きっとあれこれと仕事を言いつけてくるに違いない。それを見越した上で、毎朝のルーティンワークを今のうちに終わらせておこうと思ったのだ。

作業は問題なく進み、少しだけ時間が空いたので、衣織は給湯室へと向かった。

自分用のマグカップを取り出し、コーヒーを淹《い》れる。デスクに戻る前に、給湯室の壁に寄りかかり一息ついた。

土曜日に風太郎が帰ってから、ずっと胸のもやもやが続いている。

映画館と自宅の玄関で、彼とキスした事。

あれは、カウンセリングの一環でしただけなのに、どういう意味が込められていたのだろうと気になって仕方がなかった。

風太郎とデートしている間、これが本当の付き合いだと勘違いしてしまいそうな時が何度もあった。その度に慌てて自分を戒《いまし》めるものの、すぐにまたふわふわと気持ちが浮き立ってしまうのだ。

ふとカップに触れた唇が、風太郎とのキスを思い出させる。ぼんやりと壁を見ていると、彼の笑い顔が繰り返し頭に浮かんできた。

（ほんと、どうしちゃったんだろう、私……）

もしかして、自分はまた風太郎の事を好きになってしまったのだろうか。

そう思った瞬間、全身に衝撃が走った。

（う、嘘でしょ？　えっ、ちょっと待って！　そうなの？　本当にまた風太郎に恋をしちゃったの？　えええええええっ！）

思わず叫びそうになるのを我慢し、ぶるぶると首を横に振る。

まさか二度目の恋なんて、そんな事が本当にあるものなのだろうか？

「おや？　笹岡君」

「は、はいっ！」

後ろから急に声をかけられた衣織は、振り向くと同時に頭を仕事モードに切り替えた。見ると、そこにいたのは、にこやかな顔の常務だった。

「田代常務、おはようございます。出張、お疲れ様でした。交渉が上手くいってよかったですね」

現地での仕事がすべて成功に終わって、今の彼はすこぶる機嫌がいいようだ。顔を見ればすぐにわかる。

「ああ、まったくだよ。笹岡君も、留守の間よくやってくれたね」

「いいえ、とんでもありません」

「始業時刻になったら私の執務室まで来てくれるかな? 朝一で副社長のところに出張の報告に行くんだが、現地商工会議所と交わした契約の件、細かいところは君から説明してほしいんだ」

「はい、承知しました」

軽やかな足取りで去っていく常務の後ろ姿を見送り、ややぬるくなったコーヒーを一気に喉の奥に流し込む。そしてデスクに戻り、必要と思われる書類を準備して常務の執務室に入った。

「じゃ、早速副社長のところへ行こうか」

廊下を先に行く常務は、歩きながら軽くストレッチをしている。

「今回の交渉で、君が用意してくれた資料がとても役に立ったよ。先方の要求を見越して、一歩先んじた内容のものを作ってくれていたね。いつもながら助かったよ。だから僕としても君を手放すのはひどい痛手なんだ」

「はい？」

（痛手？　それと、今、君を手放すって——）

小首を傾げた衣織に向けて片目を瞑《つむ》ると、彼は開いたままの副社長室のドアを軽く叩いた。

「ああ、田代常務。お待ちしていました」

重厚なマホガニーデスクの向こうで、副社長である高科雅彦がゆっくりと立ち上がった。

壁際にある応接セットを掌《てのひら》で示され、二人はそちらに向かう。

衣織は副社長と常務が座ったのち、対面にある三人掛けのソファに腰を下ろした。それと同時にトレイを持った京香が、テーブルの上にお茶を置いて退室する。

それから常務の業務報告が始まり、衣織もサポートしつつ二十分ほどで終了した。常務は、お茶を一口飲むと、隣に座る衣織をゆっくりと振り返る。

「さて、笹岡君。これで報告は終わりだ。もうひとつ、今日君をここに呼んだ理由があるんだ。……副社長秘書の件、君にお願いしようと思うんだが」

「はっ？」

常務は今なんと言った？　想像してもいなかった事を告げられ、衣織の頭の中がパニックになる。

「君は元々第一候補だったし、副社長も君の仕事ぶりにはずっと注目しておられた」

「はい――」

衣織はぎこちなくも相槌《あいづち》を打つ。

自分が第一候補になっていたなんて思ってもみなかった。

並みいる先輩秘書を差し置いて自分が副社長秘書になるなど、どうしてそんな話になったのだろう。

すると、副社長が口を開いた。

「笹岡君。田代常務がおっしゃる通り、君の事はよく観察させてもらったし、他の役員からもいろいろ話は聞かせてもらった。君は誰よりも秘書としての能力に長《た》けているし、仕事に対する姿勢も真摯《しんし》だ」

「いえ――」

「謙遜《けんそん》する必要はない。私は人を見る目はあるつもりだし、今回の判断についても間違いはないと思っている。この件は、秘書課長も主任も承知している。二人とも、君なら大丈夫だろうと太鼓判を押していたよ」

「はい……」

　課長や主任までも？

　課長は極めて公明正大な人だし、主任は衣織よりずっと秘書歴が長く、的確な判断力があるのは誰もが認めているところだ。そんな人達に認められている事は純粋に嬉しいが――

「とにかく、君は今回選ばれるに相応《ふさわ》しい人材であるという事だよ。どうだね、引き受けてもらえるかな」

　まっすぐに衣織を見つめる副社長は、明朗《めいろう》かつビジネスライクに告げる。

　自分が副社長秘書に――思いがけない大抜擢ではあるけど、上がそう望んでくれるのであれば、精一杯頑張って期待に応えようと思う。

「――はい、承知しました。どうぞよろしくお願いいたします」

　衣織が頭を下げると、副社長は満足そうに口元を綻《ほころ》ばせた。

「こちらこそよろしく頼むよ。それと、君も知っての通り、我が社は来年度早々アトランタに支社を置いて、現地企業との業務提携も進めていく予定だ。そして私は、それが軌道に乗るまで、日本とアトランタを頻繁《ひんぱん》に行き来する事になる」

　衣織は、こくりと頷く。副社長は、この件に関する責任者になっているのだ。

「おそらく、最初の一年はアトランタを基盤に動く事になるだろう。それに当たって、私の補佐をする現地常駐の秘書が欲しい。私はそれも君にやってもらいたいと思っている。つまり——」

副社長は、ここで一呼吸置き、改めて衣織の顔をまっすぐに見つめた。

「一年後、君にアトランタに行ってもらいたいんだ。私の専属秘書として現地に常駐し、引き続き私のサポートをしてほしいと思っている」

副社長の言葉に、衣織は目を見開いたまま固まってしまった。

アトランタに住んで、そこで秘書としての仕事をする——

「期間は、最低でも三年。その後はまた日本に帰ってきてもらう予定だが、あくまでも予定として捉《とら》えておいてほしい」

「はい」

返事の口調だけはしっかりしているが、衣織の頭の中はいまだ混乱したままだ。

「もちろん、この件に関しては君が承諾してくれたら、の話だ。アトランタに常駐するというのは君のライフプランにも大きく関わる事だから、よく考えてくれ。私としては是非君に引き受けてほしいが」

副社長の言葉を隣で聞いていた常務が、口を開く。

「これは君にとってもいいチャンスだと思うよ。もっと高い英語力を身につけられたり、いろいろステップアップ出来るだろうからね」

にこにこ顔の常務と、頷きながら聞いている副社長。彼らを前に、衣織は狐につままれたような表情を浮かべ、かしこまる事しか出来ない。

「これからひと月の間、私はアトランタと日本を頻繁に行き来する。その間に、君は海外勤務の話を受けるかどうか考えてもらいたい。出来れば、いい返事を聞かせてほしいと思っているよ」

衣織は副社長の言葉に放心しつつ頷くと、常務と共に副社長室を辞した。そして、そのまま常務の執務室に移動する。

突然の話に呆然としている衣織を見て、常務が申し訳なさそうに口を開いた。

「なんだかトントン拍子に話が進んじゃって申し訳ないね。元々はただ単に、日本での副社長の専属秘書を、という事で僕も君を推薦したんだが……話が進むうちに、少々事情が変わってきてしまって、いつの間にか秘書になった君をそのままアトランタに連れて行く話に発展してしまったんだ」

「そうですか……状況がその都度変わるのはよくある事だと思います。でも、なぜ私なんでしょうか」

「そりゃあ、さっきも言った通り、総合的に見て君が一番適任だと思ったからだろう。それに、副社長も独身男性だからね……うむ」

そう言って、常務はぱちりと片目を瞑《つむ》った。

「いや、まさか、ここまで君を気に入るとはねぇ。アトランタの件については、よく考えて返事をしてくれたまえよ。あぁ、君が副社長秘書になるにあたって、今後私の面倒は西尾さんに見てもらうつもりなんだが、どうかな？　彼女は君の一番弟子だろう？　何かと機転が利く人だし、引き継ぎをよろしく頼むよ」

「はい、わかりました」

常務の執務室を出て、給湯室に入った。茶器を洗い終えると、なんだかどっと疲れが出てきて、壁にもたれてしまう。

日頃の仕事ぶりを評価された事は嬉しいけれど、本当に自分が副社長の秘書になるとは。

秘書課にいても常に一番目立たない位置にいたのに、突然の申し出に心底驚いている。それ以上に、海外勤務の打診に驚いた。仮に引き受けたとしても、果たして自分にそんな大役が務まるのだろうか――

「衣織さん」

いつの間に来ていたのか、京香が衣織のすぐ横に立っていた。彼女はにこにこと満面の笑みを浮かべている。

「わ、京香ちゃん。びっくりした！」

「さっき副社長室に呼ばれたのって、衣織さんが副社長秘書になるお話ですよね？

やっぱり噂通り――」

「ねえ、京香ちゃん。そんな噂、本当にあったの？　私、ぜんぜん知らなかったんだけど」

衣織の言葉に、京香は意外そうな顔で頷いてみせた。

「みんなそう噂してたじゃないですか！　だって副社長、本社に来た日から、何かにつけて衣織さんの仕事ぶりをチェックしてましたもん。でもみんな、衣織さんがやるならって納得してます。仕事面でも人柄の面でも、今の衣織さんに敵《かな》う人はいませんから」

京香に、ひじで二の腕をつんつん突《つつ》かれてしまう。

「衣織さん、副社長の専属秘書になったら、そのままヴァージンロードに直行だったりするかもですねぇ」

「は？　ちょ、ちょっと京香ちゃん……！」

結局、衣織が副社長秘書になったという話は、人事発表を待たずして本社中に広まってしまった。

風太郎のカウンセリングを受けてからというもの、自分の周りが劇的に変わった事を、衣織は改めて痛感するのだった。

衣織が正式に副社長の専属秘書になったのは五月一日《いっぴ》。

それから三日ほどかけて、京香に田代常務の秘書としての引き継ぎをすませた。その次の日より副社長の専属秘書として業務に就いたが、そうなって一番驚いたのは、彼はまったく手がかからないという事だった。前に担当していたのが常務だったという事を差し引いても、衣織に回ってくる仕事量が格段に少ない。

だからといって暇になったというわけではなかった。むしろ頼まれる仕事の難易度が高くなっている。それに伴って関わってくる人物の地位も上がっているため、かなりの緊張を強いられる。

木曜の午後。来客を見送って執務室に引き返すと、副社長が立ったまま受話器を持って誰かと話していた。

「それは無理ですね。申し訳ありませんが、お断りしますよ」

声のトーンや口調からして、ごく親しい仕事関連の知人といったところだろうか。

衣織はテーブルの上の茶器を片付け、途中取ってきた副社長宛ての郵便物を机の上に置いた。トレイを持ち、一礼して部屋を出ようとしたところを、受話器を置いた副社長に呼び止められる。

「笹岡さん、ちょっといいかな？」

「はい、なんでしょうか」

部屋の中に戻り彼の前にかしこまると、彼はほんの少し口元を緩《ゆる》め、首を振った。

「いや、仕事の話じゃないんだ。今の電話なんだが、君に関係する事だったものだから、一応耳に入れておこうと思って。先月カトダ工業のレセプションで会った後藤《ごとう》常務の事を覚えているかな？」

「はい、覚えています」

カトダ工業は、高科商事が古くから取引をしている国内自動車メーカーのひとつだ。後藤常務は副社長が関西にいる時に懇意《こんい》になったゴルフ仲間だと紹介された。先月副社長に伴われて行ったレセプションには、常務と京香も参加していた。

「その彼がとんでもない事を言ってきてね。君を自分の秘書にしたいと言うんだ。会場で会って以来、顔を合わせるたびに君の事ばかり話していたからね。まぁ、そこまで本気ではないと思うが」

「私の事を、ですか」

「そうだ。あの時、後藤常務と特別な話でもしたのかな？」

「いいえ。副社長にご紹介いただいて、簡単にご挨拶《あいさつ》しただけです」

「そうか……。彼は田代常務とも親しいから、そちらからなにか聞いたのかもしれないね。なんにしろ、君は我が社の貴重な人材だし、僕の秘書だ。丁寧にお断りさせていただいたよ。それでよかったかな？」

「もちろんです。私のどこを気に入ってくださったのかわかりませんが、転職する気持ちはありませんので」

衣織がはっきりと答えると、彼はふっと笑みを零《こぼ》す。

「それはよかった。次に会った時、後藤常務からアプローチを受けても、今の調子で断ってくれたら嬉しい」

副社長の微笑みに対して、衣織も同じような微笑を返す。

「承知しました。もしそのような事があった時は、すぐにご報告しますね」

退室して給湯室に向かいながら、衣織はやれやれといった風に肩を竦《すく》めた。

風太郎にカウンセリングを受けた効果が、こんなところにも出たのだろうか。なんにせよ、転職などする気はないので、話が進展する事はないが。

廊下を歩く衣織の背後から、軽い足音が聞こえてくる。

「衣織さんっ。ちょっとお聞きしたい事があるんですけど、いいですか？　ついでにお手伝いしますよ」

「京香ちゃん。ありがとう」

衣織から常務の秘書を引き継いだ京香は、今もなにかと衣織のもとに質問や相談をしにくる。

「あ、そう言えば……最近の副社長って、なんだか機嫌よくないですか？　前は気難しい～って顔してらしたのに」

確かに、本社に来た当初よりは、幾分《いくぶん》雰囲気が柔らかくなったような気がする。

「衣織さんが副社長の秘書になってからだと思いませんか？　やっぱりお似合いだなぁ。ふふふ～」

「ちょっと、もう……」

衣織が副社長の担当になってからというもの、京香はなにかにつけ、衣織と彼をくっつけたがる。彼女から見ると、二人は『いい感じ』らしい。

だけど、衣織から見た副社長は、担当秘書に特別な興味を持っているとは思えない。

確かに年齢や立場的に結婚を考えてもいい歳だが、当の本人は周りが騒ぐほどその必要性を感じていないようだ。衣織が知る範囲では、会社に女性からの連絡があるわけでもないし、アフターファイブも仕事絡みの用事がなければ、さっさと帰宅してしまう。自宅も、父母である社長夫妻といまだ同居中であり、今は結婚よりも仕事優先といった感じだ。

最近機嫌がいいのは、おそらく仕事が順調だという単純な理由だ。雰囲気が柔らかくなったのもそのせいだろう。

（お見合いとかしないのかな……。副社長クラスだと、普通に恋愛して結婚より、親同士が決めた結婚っていうイメージがあるけど）

ドラマや映画に見るようなシンデレラ・ストーリーなど、衣織には無縁の事だ。セレブにはセレブを。それが一番収まりがいいような気がする。

そういう自分には、いったいどんな男性がお似合いなんだろうか。まだ見ぬ王子様は、いったい今どこで何をしているんだろう。

（そう言えば、風太郎はどうなのかな……。今は彼女がいないって言ってたけど、いつ出来てもおかしくないよね。職場や、それ以外でも出会うきっかけなんか山ほどありそう。ううん、きっかけなんかなくても、風太郎なら立っているだけで彼女候補が列をなしちゃうよね……）

前回のデート以来、衣織はやたらぼんやりする事が多くなってしまった。

風太郎の事を思い出すたびに、彼のキスや指の感触が蘇《よみがえ》り、身体がむずむずする感覚を味わったりしてしまうのだ。

仕事中は忙しくてそれどころではないのだが、自宅に帰ってからは違う。夕飯を食べている時や、シャワーを浴びている時などのプライベートな時間は、風太郎の事を思い出して、甘い感覚に浸《ひた》っていた。

（恋しちゃった……。私、また風太郎に恋をしちゃったんだ……）

最初こそまさかと否定していたけれど、なにをしていても結局は風太郎の事を考えてしまうので、もう認めざるをえない。

カウンセリングという名の擬似恋愛をしているうちに、昔彼が好きだった事を思い出してしまったのだろうか。

それとも、久しぶりに会った彼に、二度目の恋をしてしまったというのだろうか。

（きっと、どっちもだ……）

だけど、風太郎はあくまでも衣織が変わろうとするのを手助けしているだけ。カウンセリングであって、恋愛じゃない。心はこもっていても、友情であって愛情じゃない。

風太郎は、恋人じゃない。

そんな事を何度も自分に言い聞かせた、その日の夜。いつものように風太郎からの打ち合わせメールが届いた。

『今週の待ち合わせ場所、俺の家でいいかな？　彼氏と自宅デートって感じで。時間は午後の二時だと助かる』

その文面を見た時、驚きのあまりスマートフォンを握り締めたまま叫びそうになった。

しかし、考えてみれば、友達を家に呼ぶのは普通の事だし、男女とはいえ彼はカウンセラーであり衣織はクライエントだ。それ以上の事などない。

風太郎のメールには、『カウンセリングも回を重ねてきたから、今回はクリニックの個室みたいに落ち着いた環境で取り組みたい』と書かれている。

過剰反応した自分を恥ずかしく思いながら、いつも通り承諾の内容を書き、最後に『楽しみにしています』と付け加えたメールを返信する。

その後、衣織は立ち上がってクローゼットを開けた。その日なにを着ていくか、早速考えようと思ったからだ。

洋服を見ながら、わき腹の肉を指先で摘《つま》んでみる。ここのところ、忙しくてあまりジムに通えていない。それに持ち帰りの仕事もあって十分に自宅エステも出来ないので、肌のコンディションも上々とは言えなかった。

風太郎への想いを自覚したというのに、思い悩んでいるばかりで、ちっとも前に進んでいない。

(これじゃ駄目でしょ。せっかくの時間がもったいない)

反省しながら、ラグの上で簡単なヨガのポーズを取っていると、風太郎から二通目のメールが届いた。

『よかった。俺も楽しみにしてるよ』

きっと深い意味なんかない――わかってはいるけど、湧き上がってくる喜びの感情を抑えられない。

「だ、駄目だよ、衣織！　必要以上にテンションを上げちゃいけないんだからね」

そう言い聞かせてみるものの、気分はもうとっくに盛り上がってしまっていた。

週末のカウンセリングが楽しみで舞い上がるあまり、ミスをしたと思いたくない――そう考えた衣織は、金曜日、いつも以上に仕事に集中し、何度も資料のチェックを重ね完璧に仕上げた。

「なんだか今週の君はいつも以上にすごいね。もしや、アトランタに行く決心でもついたの？」

常務の執務室に行った時にそう言われたが、正直その件についてはまったく考えが進んでいない。

（だって、もし副社長の秘書としてアトランタに行ったら、風太郎に会えなくなる）

もちろん、ちょっと前までまったく会っていなかったし、今のカウンセリングが終われば毎週会うような事もなくなってしまう。

だけど、日本にいるのとアトランタにいるのとでは、距離的にも気分的にも違いすぎる。

もし風太郎に再会していなければ、ほんの少し悩んだ後、アトランタへ行く事を決めていたかもしれない。いや、風太郎と再会する前の自分に、そんな思い切りのいい事が出来ただろうか？

今となっては、同窓会に出る前の自分が、ずいぶんと遠い存在に思える。

とにかく、風太郎に再会してまた彼に恋をしてしまった今、アトランタには行きたくない。それが衣織の正直な気持ちだった。

（でも、彼は私のカウンセラーであって、恋人でもなんでもないのよね……）

カウンセリングが終われば、いずれただの元同級生という関係に戻る。もしかすると、多少親しい間柄になれるかもしれないが、あくまでも友達としての話で、それ以上でも以下でもない。

カウンセラーは、クライエントとは恋愛関係にならない——そう言った風太郎の言葉を、何度も思い出す。

彼は、カウンセラーとしての経験を積むために衣織を選んだだけ。それはつまり、風太郎が衣織とは恋愛関係になるつもりはないという事だ。

同窓会が終わった後、彼のクリニックで一緒にコーヒーを飲んだ時には、まさかこんな気持ちになるとは思わなかったのに——

彼をまた好きになった事については、全く後悔していない。だけど、このままどんどん気持ちが強くなっていけばいくほど、失恋した時のショックは大きい——その事は覚悟しておかなければ、と思う衣織だった。

◆　◆　◆

そして土曜日の朝。

絵に描いたような五月晴れを期待していたのに、外はあいにくの雨模様だ。

車で迎えに行くという風太郎の申し出を断ったのは、途中手土産《てみやげ》を買おうと思ったから。それと、彼の家に向かう途中で、浮かれ気味になっている自分の気持ちを、少しでも落ち着かせようという思いがあったからだ。

今風太郎のマンションに向かっているのは、一クライエントとしてであり、恋人ではない。

しつこいほど自分にそう言い聞かせ、洗面台に貼ってある『基本的ルール』を何度も読み返した。

入念に選び出した今日の服装は、淡いグリーンのブラウスに花柄のスカート。頭は、天気の事を考え、湿気で髪が爆発しないよう編み込んでバレッタで留めた。

駅の中にあるお気に入りの店でチョコタルトを買い、風太郎の自宅最寄駅で降りる。その時、手に持っていた傘をどこかに置き忘れてきた事に気付いた。

「あー、やっちゃった……」

割と気に入って使っていた、白地に薄いグレーの百合模様の雨傘がないのだ。

多分、さっきお店でお財布を出した時に置いてきてしまったのだろう。いや、その前に乗っていた電車の中かもしれない。

どのみち今から探しにいくわけにもいかない。ひとまず改札を出て外の天気を窺《うかが》った。幸いもう雨は上がっていたので、傘がなくても大丈夫そうだ。風太郎との待ち合わせの時間に遅れそうなので、傘は帰りにお店や駅に問い合わせる事にする。

「よし、行くか！」

小さく呟《つぶや》いて駅を出ると、道すがら面白そうな店がいくつも見つかった。落ち着いたインテリアショップや可愛い雑貨屋など、衣織の好みのお店ばかりだ。富裕層が集まるこの界隈《かいわい》は、衣織が住む学生街とはまるで雰囲気が違っていて、おしゃれで道幅も広々としている。

風太郎のマンションまで、駅から歩いて約八分の道のり。約束の時間よりちょっと早いけれど、彼の住む町をゆっくりと眺めながら歩けばちょうどいい感じで着けるだろう。

そう思い散歩気分で歩いていると、雨がまたポツポツと降り始めた。

「わ、ヤバい！」

細かな雨が降りだした街を、衣織は走った。途中焦って曲がる場所を間違えてしまい、マンションに着いた時にはかなりずぶ濡れ状態になってしまう。

地上三十二階建てのマンションのエントランスを突っ切り、事前に聞いていた部屋の暗証番号を押してエレベーターに乗った。

時間を確認すると、ちょうど約束の午後二時。遅れなかった事にほっとしながら、二十八階にある風太郎の自宅のインターフォンを鳴らした。

間髪《かんはつ》容《い》れずドアが開き、中から風太郎が顔を出した。

「衣織、雨どうだった――うわっ、どうした、全身ずぶ濡れじゃないか！」

ずぶ濡れの衣織を見て、颪太郎が驚いた表情を浮かべる。

シンプルな白いTシャツに同じ色のスウェットパンツを着こなした彼は、外で会うよりも少し粗野で男っぽい感じがした。

「傘をどこかに置き忘れちゃって。駅に着いた時は雨も止んでたし、散歩がてらゆっくり歩いてたら、雨がザザーって――」

言い終わらないうちに、衣織は颪太郎に肩を抱かれ、ドアの内側に引き込まれた。

「とりあえず入って。風邪引くぞ」

「うん……お邪魔します」

「身体、冷たいな……そうだ、シャワー浴びたら？」

「わ、わかった」

背中を押され、腕に抱えられるようにして玄関を通り過ぎると、広々としたリビングに突き当たった。白で統一された部屋は、まるでショールームのように綺麗で、部屋の真ん中にあるダイニングセットを始めダークブラウンの家具がバランスよく配置されている。

衣織はリビングの左手にある洗面所に連れて行かれ、頭に柔らかなタオルを被せられた。

「奥がバスルームだ。ちゃんと温まってから出て来るんだぞ。濡れたものはとりあえず洗濯機に入れておいて。着替えは後でここに置いておくから」

「ごめんね、本当にありがとう。あっ、これ……タルト買ってきたの」

衣織は忘れないうちにと、タルトの入った袋を彼に渡す。

「おっ、サンキュ。美味《うま》そうだな……っと、衣織、早くシャワー浴びておいで」

風太郎が脱衣所のドアを閉めた後、衣織は洗面所の鏡に向かった。

「うわ、ほんとびっしょびしょ……」

急いで服を脱ぎ、温かなシャワーの下に身を置いた。やっとひと心地ついたところで、今の状況を振り返る。

(そ、それにしてもいきなりシャワーとか……)

いくら不測の事態だったとはいえ、部屋に来るなり素っ裸になるとは。さっきは何も考えずに返事をしたものの、初めてのお宅訪問、しかも異性の部屋でシャワーを借りるなんて、大人の女性としていいのだろうか。

そんな情けなさもあるが、アクシデントのおかげで家に着くまで余計な事を考えずにすんだ。

だが、この先はどう動くべきか。メールで招待を受けて以来、どう振る舞うべきか頭の中でいろいろとシミュレーションしてみたが、ほとんど役に立たなかった。ましてや濡れ鼠《ねずみ》になってシャワーを借りるなんて、まったくの想定外だ。

自分に呆れながらもお湯を浴びている中、衣織はふと周囲に目を向ける。

事前に聞いていたとはいえ、さすが都心の一等地に立つデザイナーズマンションだけの事はある。バスルームひとつとっても、衣織が住むワンルームとはあまりにも格が違うのだ。さっき見たリビングと同じで、洗面所もここもピカピカですっきりと片付いていた。

（風太郎って綺麗好きだったんだ。それにしてもすごい……ここ、いわゆる億ションってやつだよね）

海外に移住した友人のものを借りているらしいが、そもそもそんな知り合いがいる事がすごい。

香りのいいボディソープで身体を軽く洗い流してバスルームを出ると、洗面台の横に着替え一式とタオルが置かれていた。

半袖のカットソーと、白地に黒のラインが入ったスウェットの上下だ。

メンズサイズだけど下がハーフパンツになっているので、衣織が穿《は》いても引き摺《ず》るような事はない。

バスルームを出ると、風太郎がトレイを持ってリビングに入ってくるところだった。

「あ、上がった？　さあ、こっち来て座って」

「ありがとう。いろいろ貸してもらって……」

衣織は、タオルを手におずおずと部屋の中に入る。

「服、そんなものしかなくてごめん。どれもブカブカだろ？　それでも一番小さいものを選んだんだ。……でも、似合ってるよ。なんかこう、モモンガって感じで。くくっ……」

風太郎が、顔を横向けておかしそうに笑った。

「なっ、モモンガ……って、なにそれっ」

眉をひそめ怒った顔をしてみるが、風太郎にこたえた様子はまったくない。衣織は、手を広げ、自分の格好を改めて眺めてみた。なるほど、全体的にブカブカした感じが、モモンガに思えなくもない。

「まぁ……、そう見えなくもないかも」

「だろ？」

渋々納得をした衣織に、風太郎は手招きで部屋に入るように促《うなが》す。衣織は部屋の真ん中にあるソファに腰かけた。

「いい部屋だね。ドラマのセットみたいにおしゃれだし、すごく片付いてる」

そんな事を口にしつつ、衣織は平常心を装うのに必死だった。目が泳いでいるのは、どうか見逃してくれますように、と願いながら。

「持ち主がインテリアデザイナーなんだよ。普段はもっと散らかってるんだけど、衣織が来るから掃除したんだ。俺、片付けあんまり得意じゃないんだけどね」

「そうなの？　机の中とか、いつもきちんとしてるイメージがあったけど」

「きちんとしているというより、極力ものを置かないんだ。片付けるのが面倒くさいから」

「へぇ、そうだったんだ」

「ははっ、イメージ狂った？」

いつも通り明るく笑う風太郎を見るうちに、徐々に気持ちがほぐれてくる。

男性の部屋で二人っきりでいるという状況。最初こそ緊張でガチガチになっていたけれど、風太郎のおかげでだいぶリラックスしてきた。

「髪、まだ少し濡れてるぞ。ちゃんとドライヤー使って乾かした？」

「あ……ううん」

「待ってな」

立ち上がって洗面所からドライヤーを持ってくると、風太郎は衣織の後ろに回り、髪を乾かし始めた。心地よい温風と彼の指の動きに、衣織はつい目を閉じてしまいそうになる。

「風太郎、美容師さんみたいに上手だね」

「知り合いに美容師がいるんだ。昔よくそいつの練習台になってさ、毎日のようにシャンプーやドライヤーをかけられているうちに、コツを覚えたんだ」

「ふぅん……さすが顔が広いんだね」

「大学の時に住んでいたアパートで隣同士だったんだよ。今は地元に帰って大手サロンの雇われ店長をやってるんだけど、将来は自分の店を持つっていう夢に向けて頑張ってる」

「そうなんだ。夢、実現するといいね。……それにしても、風太郎ってなにをやらせてもそつなくこなしちゃうよねぇ……」

あまりの心地よさに、衣織はとうとう目を閉じてしまった。

風太郎の指が、衣織の髪の毛を優しく梳《す》く。

「衣織だってそうだろ。高校の時、任せられた仕事は全部きちんとこなしてたじゃないか。今の仕事も、そうやって頑張ってきたからこそ順調なんだろ。偉いな。これからもっと活躍出来ると思うよ。……はい、乾いた」

「ん、ありがとう」

ふと顔を上げると、上から覗き込むようにしている風太郎の顔があった。

「わ！」

至近距離で目が合い、また心臓がどきりとする。

「なに？」

「あ……ううん、ごめん、いきなり風太郎の顔があったからびっくりしちゃった。……なんか、ちょっと緊張しちゃってるのかも……。だってほら、私こんな風に男の人の部屋にお邪魔するのなんて初めてだし」

そう言って、衣織は急いでソファの上に座り直す。恥ずかしさを誤魔化すように髪の毛の中に指を入れると、まだふわふわとしたドライヤーの熱が残っていた。

「そうか。じゃあ、初めて彼氏の家に招かれた時の予行演習になるな。……さてと、持ってきてくれたタルトは後で食べる事にして、とりあえずワインでも飲もうか」

持っていたドライヤーを片付けると、風太郎は衣織の手を引いてテーブルのある窓際へと誘った。

そこに用意されていたのは、冷えた赤ワインのボトルとチーズがのったプレート。窓の外には、雨にけぶる都会の風景が広がっている。

「改めて、ようこそ。今日はわざわざ来てくれてありがとう」

衣織は差し出されたグラスを受け取り、カチリと縁《ふち》を合わせた。

「こちらこそ、お招きいただいてありがとう」

グラスに口をつけると、思っていた以上にフルーティで口当たりがいい。

「あ、すごく美味《おい》しい」

「だろ？　こっちのチーズもいけるぞ」　風太郎が出してくれたモッツァレラチーズはもちもちとしていて、味も触感も今まで食べたチーズの中で一番美味しいと感じた。

ちらりと外に目を向けると、雨模様とはいえ壁一面の窓から相当遠くまで景色を見渡せる。こんな部屋に住んでいたら、きっと毎日気分が上がるだろう。

「せっかくのお休みなのに、よかったのかな？」

「よかったのってなにが？」

「だって、最近特に忙しいって言ってたでしょ？　カウンセリングのために他の事が後回しになってるんじゃないかと思って。今日も、こうやっていろいろと準備してくれてるし……」

「ああ――」

グラスの中のワインを飲み干し、風太郎がふっと口元を綻《ほころ》ばせた。

「別に苦じゃないよ。言ったろ？　楽しみにしてるって」

新しく注ぎ足されたワインが、部屋の照明に照らされてルビー色に光る。

「それに、こんな風にじっくり時間をかけてカウンセリングするなんて、普通じゃ出来ないしね。前も言ったけど、俺の方がもっと感謝しなきゃいけないくらいだよ」

風太郎が屈託のない笑顔で言う。今の彼は、なんだか普段とは少し違って見える。

「そ、そんな事ないよ。私の方がたくさんお世話になってるし。本当に感謝してる」

彼のおかげで、着実に以前の自分とは違ってきているのだ。

「このカウンセリングが風太郎の助けになるなら、どんどんやっちゃって。それくらいしか恩を返せないし、その方が私も気が楽だから」

「そうか？　……そんな事言うと、遠慮なくやらせてもらうけど」

「えっ……う、うん、望むところだよ。おかげさまで、だいぶ恋愛の練習も出来た事だし……」

　ワインを飲んでいるせいか、ちょっとだけ気の大きい事を言ってしまったが、やはり照れる。少しハイテンションになったままワインを飲み続ける衣織を、風太郎は目を細めて見つめていた。

　それから、二人で他愛ない事を話しながら時を過ごした。

「さて……そろそろ夕飯の準備をするか。衣織はお客さんだからね。作るのは俺に任せて。いわゆる男飯だけど、味は保証するよ」

「ほんと？　風太郎ってすごいね。料理まで出来るなんて……なんでもこなしちゃうスーパーマンみたい」

「ははっ、衣織は褒め上手だな。だけど素直に嬉しいよ、ありがとう」

「だって本当の事だもの。そりゃあモテるよね。誰だって彼女になりたがるよねぇ。当たり前よね。すっごくわかるなぁ……うん……」

　もう何杯ワインを飲んだだろう。身体がぽかぽかと温かい。部屋にはいつの間にかクラシックのＢＧＭが流れている。風太郎とソファに座り雨を眺めているうちに、すっかり衣織の目蓋《まぶた》は閉じてしまった。

しい。

「ん……」

額《ひたい》になにか触れた気がして、衣織は目を開いた。どうやら知らない間に寝ていたら

「……えっ？」

顔を上げると、すぐ目の前に風太郎の喉仏が見えた。すごく近い。しかも、なぜか二人ともベッドに横たわっている。

「わっ？　あれっ……」

いつの間にか窓の外が暗くなっていた。部屋の中は、ベッドサイドにあるアンティーク調のシェードランプが造る飴《あめ》色の光に包まれている。

今の体勢を改めて確認する。仰向けになった衣織を、風太郎が横抱きにしている状態だ。しかも、彼の左脚が、衣織の剥《む》きだしのふくらはぎに絡んでいる。

（いつから、どうやってここに移動したの……？）

わけがわからない事だらけの上、この格好はあまりにも刺激的すぎる。起き上がろうとしたが、しっかり抱き込まれていてまったく身動きが取れない。

「っくしゅ！」

どうしようかとまごまごしていたが、ほつれた髪が鼻の下をくすぐり、くしゃみが出

てしまった。

「ん……ああ、起きた？　おはよう。って、夜だけどね」

「お、おはよう……あの、この状況って……？」

大きく息を吸って起き上がった風太郎は、衣織の顔にかかった髪を指先でこめかみの外へ撫で付けてくれた。

「ソファで話していたら、途中で衣織が寝ちゃったんだよ。あんまりすやすや寝てるから起こすのも可哀想だったし、ベッドまで抱っこして運んで来たんだ。そしたら、衣織の寝顔を見てるうちに、俺も眠くなっちゃったってわけ」

「そうなんだ……ご、ごめん。私ったらまた寝ちゃって……」

なんという失態！

男性の部屋に初めて招かれたというのに、ワインでいい気分になって寝てしまうなんて。

（いったいどんな顔をして寝ていたんだろう？　まさか、口を開けたまま寝たりしてないよね？　あぁ、もう最悪……！）

恥ずかしさのあまり風太郎から離れようとしたが、彼は一向に衣織を抱く腕を解かない。それどころか、更に身体を密着させて、額に唇を押し当ててくる。引き締まった二の腕に、硬くたくましい胸板を感じた。

「ふ、風太郎？」

（どうしたんだろう、なんだか今までの雰囲気と違うような……）

額に当たる彼の唇が、優しく囁《ささや》いてくる。

「これまで、恋愛に慣れるためにいろいろやってきた。デートして、手を繋《つな》いで、キスして――。何回か身体に触れさせてもらったけど、どう？　男や恋愛を理解するのに、役に立ってるかな？」

どことなく、教え子に優しく問うような風太郎の声音。

だけど、衣織を見る瞳の奥になにかゆらゆらとした炎に似たものが宿っている。

それが何かはよくわからないけれど、すごくドキドキする。いつもより男っぽいし、セクシーだ。

早く何か答えなくてはと、衣織は急いで口を開いた。

「もちろん、役に立ってるよ。私、本当になにも知らないでいたんだなぁって……。デートの仕方とか、彼氏との会話とか、映画や小説の知識だけじゃ駄目なんだって事がわかったもの」

「そっか」

ふんわり笑う風太郎の目が、きらりと艶《つや》めく。今更ながら、彼の完璧なまでに整った顔立ちに見惚《みと》れて、衣織はじっと見つめてしまっていた。

「恋愛なんて、ただでさえ不可解な部分が多いのに、衣織はいろいろな事が初めてだもんな……。だからこそ、いい人と出会って幸せな恋をしてほしいと思うんだ」

「うん、ありがとう……」

本当の事を言うと、もう恋をしている。それは、到底叶わない片想いに過ぎないけれど、今ある気持ちを大事にしたいと思う。だからこそ今この時間が貴重なのだ。

「……衣織」

「ん？　なに？」

「さっき、俺の役に立つならどんどんカウンセリングを進めてもいいって言ってくれたけど……それって本気？」

風太郎の顔が、窺《うかが》うようにほんの少し右に傾《かし》いだ。こんな至近距離で色気のある顔を見せられると、文字通り腰砕けになってしまう。

お互い横になったまま見つめ合っている状態で、衣織は動く事が出来なかった。風太郎の腕の中で、全身が心臓になったみたいにドキドキと脈打っている。

「う、うん、本気でそう思ってるよ。高校の時、風太郎のサポートをした時みたいにやれればって……」

改めて風太郎の顔を見ると、ほんの少しだけ口元と顎《あご》のラインに無精髭《ぶしょうひげ》が生えている。それがやけに男らしく思えて、頬がジンと火照《ほて》った。

衣織は素直に今感じている事を伝えようと思い、口を開く。

「風太郎と再会して、すっごくめまぐるしい一ヶ月だった。カウンセリングを受けるようになって……私、変われたと思う。コーディネートやメイクも、真里菜さんに教わった通りにしていたら、周りの反応も変わってきたし」

「それだけじゃないよ。衣織は、元々綺麗な顔立ちをしてるからな。ようやくみんな、衣織の魅力に気付いただけだよ」

「えっ、そんな事はないけど……！」

思わぬ事を言われ、衣織はあたふたしてしまう。気恥ずかしさを誤魔化そうと、話を続ける。

「えっと、仕事以外では男性が苦手だったけど、風太郎のカウンセリングを受けてデートするうち、だんだんそうでもなくなってきた気がする。デートって楽しいんだなぁって……恋をするっていいなぁって思えるようになったかも」

今が楽しい。風太郎とこうしていられる事が、この上なく嬉しい。

そんな想いを込めて微笑む衣織を見て、風太郎が口を開く。

「前に、自分が彼氏とデートして幸せそうに笑ってる場面とか想像出来ないって言ってたよな。今は？　俺といて楽しい？」

「きゃっ！」

背中をぐっと引かれて、そのまま身体を反転させられた。風太郎の上に、抱きしめられた状態で乗っかり、ゆらゆらと揺すぶられている。

「わ、わ、落ちるよ、風太郎っ！」

「落ちてもベッドの上だから大丈夫。で、俺といて楽しい？」

「た、楽しいよ！　すごく幸せだよ！」

答えた途端、またぐるりと天地がひっくり返り、風太郎の身体の下に組み敷かれた。

ごく間近にきた風太郎の目が、優しい三日月形をしている。まるで本当の恋人同士みたいだ。

（こんな彼氏がいたら幸せだろうなぁ……。風太郎が本当の彼氏なら、どんなにいいだろう）

そう思いながら風太郎を見つめていると、彼の眉がひょいと上がった。

「そっか、よかった。……なぁ、衣織。もう少しカウンセリングを続けないか？　もう時間も遅いし、夕食だってまだだろ？　彼氏の家に招かれて一緒に夜を過ごす――。初めてのお泊まりデートの予行演習にちょうどいいし」

「あ……、うん。そうだね、じゃあお願いしようかな」

自然に誘われたせいか、衣織もさらりと承諾してしまった。

（ちょっと待って……それってここに泊まるって事？）

そう考えた瞬間、全身が真っ赤に染まったと思うほど熱くなる。

(そんな、まさか……もしそうだとしても、なにかあるわけないじゃない。風太郎だって、私の事、友達だと思っているからだろうし。何考えてるのよ、私ったら……！)

下を向き、出来るだけ深く息を吸って、ゆっくりと吐き出す。

とにかく落ち着こう。

風太郎は、恋人じゃない。ただの友達。元同級生で、お互いにいい大人で——

「じゃあ、せっかくこんな体勢なんだし、しばらく、ベッドでイチャイチャしよう」

「イッ、イチャイチャ？」

「そう、イチャイチャ。今更だけどな——だって、さっきまでやってた事がもうすでにイチャイチャだし」

「そ、そっか……。これってもうイチャイチャなんだ……」

仰向けになっている衣織の上に、風太郎がゆっくりと覆いかぶさってくる。彼に髪の毛を撫でられた後、ベッドに置いたままの右手に、彼の左手の指が絡んでくる。

「嫌か？」

囁《ささや》くようにそう言った彼の瞳が、まっすぐに衣織を見る。

(嫌なわけない……。嫌なわけないよ。だって私、風太郎の事が大好きなんだもの)

思わずそう声に出して言いそうになってしまったけれど、唇を噛みしめてそれを喉の奥に押し戻した。今ここで風太郎への気持ちを伝えてしまえば、きっともうカウンセリングなんて出来なくなる。それどころか、今のように友達でいる事すら——

それだけは、絶対に避けなければならない。あくまでも彼はただの友達。擬似恋愛の中で抱き合っているだけに過ぎないのだから。

「ううん。嫌じゃないよ。……カウンセリングをお願いします」

「オッケー。じゃあ、始めようか……ほら、力抜いてみ？」

衣織を見る風太郎の目つきが、徐々に恋人のそれに変わっていく。とろりとした蜂蜜を思わせる甘い視線に、ますます心拍数が上がった。誰にも邪魔されない空間だからか、いつものデートよりも親密度が高いような気がする。

「ふ、風太郎……」

彼の唇が、衣織の鼻の先に触れた。それが左の頬に移って、右の口角に移動したと思ったらもうキスが始まっていた。

「……ん……っ」

薄《うっす》らと開けたままでいる目蓋《まぶた》の先に、風太郎の目がある。その視線は、衣織の心を射抜いてしまうほど強く、圧倒的なものだ。

つい目を閉じると、途端にキスが激しさを増した。

「あ……ん……」

唇の隙間に入り込む彼の舌が、口の中で甘く溶ける。絡んだ指をきつく握られ、爪の先がジンと熱くなった。更に髪の毛からうなじに下りてきた彼の指が、衣織の鎖骨を撫でる。そちらに気を取られているうちに、舌先が絡み合い、濡れた音を立て始める。

キスは何度もしたけれど、彼の事を好きだと自覚してからは、初めてのキスだ。

「……ん……、ふっ……」

キスだけでもう心臓が破裂しそうになっているのに、彼の指はどんどん下へと移っていく。衣織が着ているのは、薄手のカットソーとスウェット。雨に濡れてしまっていたから、下着はショーツだけで、ブラジャーはつけていなかった。そうと意識した途端に緊張し、身体が小刻みに震えだした。きっとそれは、唇と掌《てのひら》を通して、彼に伝わっているに違いない。

それに気付いたのか、風太郎が衣織の唇を離す。

（……！　もう、恥ずかしい……！）

イチャイチャの最中に震えるなど、おそらく男にとって興ざめする反応なのだろう。だから、風太郎はキスをやめてしまったのだ。

そう思い固くなった衣織の身体を、風太郎の腕がそっと抱きしめてきた。

「大丈夫だよ。あまり深く考えなくていいんだ。感じるままに反応して、思うように振る舞って。なにも心配しなくていい……なっ？」

言い終わるや否《いな》や、衣織の唇の上に、柔らかなキスが戻ってくる。そんなキスが何度か続くうちに、自然と安堵のため息が零《こぼ》れた。

「ぁっ……んっ」

その唇をまたキスで塞《ふさ》がれると同時に、風太郎の指がスウェットの裾をめくり、滑るように中に入ってきた。指先がカットソーの生地を押し上げ、軽く腰のラインを撫でてから、あばら骨の内側を上っていく。風太郎が、両胸の真ん中で手を止めた。

「すごくドキドキしてるな。こっちまでドキドキしてくる……」

彼の指先が、徐々に左胸の方に動いていく。そして、膨らみに到達すると、下から包み込むようにして乳房を揉み込んできた。

「ふあっ……！」

思わず声を上げて身体を固くすると、風太郎のキスが顎《あご》の下に移動した。

「衣織の胸、すごく柔らかいな……。『Freesia』で見た時から、ずっと触りたいと思ってた」

「やぁ……んっ……。お、覚えてたの？」

「もちろん。あんな魅惑的な光景を、忘れられるわけないだろ」

風太郎は、やわやわと胸を捏《こ》ねながら指先を移動させ、衣織の首筋にキスを落としてくる。そして、柔らかな先端を指先できゅっと摘《つま》み上げた。

「あぁっ……！」

初めての刺激に、全身がびくりと跳ね上がった。唇の先が小刻みに震え、快楽と不安で息が止まりそうになる。

「衣織……」

風太郎の声と共に、またキスが降ってきた。いつの間にか、衣織は彼の背中に腕を回してしがみついている。

そうやって何度かキスを重ね、胸の先を弄《いじ》られるうちに、どんどん呼吸が熱く乱れていく。

「ぁ、んっ……、ふ……たろ……」

口付けたままそっと上半身を起こされた。唇が離れた一瞬の間に、着ていたスウェットやカットソーだけでなく、下着さえも脱がされ、ベッドの隅に追いやられてしまう。

そして腕を上げた状態で固定されたまま、またキスを受ける。

お互いの吐息、重なった唇が立てる微かな水音が部屋に響く。

おもむろに起き上がった風太郎は、着ていたTシャツを脱いで、ベッドの外に放り投げた。

薄暗い部屋の中に、彼のたくましい上半身がぼんやりと浮かび上がる。それは、シェードランプの灯りを受けて、まるで彫刻のように美しく見えた。

男性の裸を目の当《ま》たりにするなんて、衣織にとって初めての事で、ついうっとりと見《み》惚《と》れてしまう。

「衣織……まるでヴィーナスだな」

そう言えば、先ほどから頭上で手首をひとまとめにされ、彼の目の前に裸の胸を晒《さら》していたのだ。

「あっ……！」

急いで胸元を隠そうとしたが、風太郎に阻《はば》まれてしまう。

その時、何か柔らかなものが、衣織の右の頬に触れた。

「……？」

視線を向けてみると、それは以前失くしてしまった衣織の白いガーターリングだった。

「それ……っ」

「この間、衣織んちの玄関先でイチャついたろ？　あの時、落ちたのを拾ったんだけど、返すの忘れてたんだ。ごめんな」

「そ、そうなんだ。ありがと……ん……っ」

言い終わらないうちに、再び風太郎に唇を塞《ふさ》がれる。

甘いキスの感触に酔っていると、いつの間にか重ねたままでいた手首を、リングでひとまとめにされていた。

「せっかくだから、もう少しこうしていよう——。いい？」

「ん……あっ……」

刺激的な体勢のままキスを続けていると、彼の右手が、乳房の縁《ふち》にそっと触れた。

くすぐったさに顔を横に逃がすと、彼のキスがすぐさま唇を追いかけてくる。それでもなお逃げようとしたところ、風太郎に顎《あご》をくいと持ち上げられた。

「逃がさないよ……」

「ふ……」

熱い舌が口の中に入ってきて、それまでにないほど強く舌を絡められる。風太郎は胸を鷲掴《わしづか》みにし、指先で摘《つま》み上げた乳首を、クニクニと捻《ひね》ってくる。

「ん……！　っ！」

まるで電気が走っているみたいに身体がピクピクと痙攣《けいれん》して、脚の間に熱いものが溢《あふ》れ出した気がした。

「ぁ、あっ、あんっ！」

仰け反って唇が離れた途端、今まで出した事のないような声が零《こぼ》れる。はっと口を噤《つぐ》み、風太郎を見る。

（やだっ……、私、なんて声を……！）

吐息というよりも、嬌声《きょうせい》。もっと言えば、よがり声だ。そんなものを自分が出してしまった事に、衣織は心底驚いた。

気が付けば、彼に触れられている場所——衣織の左乳房がピリピリとした熱を帯びている。

「今のはヤバいな」

唇を衣織の頬に触れさせながら、風太郎が囁《ささや》く。

「ヤ、ヤバいって……んっ……」

もう何度目かわからないキス。彼の舌と唇の甘さに、全身がとろとろと溶けてしまいそうだ。

「さっきの声、すごくエッチだった。自覚してたろ？　あんな声をベッドで聞かされたら、男は暴走するんだよ」

「暴走って……あっ！」

衣織を抱く風太郎の腕にぐっと力がこもった。熱い舌が、上顎《うわあご》をそろそろとなぞってくる。

「ぁ……あ、ん……っ、ン、ァ……ふ……」

今までにないキスの刺激に、身体の奥がまた熱くなった。口の中に与えられる愛撫が、そのまままっすぐに下腹部に伝わっていく。

キスが唇を離れて、首筋へと下りていった。彼の舌が、デコルテを濡らして、乳房へと移動していく。

胸の先がちくちくと疼《うず》いて、心臓が喉元にまでせり上がってきたみたいになる。

「あっ！」

風太郎の唇が、衣織の右胸の先を含んだ。

これ以上、声を抑え切れない——

初めて知る快楽に、身体だけでなく心までも戦慄《わなな》いた瞬間、身体の突端にチリチリとした火花が散る。

「ああんっ！　ふ……たろっ……」

ちゅくちゅくとそこを吸われて、背中がベッドから浮き上がった。

「ふぁっ……！」

小さく悲鳴を上げた唇に、風太郎のキスが戻ってきて、濡れた舌先が口の中に忍んでくる。まるであやすように舌の根をくすぐられて、また腰が浮かんだ。その隙に、風太郎の手が衣織の足首の方へ下がっていく。

片肘をついて起き上がった風太郎は、横たわる衣織の右側に身体を置き、視線をゆっくりと衣織の全身に這わせた。

「衣織、すごく綺麗だ……」

（綺麗？　私が……？）

甘く囁《ささや》かれるが、恥ずかしさのあまり声も出せない。風太郎は衣織の手首からガーターリングを外し、ベッド横のサイドテーブルの上に置く。

そして下腹の上を撫でる風太郎の指が、衣織の和毛《にこげ》の生え際に触れた。

「あっ！」

「濡れてる？」

風太郎が艶《つや》めいた声で尋ねる。

恥ずかしくて答えられずにいると、風太郎はシーツを掴む衣織の指を、そっと引き剥《は》がした。そして掌《てのひら》を衣織の手の甲に重ね、指先を絡めてくる。

「確かめてみようか」

「えっ……？」

やんわりと掌を導かれて、ふっくらとした花房の中に指先を沈めた。

「ひあっ……！」

熱い蜜が二人の指先を濡らして、動くたびにちゅぷちゅぷという音を立てる。

（まさか、自分自身でそんなところを触るだなんて……っ）

震えながら羞恥心《しゅうちしん》を堪《こら》えていると、風太郎の指が、ぷっくりと角《つの》ぐんだ花芽の上をかすめた。

「こんなに濡らして……。そこまで感じたの？」

「そ、そんな事……あっ！」

脳天を貫くような愉悦が衣織の全身を襲い、小刻みに震える。見つめてくる風太郎の瞳が、衣織の胸の奥に痛いほどの恋心を感じさせる。

風太郎は重ねた指先を口元に移動させて、蜜に濡れる衣織の指を口に含んだ。

「甘いな……」

目を細め指を唇から離した風太郎は、舌先を衣織の口内へ滑り込ませてきた。

それと同時にもう片方の手で、溢《あふ》れるほどの蜜を絡め花芽を前後に嬲《なぶ》り始める。

「んっ……、ン……！」

舌と指で与えられる刺激に、身体が宙に浮いてしまうような感覚に陥《おちい》り、衣織は風太郎の背に腕を回した。キスをする唇が離れ、お互いの目を見つめ合う。衣織の唇の端からは、唾液が細く伝い、流れている。

風太郎がふっと目を細め、花芽を弄《いじ》る指先を離す。

「あっ……」

咄嗟《とっさ》に声を上げてしまったのは、彼の指が離れていくのが嫌だったから。ついさっき知ったばかりの快楽だというのに、はしたなくも、もうそれを欲しがってしまうなんて。

風太郎は、やんわりと衣織の肩を抱き寄せてこめかみに唇を寄せた。

「まだ続けられる？　ここまでは、ほんの序の口だよ」

すごく恥ずかしい。でも、このままもう少しくっついていたい。

まだ離れたくない。

風太郎にもっと触れてほしい——

そう思うのを、止める事が出来ない。

「うん……」

ようやく出せた声は、風太郎に届いただろうか？

「ゆっくり進めるから、嫌だったら言うんだぞ？」

優しくそう言われて、衣織はそっと頷く。

すると背中にあった彼の手が衣織の太ももに移動し、衣織の膝裏を軽く押し上げた。

おもむろに起き上がった風太郎は、衣織の脚の間に移動し、露《あら》わになっているそこを見つめた。

「……風太郎っ……、はずかし……」

身体中が羞恥《しゅうち》の炎に焼かれて、声を上げる衣織の唇がふるふると震える。

「恥ずかしがる事なんかないよ。こんなに綺麗なのに——」

ふっと微笑んだ風太郎は、掴んでいた衣織の膝を優しく撫で、そこにキスを落とした。

そして、徐々に唇を脚の付け根へと移動させて、ピンク色に腫《は》れている花芽に舌を這わせる。

「あぁっ……！」

身体が跳ねた拍子に、彼の舌が蜜孔の中に沈む。

ちらりと上向いた彼の視線が、衣織のものとぶつかり、妖しく光る。風太郎は舌先を硬く尖《とが》らせ、衣織の中を浅くまさぐった。

「は……ぁ、んっ、ん……」

とんでもなくいやらしい声が零《こぼ》れるものの、抑える事が出来ない。いつの間にか添えられていた彼の指が、花芽を露出させて、一際《ひときわ》敏感なそこを唇でつついてくる。

「どんどん濡れてくるな……」

「そ……んな事、言わないでっ……！」

繰り返し蜜孔をほぐされ、下腹の奥がじゅわりと疼《うず》き蜜がどっと溢《あふ》れてくるのがわかった。仰け反って目を閉じると、目蓋《まぶた》の裏にいくつもの火花が散る。腰を上に逃がそうとするのに、彼の腕に捕らわれているので叶わない。

蜜孔に舌を抜き差しする風太郎の姿は、思いっきり卑猥《ひわい》だ。だけど、そこから目を離す事が出来なかった。

「衣織……」

風太郎は、ふいに顔を上げて起き上がると、衣織の顔をじっと見つめてくる。

彼の低い声が、耳の奥に染み入る。

「これまで、衣織には特別なカウンセリングをしてきたけど……それは、衣織が俺を信頼してすべてを任せてくれたから出来た事だ。俺も衣織を信頼してるし、心から大切に思ってるよ」

風太郎の顔が、ごく間近にある。それは、衣織が望めばすぐにでもキス出来るほど近い距離だ。

魅惑的に光る彼の瞳には、真摯《しんし》な色が浮かんでいる。そんな表情を見せられると、また胸が熱くなってきた。

どうしてそんな顔をするのだろう？

これから何が起きるのだろう？

こんなドキドキを味わうのも、カウンセリングの一環なんだろうか——

「これ以上は、本当の恋人とするべき事だ。……それはわかるよな？」

「う、うん……」

「……それでも、このままカウンセリングを進めても構わないか？」

静かな声でそう聞いてくる彼の真剣な眼差し。

風太郎は、今自分だけを見ている。たとえそれがクライエントを見る目でも、彼の気持ちが誠実であれば、なんの問題があるだろうか。

初めては、大好きな人に奪われたい。

心から好きじゃなければ、したくない。

風太郎は、以前『納得のいく形でその時を迎えればいい』と言ってくれた。

今がその時だ。

風太郎の事が好きだから。彼だから。彼でなければ――

「……風太郎がこんなにも真剣に取り組んでくれているんだもの……むしろ感謝したいくらいだよ。だから、改めてお願いするね。カウンセリングを進めて……」

そう言い終えた衣織の左目の下に、風太郎の唇がそっと触れた。

「わかった」

額《ひたい》が合わさり、睫毛《まつげ》が触れ合う距離で見つめ合う。

「なるべく負担が掛からないようにするから」

「お、お願いします……」

衣織が頷いた後、風太郎はサイドテーブルの引き出しから小さな四角い袋を取り出した。

それを手にしたまま、衣織の脚の間に身体を割り込ませる。穿《は》いていた白のスウェットを下着ごと脱ぎ捨てながらも、衣織の左脚で押し上げ、濡れそぼった蜜花を露《あら》わにした。

「んんっ……！」

風太郎の指が、緩《ゆる》く綻《ほころ》んだ花房の間に分け入り、滴《したた》っている蜜をすくい上げた。

さっき舌でほぐした蜜孔のほとりに、ゆっくりと指が沈む。そして、まるであやすようにぬめる蜜壁を捏《こ》ね、徐々に奥へと入っていく。

「あんっ！　あっ、あ……！」

衣織の中にある風太郎の指が、角度を少しずつ変えながらゆるゆると抽送を始める。ほんのわずかな動きなのに、身体が引きつるような悦楽が、衣織を襲った。入る指が二本に増え、親指が蜜にひたされた花芯を捏ね回す。

「……どう？　痛くないか？」

「ん……。だ、大丈夫……。痛くない……あぁンッ……！」

身体がびくりと痙攣《けいれん》して、新たに蜜が溢《あふ》れてくる。

前かがみになっていた彼の身体が、ゆっくりと起き上がった。飴《あめ》色の明かりに照らされ、硬く引き締まった上肢に、衣織は再び目を奪われてしまう。

「ふうたろ……」

風太郎は、押し上げていた衣織の太ももを、身体の外側に押し開く。そして、風太郎の舌と指でほぐされた蜜孔のくぼみに、熱く猛《たけ》る茎幹がぴったりとあてがわれた。

「……ぁッ……！」

彼の身体が、ほんの少しだけ衣織の中に入った。そこにあるたっぷりとした蜜をまといながら、更に奥へと自身を埋め込んでくる。

「衣織……」

風太郎は、衣織を見つめたまま、切っ先で円を描くように腰を進め、そこを押し広げていく。

（風太郎……、好き……大好き……）

彼の肩に腕を回して、衣織はしがみついた。そしてキスを受けた瞬間、彼のものが衣織の蜜孔の最奥に沈む。

「ふ……ぁ、あああぁ……ンッ！」

すさまじい圧迫感が、衣織の下腹部を襲った。彼の熱い塊《かたまり》が一気に身体の奥に分け入ってきたのだ。狭い膣壁をみちみちと押し広げた風太郎自身が、衣織の中でぐっと質量を増す。

「平気か？」

目の前にある彼の顔が、滲《にじ》み出た涙のせいで歪んで見える。

衣織は大丈夫と示すため、小さく頷いた。

「少し、動くぞ」

「ん……あぁ……ッ！　あっ！」

下腹の奥が焼けつくように熱くなった。

風太郎の右掌《てのひら》が衣織の乳房をやんわりと揉みしだいて、指先がつんとした突端を捻《ひね》ってくる。

「……ぁ、あっ！　あぁ……！」

「衣織……」

風太郎の硬く張り詰めたくびれが、衣織の中でゆっくりと動く。右膝を掌で押し上げられ、風太郎を咥《くわ》え込んだ蜜花が、彼の目の前に晒《さら》されてしまう。

「ゃあ……やだっ……」

恥ずかしさのあまり顔を背《そむ》けるのに、風太郎のキスがそれを阻《はば》んでくる。

「んっ……」

大きく脚を広げて、風太郎のものを深々と受け入れている状況に羞恥心《しゅうちしん》を覚える。衣織は必死にしがみつき、彼の動きに追い縋った。

風太郎がゆっくりと衣織を抱き寄せて、上半身が少しだけ起き上がった格好になる。広げた脚の間に、二人が繋《つな》がった部分が見えた。風太郎が腰を揺らすたびに、彼の茎幹が衣織の花房に分け入り、じゅぷじゅぷと音を立てているのを目にしてしまう。

（風太郎が入ってる……。私、彼に抱かれているんだ。彼とセックスしている……）

目で、耳でそれを認識した衣織は、心までも蜜にまみれ、甘く蹂躙《じゅうりん》された気がした。

風太郎は、少し引いては、また深く沈み込ませ、円を描くように腰を揺らしてくる。

「あぁ……ッ……、あンッ！　あぁ……ぁ……」

喉元までせまっていた鈍い痛みが、甘い鈍痛に変わっていく。長く硬いものを抜き差しされ、蜜壁の襞《ひだ》をくまなく擦られる中、いきなり身体の奥が引きつる場所があった。

「ふ、風太郎……、私……なんだか、ヘンになりそ……」

腰を打ち付ける風太郎の動きが、徐々に速くなっていく。

腰を手で固定されて、そこを繰り返し突き上げられる。身体ごとどこかに連れ去られてしまうような感覚に陥《おちい》り、衣織は必死に彼の腰に回した。

彼の激しい動きが、掌《てのひら》からも伝わってくる。喘《あえ》ぐ唇をキスで塞《ふさ》がれ、快楽に跳ねたお尻を鷲掴《わしづか》みにされた。

「……ここが一番感じるんだろ？」

キスと共に聞かされる言葉に、衣織のつま先がきつくシーツを掴んだ。中を掻くような小刻みな刺激に、自然と甘い声が漏れてしまう。膣壁の上にある淫欲の膨らみを何度も擦り上げられ、新たな蜜がどっと溢《あふ》れ出した。

「んぁッ、……ぁ、んンッ……あぁっ……そ、そこ……だ、駄目ッ……あああぁぁっ……！」

ぐいとねじ込むようにそこを突かれて、頭の中で何かが弾け飛んだ。合わさった腰で硬くしこる花芯が擦れて、衣織の中が激しく痙攣《けいれん》する。

「衣織っ……衣織……」

風太郎が繰り返し名前を呼ぶ。その声と共に腕の中にきつく抱かれ、衣織はじんわりとした快楽の余韻《よいん》に小さな嬌声《きょうせい》を上げ続けた。

身体の内側がこんなにも敏感だなんて、知らなかった。

好きな人と交じり合う事が、こんなにも感動的なものだなんて――

やがて彼のものが、するりと身体から抜け出ていく。

「あっ……」

衣織の濡れた蜜孔がきゅん、となった。中にある襞は、まだ風太郎との交わりの余韻に浸《ひた》っている。

「初めてなのにイクなんて、最高に可愛いな」

「えっ……？」

そう言われて、さっき味わった嵐のような悦楽がそれと知り、胸がジンと熱くなった。

「私……イった……の？」

「ああ。思ってた以上にスムーズだったね。……痛くなかった？」

くったりとした衣織の身体を、片肘をついて寝そべった風太郎が後ろから抱き寄せる。

上り詰めたばかりなのに、もう胸の先がちくちくと火照《ほて》ってくる。

「なんだか不思議……自分があんな風になるなんて……だって、すごく……ンッ……」

横向いた顔を掌で固定されて、薄く開けた唇にごく自然な感じでキスをされた。

「俺達、身体の相性がいいんだと思う。衣織の中が気持ちよすぎて、途中で何度もイキそうになったよ」

「き、気持ちよすぎてって……、ひゃっ!」

衣織の腰にあった風太郎の左掌《てのひら》が、乳房をやんわりと掴んだ。

「あんっ……!」

関節に挟み込まれた乳首が、クニクニと緩《ゆる》くしごかれているのが見える。

(風太郎と、こんなにいやらしい事をするなんて……)

改めてそう思った途端に、下腹のあたりがじゅわりと熱く潤《うるお》う。

「や……、ぁんっ……。アッ、あ、はぁ…ぅんっ……!」

我ながら、恥ずかしいほどの声が出てしまった。

彼は、始まった時と変わらず、すごく優しい。だけど強引で、ひどくエロティックだ。

風太郎は、衣織の右脚を後ろから抱え上げた。背後から寄り添って来た彼のものが、襞の間に割り込んで、蜜にまみれる。

「ぁ、ンッ!」

さっきイッたばかりなのに、身体はもう彼を歓迎して、ひくひくと戦慄《わなな》いている。

まだすごく硬い——。彼の先端にある段差が、衣織の花芽を何度も擦る。そして、衣織の太ももを高く掲げると同時に、蜜孔の中に入ってきた。

「あぁ……、すごい……。たまらないな、衣織の中。ものすごく気持ちいいよ……」

そんな事を耳元で囁《ささや》かれて、聴覚までも犯されているような気分になる。

「まるで俺のものを咀嚼《そしゃく》するみたいに蠢《うごめ》いている……。自分でもわかるだろ？　衣織って、思ってた以上にエッチな身体してるんだな」

「え、エッチって……。そ、そんな事ないっ……！」

後ろから抱かれたまま抜き挿《さ》しされ、何度もキスを交わし乳房を愛撫される。上り詰める寸前で動きを止められ、焦《じ》らされた蜜壁が彼を咥《くわ》えたままひくひくと痙攣《けいれん》した。

「っ……、ん、やぁ……んッ……！」

思わず拗《す》ねたような声を上げてしまい、衣織は慌てて唇を噛んで下を向いた。

「どうした？　まだ止めてほしくなかった？」

風太郎の肉感的な声が、唇のすぐそばで聞こえた。舌先でちろりと口角を舐められると、恥骨の裏側が、じゅんと熱く疼《うず》く。

「それともさすがに疲れた？　もう終わりにする？」

（え……、うそっ……）

貫かれたままの身体が、ぴくりと反応する。

まだ離れたくない。

もう少し、このまま——

だけど、そんなはしたない事を口に出来るはずもなかった。

何も言えないでいる衣織の耳朶《じだ》に、風太郎の唇が触れた。

「約束通り無理強いはしないよ。……だけど、衣織のここ……まだ欲しいって言うなら――」

「ひゃあぁンッ！」

衣織の花芽に添えられた風太郎の指が、その頂《いただき》を摘《つま》んだ。

そして、花芽の包皮をそっと押し下げ、中に潜《ひそ》むピンク色の花芯を指の腹で擦る。

「あっ……！　あ、ぁあッ！　あん……！」

まるで稲妻が走るような衝撃を感じて、衣織の全身ががくがくと激しく震えた。仰け反った顎《あご》を後ろからすくい上げられ、キスをされる。

自然と反り上がった腰を左腕に抱え込まれ、なおも花芯をいたぶられた。

「もっと後ろから突いてほしい？」

「……ひっ……、あッ、あ……、ぁん……！」

「今のエッチな声……、それが返事って事でいいか？」

耳元で囁《ささや》かれる妖艶《ようえん》な台詞《セリフ》に、わずかに残っていた慎《つつし》みが崩れ去ってしまった。

背後から覗き込まれ、衣織は唇を噛んだまま、ほんのちょっとだけ頷く。

するとベッドの上にうつ伏せにされ、脚を閉じたままの格好で腰を動かされた。

「ぁ……ン、ふ……たろ……」

背中に感じる風太郎の重み。腰をぐっと引かれると同時に、彼のものが更に深く身体の中に入ってくる。呼吸をするたびに甘えたような声が漏れ、それを我慢しようとして余計恥ずかしい声を上げてしまう。

「すごく可愛い……。こんな反応をされたら、男は衣織にメロメロになる……。もっと衣織を気持ちよくしてやりたいと思うし、もっともっと衣織が欲しくてたまらなくなるだろうな」

横を向いて濃厚なキスを交わしながら、また仰向けになって、大きく脚を開かされた。そうする間も、ずっと身体は繋《つな》がったままだ。

(なんでこんなに気持ちいいの？)

風太郎にされる事のすべてに全身が悦《よろこ》んでしまう。

飴《あめ》色に染まる彼の顔に、とろけそうに甘い表情が浮かんでいる。

風太郎が初めての人でよかった。

彼は本当の恋人ではないけれど、本当に好きな人には違いないから――

「衣織、もう一度イケるか？ 今度は、俺も一緒にイくから――」

「いっしょに……？ 風太郎も……？」

そう言われて、心から嬉しいと思った。気持ちいいとは言ってくれていたが、処女でありただ抱かれるばかりの自分相手では、物足りないんじゃないかと思っていたのだ。

「風太郎も気持ちいいって思ってくれたんだね――」

ほっと安堵する衣織に、風太郎は唇を寄せる。

「もちろん。さっき何度もイキそうになったって言ったろ？　なんだ……本気にしてなかったのか？」

「んっ……」

あやすようなキスをされ、ぎゅっと強く抱きしめられる。

もうわかった――。好きな人がそばにいると、いつだって簡単に濡れてしまうという事が……

彼の腰が、またゆっくりと動き始めた。

風太郎のキスと抽送が、じわじわと衣織を追い詰めていく。

「風……太郎……ッ、ぁッ……ん、あっ……」

湧き上がる嬉しさと悦楽で、言葉が喉の奥でとろけてしまう。

さっき攻められた蜜壁の奥を、風太郎の切っ先がくりゅくりゅと刺激してくる。

「っぁッ！　ンッ！　あぁんッ……！」

またどっと蜜が溢《あふ》れて、そこがビクビクと震え出した。全身が風太郎で満たされ、彼に溺れそうになっている。

「も……っ、イっちゃ……ぁ、あぁっ……！」

「衣織……っ……！」

衣織の蜜壁が痙攣《けいれん》すると同時に、熱い塊《かたまり》が彼女の最奥で弾けた。
衣織は彼の力強い脈動を感じながら、押し寄せる快楽の中に意識を手放すのだった。

◆　◆　◆

目蓋《まぶた》の上に眩《まぶ》しさを感じて、衣織は、ふと目を覚ました。ブラインドの隙間から差し込んでいる細い光が、部屋の中を薄く照らしている。ベッドサイドにある時計を見ると、午前六時少し前を示していた。

自分の状況を確認すると、広々としたベッドの上で、風太郎に後ろから抱きかかえられた格好で横になっていた。彼の硬く引き締まった腕が衣織を包み込んでいる。

適度に日に焼けた肌に、鍛えられた腕の筋肉。震えるほど男性的な腕に抱かれたまま朝を迎えるなど、想像すらした事がなかった。

ほんの数時間前、風太郎に抱かれた。

彼に初めてを捧げて、我もなく感じ乱れた事ははっきりと覚えている。

風太郎がくれた愛撫は衣織を十分にとろけさせて、初めての痛みをほとんど感じさせないまま悦《よろこ》びに導いてくれた。

彼は始めから終わりまで、優しかった。二度目に抱かれた時は、身も心もとろとろにされて意識を失ってしまったが。

(風太郎と、しちゃった……。私、もうヴァージンじゃないんだ……)

同窓会で再会してからの一連の出来事が、頭の中に思い浮かんでくる。

最初はただ話すだけでいいと思ってたのに、いつの間にか、また好きになっていた。

高校の時より、今の気持ちの方がずっと強い。

「ん……」

こめかみに風太郎の唇を感じると同時に、お尻の間に熱くて硬いものを感じた。途端に心臓が跳ね上がり、数時間前の高ぶりが身体の中に戻ってくる。

(この状況って、もしかして……男の人の朝の生理現象ってやつかな?)

彼の高ぶりの熱を感じながら、どうしていいかわからずに困り果てる。身体を動かそうとするけれど、思いの外《ほか》しっかりと抱き込まれていて動けない。

(ど、どうしよう……。このままもう少しじっとしていようかな?)

出来るだけゆっくりと深呼吸してみるものの、胸の高鳴りは一向に収まらない。

「……衣織、起きてる?」

「うわぁっ!?」

突然風太郎に声をかけられ、身体が跳ね上がった。

「お、起きてます!」

つい敬語で答えると、風太郎に身体を後ろからぎゅっと抱きしめられた。彼のものが一層お尻の山に密着する。

「おはよう。よく眠れた？」

「う、うん」

いつも通りの風太郎の様子にどぎまぎしながらも、衣織は何とか返事をする。

（えっと……ど、どうしよう……。すごく当たってるんですけど……）

「昨夜の事、覚えてる？」

「……覚えてるよ……」

「俺も覚えてるよ。一から十まで、全部」

甘い声で囁《ささや》かれて、一瞬にして現実を忘れてしまいそうになる。

いや、今この時がまぎれもない現実――だけど、これは擬似恋愛の中の現実だ。

お尻に当たる彼のものは、ものすごく熱くて硬い。いわゆる生理現象だとはわかっているものの、こうも密着しているとおかしな気分になってしまう。

そんな事を考えていると、突然、後ろから濡れた脚の間にそれを擦りつけられた。

「ひゃんっ！」

衣織を抱きしめていた腕が解かれ、そのまま解放されるかと思えば、いきなり乳房を掴まれる。そっと捏《こ》ねるように指を動かしながら、風太郎は衣織の首筋に軽く噛み付いた。

「ちょ、なにを……っ！　あっ……」　まさか、朝っぱらからこんな声を出すなんて！

朝目が覚めて、顔を洗う。ニュースを見て、朝食を食べる。毎日変わる事なく繰り返されてきた朝が、今こんなにも様変わりしている。

ロストヴァージンの余韻《よいん》と初めて遭遇する朝立ちの合わせ技で、なんだかおかしなテンションになってきた。

風太郎はといえば、表情はこの上なく爽《さわ》やかなのに、それ以外は衣織の腰が砕けそうなくらいエロいときている。なんだろう、このギャップは。

今何か仕掛けられても、抵抗出来ない自信がある。

「ともかく何か食べよう。お腹空いたろ？　昨夜は夕食をすっ飛ばしちゃったもんな。それとも……このまま、カウンセリングの続きでもする？」

「えっ、続きって……あっ！」

風太郎は衣織の胸の突端をきゅっと摘《つま》んだのち、くりくりとしごいてくる。

「ほら、衣織がさっきからエッチな声出すから。そういうの、男を煽《あお》るんだぞ」

風太郎は、衣織の首筋に軽く吸い付きながら言う。

「そ、そんな……、なんで……、ぁんっ！」

「なんでって？　だって仕方ないだろ、朝立ちしてる上に、二人共全裸なんだから」

「そんなぁっ……」

一気に身体が火照《ほて》って、胸の先に起きた快楽の火花が身体の中心を通り、花芯へと移っていく。

これは、まだカウンセリングの最中なのだろうか？

風太郎に確かめる間もなく、火花は足先に移り、シーツの上でつま先が円を描く。

彼氏の部屋で一夜を過ごして、次の朝になればまたイチャイチャする——いつか見たドラマでは、そんな感じだったような気がする。

（だったら、このまま……）

衣織がそう思った時、二人のお腹がほぼ同時にぐぅ、と鳴った。

「……ぷっ！」

それを聞いた途端、風太郎が堪《こら》えきれず笑い出した。

恥ずかしくなったものの、彼がおかしそうに笑う顔を見ていると、衣織はなんだか幸せな気分になった。

風太郎は、衣織の頭を軽く撫でながら口を開く。

「とりあえず朝ごはんを食べよう。俺が作るから、衣織はシャワー浴びてくるといいよ」

その後、風太郎はキッチンへ、衣織はシャワーを浴びにバスルームへ向かう。

一人洗面台の前に立つと、後ろの棚に昨日びしょ濡れになった服がきちんと畳まれた状態で置いてあった。羽織っていたシーツを脱いでシャワーを浴びるうちに、今更ながら脚の間に違和感を覚える。定期的にジムに通って身体が柔らかいとはいえ、あんな淫《みだ》らな格好をしたせいで太ももの内側が引きつってしまう。

あれこれ思い出すと、恥ずかしさのあまりここから動けなくなってしまいそうだ。手に取ったボディソープで手早く身体を洗うと、衣織は畳んであった下着と洋服を着てリビングへと急いだ。

テーブルの上には、すでに朝ごはんが用意されていた。白いプレートには、ふわふわのオムレツとベーコン。それに、野菜サラダとフルーツ、トーストとクロワッサンがのっている。デザートは、お土産に買ってきたチョコタルトだ。

二人はテーブルに着き、いただきますを言って食べ始めた。

「あ、風太郎。濡れた服を洗濯してくれてありがとう……。あの、下着まで……ごめんね」

「ああ、ついでだったたし、気にしなくていいよ。——空気、入れ替えようか」

そう言って、風太郎は席を立ち窓へ歩いていく。彼はブルージーンズに墨黒のティーシャツに着替えていた。

風太郎が窓を覆うブラインドを開けると、それと同じ色味の空が広がっていた。部屋の中に薄《うっす》らと光が差し込み、彼の筋肉の動きが、光と影の中で余計際立って見える。

「午前中は家でゆっくりして、午後からデートしに行こうか。衣織、天気予報チェックしてくれる？」

「あっ、うん」

うっかり彼の姿に見惚《みと》れていた衣織は、慌ててベッドサイドのテーブルからリモコンを取り上げ、大型テレビの電源を入れた。

すでに終わりかけていた天気予報で、今日は一日雨の心配がない事がわかる。

「夕方まで曇り時々晴れだって。降水確率はゼロパーセントで……あれっ？　副社長の名前だ」

切り替わった画面に『高科商事副社長兼取締役、高科雅彦』という文字が並んだ。

高科商事の本社ビルの映像と共に、彼の経歴を紹介するナレーションが流れ始める。

「これって衣織の会社だよな？」

女性インタビュアーがにこやかな顔を向ける先に、濃紺のスーツに小紋柄のネクタイを締めた副社長が座っている。

「そうだよ。今映っているのが、うちの副社長。先月、今注目の企業戦士って特集で取材を受けたの」

収録当日はテレビ局の他に経済誌のインタビューも重なり、衣織も一日中その対応に追われていた。もちろん事前に録画予約はすませているが、それで安心したせいか今日が放映日である事をすっかり忘れていたのだ。

「副社長って、今月から衣織が担当してるんだろ？」

風太郎が、オレンジジュースを注ぎながら尋ねた。彼の秘書になったいきさつについては、だいたいの事は話してある。

「うん、今までの担当役員とはまるでタイプが違う人なの。頭の回転は速いし、すごく決断力もあるし。毎日が勉強で気が休まる暇もないくらいよ」

「へえ……ずいぶん若いんだな。もっと年配の人かと思ってた」

「今三十五歳なの。アメリカの大学を卒業してすぐにうちの会社に入ったらしいんだけど、そこから実力で出世コースを歩んで、支社長を経て、副社長になったんだよ」

テレビの中では、インタビュアーの質問を受けて、副社長が今後の事業展開について語り始めた。いつもよりややゆっくりと語るその口調は、穏やかでありながら確固とした信念と決意を感じさせる。

「ふうん。優秀な人なんだな。年齢以上に落ち着いて見える。それに、えらく男前だな」

「でしょう?」

(ただし、風太郎の方が何倍も素敵だけどね)

こっそりそんな事を思って、斜め前に座る風太郎の横顔に視線を向けた。

風太郎は左眉をくいっと上げ、額《ひたい》にかかる前髪をかき上げている。そんなしぐさもかっこいいなと見惚《みと》れつつ、衣織は話を続けた。

「その上、独身・彼女なしなの。社長になるのはほぼ決まってるし、副社長が本社に来る事が決まってから、女性社員はずっとそわそわしてたんだよ」

「なるほどね。見た目といい、地位といい、女性が夢見る理想の結婚相手なんだろうな」

画面を見る風太郎が、ちらりと衣織を見る。まるで流し目のようなその視線に、衣織の頬はみるみる赤く染まった。

（うわっ、そんな目で見るとか、反則っ……！）

その上、彼は口元には微笑を浮かべている。夕べよりも伸びた無精髭《ぶしょうひげ》がぞくぞくするほど似合う。

「こんなかっこいい副社長の秘書をやっていて、衣織は何とも思わないのか？」

「何ともって？」

「衣織は副社長に対してそわそわしないのかって事だよ」

「うぐっ……！　わ、私が？　しないよ」

驚きのあまり、食べていたパンがあやうく喉に詰まりそうになった。急いでそれをジュースで喉の奥に流し込みながら、衣織はぶんぶんと首を横に振った。

「確かに素敵な人だけど、あくまでも職場の上司であって、それ以外の感情は湧かないよ。時々、後輩の京香ちゃんが副社長と私がお似合いだなんて言ってくるけど、そんなの絶対にありえないし――」

どうしてみんな、副社長と自分をくっつけて考えるのだろう。そんな雰囲気など欠片《かけら》もないのに。

なんとなく気まずくて、何か他の話題はないかと周りを見回してみる。

「そう言えば、駅からここに来る途中で、すごくいい感じのインテリアショップを見つけちゃった。外からチラッと見ただけだったけど、この部屋に置いたらぴったりのものがたくさんありそうだったよ」

（いきなりまったく関係のない話をして、さすがにちょっとわざとらしかったかな――？）

そんな風に思い、更に気まずそうにしている衣織を、風太郎がじっと見つめる。やがて、ふっと口元を緩《ゆる》め、頷く。

「ベッドルームにあるシェードランプは、あの店で買ったものだよ。衣織の言う通り、なかなかいいものを揃えてるし、オーナーもいい人なんだ。何度か顔を出すうちに、いつの間にか友達になってね。ここにもたまに遊びに来るんだ」

話題を無事変えられた事にほっとしつつ、衣織は答えた。

「そうなの？　風太郎ったら、ほんと誰とでも仲良しになっちゃうんだね。人見知りの私にも、気軽に話しかけてくれたし」

「衣織は雰囲気が柔らかいから、話しかけやすかったよ。今もよく覚えてる……衣織、入学初日に入る教室間違えただろ」

「あ、あれは人の波に逆らえなかっただけで――」

「それにしては、慌てて教室に入ってきたよな？」

苦しい言い訳をする衣織を、風太郎が軽くからかう。

なんでもない会話が、こんなにも楽しい。

（こうしていると、本当の恋人同士みたい……）

彼氏の家に泊まって、一晩を過ごす。キスをして抱き合って眠って、朝起きて朝食を食べる――

そんな恋人同士の時間を、今刻んでいるのだ。

ただし、これはあくまでも擬似恋愛の中での事。

（風太郎と一夜を過ごしたからって、はしゃぎすぎないようにしなきゃ）

心の中で、今の関係は期間限定である事を自分に言い聞かせる。

だけど、風太郎と恋人同士として過ごす大切な時間を、必要以上に冷めたものにもしたくはない。

もっと彼に触れたい。ただ一緒にいて話すだけでも。

そう考えるだけで、夕べ彼に触れられた場所が、きゅんと疼《うず》いた。

カウンセリングが終わるまでの間に、あとどれくらい彼と触れ合えるのだろうか――。

気が付けば、画面の方を向いている風太郎の横顔に見入っていた。

「――なるほど」

風太郎の視線が、テレビから衣織の方に移る。番組はコマーシャルに入って、画面にはどこか海辺の町が映っている。どうやら衣織が考えごとをしている間、風太郎は副社長の特集を見ていたようだ。

「あの歳で大企業の副社長を務めるほどの人だ。衣織の能力を見て専属秘書に決めた事は間違いないと思う」

風太郎は衣織の方に向き直り、続ける。

「衣織はもっと自分に自信を持っていいよ。性格もいいし、女性としてとても魅力的だ」

真剣な目で褒められ、衣織は照れて下を向いた。

「あ、ありがとう。そう言ってもらえるようになったのも、風太郎のカウンセリングのおかげだね」

「俺はきっかけを作っただけだよ。衣織の魅力は、元々あったものだ」

さらりとそう言ってのけた風太郎は、テーブルの上に置いていた衣織の左手に、自分の右手を重ねた。指先を絡められて驚いた衣織は、顔を上げて風太郎を見る。

「それに、副社長とお似合いだとか言われるのも、衣織がそれだけの人物にふさわしいと思われているからだ。そして、そうなったのは、衣織がただ単におしゃれして綺麗になったからじゃない。みんなが衣織の内面の美しさにも気付いたからだよ。さすが将来企業のトップになる人だ。彼はきっと、副社長に就任してすぐに衣織の資質や能力を見抜いた――だからこそ、衣織を自分の秘書に選んだんだろうな」

コマーシャルが終わり、再び特集が流れる。風太郎は、一度ちらりと画面の方を向いて、また衣織の方に視線を戻した。

（こんなに褒めてくれるなんて、風太郎、いったいどうしちゃったの？）

だけど、嬉しいものは嬉しい。気持ちだけじゃなく、身体までもふわふわと浮いてしまいそうだ。

画面に映る副社長の話が、来年度に予定されている事業計画の話に移った。高科商事が、アトランタに支社を出し、現地企業と業務提携をする事は、すでに公《おおやけ》に発表をすませている。

「ふぅん。アメリカに進出するとか、来年度に向けて衣織もますます忙しくなりそうだな」

「う、うん。実はね――」

話の流れで、衣織は自分が来年度アトランタへの転勤を打診されている事を話した。

風太郎が衣織を顔を向け、目を見開く。

「常駐？　一人で？」

「そうみたい。副社長は本社の仕事もあるから。だけど、アトランタの事業が軌道に乗るまでの間は、現地に長く滞在するみたい」

「そっか……もう返事はしたのか？」

「ううん、まだなの。もし行くとしたら数年は日本を離れる事になるだろうし、海外に住みながら仕事をするっていうのも……相当の覚悟がいるしね。返事はよく考えてからでいいって言われてる」

ただ、本音は言うまでもなかった。

風太郎がいる日本を離れたくない。だけど、日本にいる事を選んだからといって、どうなるわけでもない。

衣織は、風太郎にとってただの元同級生であって、恋人ではないのだ。

今はカウンセリングの中では恋人同士でいられるけれど、本当の恋愛じゃない。そもそも、彼はクライエントと恋はしないし、キスもセックスも、擬似恋愛という設定のもとに行われた、言わば嘘の行為だ。

（……ううん、嘘じゃない。少なくとも、私にとっては嘘じゃなかった。風太郎に抱かれて、心から嬉しいと思った。……風太郎が好き。大好きじゃなかったら、あんな事しないもの）

「どうした？」

絡め合った指先をじっと見つめる衣織を見て、風太郎は心配そうな声で尋ねる。

「あ……ううん」

顔を上げて、風太郎と視線を合わせた。

（離れたくない――。風太郎と、離れたくないよ……）

そう思いつつも、海外で仕事をする事に魅力を感じないわけではない。アトランタに行けば、確実に次へのステップアップが出来るだろう。

そう言い切れるようになったのは、やはり風太郎のおかげだ。このカウンセリングで、衣織の仕事に対する意識まで変えてくれた。

風太郎といたい――だけど、彼は本当の彼氏じゃない。

風太郎から離れたくない――だけど、もし今後彼に恋人が出来たら？

頭に思い浮かんだそんな考えを、急いでかき消す。

今は考えないでおこう。せっかく、風太郎を恋人として独り占め出来る時間なのだ。ぐずぐず悩んでないで、出来る限り楽しい時間を過ごさないと。

きっとそれが、自分にとって大切な想い出になるに違いないから――

「やっぱり、簡単には決められない。……もうしばらく悩んでみるね」

「そうだな……だけど、俺は衣織ならやれると思ってるよ。最初はちょっときついかもしれないけど、それくらいでへこたれるようなタマじゃないだろ？」

絡めたままの風太郎の指先が衣織の掌《てのひら》を撫でた。そんなふれあいが嬉しくて、ますます離れがたく思ってしまう。

（風太郎が本当の彼氏なら、ここで「行きたくない」とか言って、抱きつけたりするんだろうな……）

また考え込みそうになるけど、今はそんな事をしている場合じゃない。

「うん、頑張ってそのうち納得のいく答えを出すよ。……っと、ごちそうさま。とっても美味《おい》しかった。後片付けは、私にやらせて？」

「ああ、じゃあお願いしようかな。俺はコーヒーを淹《い》れるよ」

それぞれに空いたお皿を持ってキッチンに向かう。

「わぁ……」

キッチンに入るなり、衣織は小さく感嘆の声を上げた。十畳ほどのスペースは、壁の一面がガラス張りになっていて、調理台とシンクはアイランド型だ。

「素敵なキッチンだね。こんな形のキッチン、使うの初めて」

ステンレス製のシンクに洗い物を置いた風太郎は、食器棚からドリッパーとカップを二つ取り出して台の上に置いた。

「窓からの眺めもいいだろ。テーブルは置いてないけど、ここで作ったものは、そこの椅子に座って食べてるんだ」

風太郎が指差した先には、同じステンレス製のシンプルな丸椅子がある。

「なんかかっこいいね。アメリカのドラマに出てきそうな感じ」

洗い物をしながら、衣織は斜め前でコーヒーを淹れる風太郎を見る。どんな角度から見ても完璧な容姿に、ぽおっとしてしまう。

「ははっ。そんないいもんじゃないよ。一人だから、作った鍋から直接食べる事もあるし、起きぬけに素っ裸のままなにか適当に見繕《みつくろ》って食べたり」

「えっ！　起きぬけ？　す、素っ裸って……」

「基本、寝る時はなにも着ないからね」

「ふ、風太郎、まさか裸族……！」

今朝起きた時に服を着ていなかったのは、なにも今日に限っての事ではなかったのだ。

「だって誰も見てないだろ？　解放感があるし、特に夏場は気持ちいいぞ」

風太郎が軽やかに笑う。思わず彼の姿を想像してしまいそうになって、衣織は慌てて視線をシンクに戻した。

「さて、俺もちょっとシャワー浴びてくる。ドリップはもうじき終わるから、先に飲んでてもいいよ」

「うん、わかった」

キッチンを出て行った風太郎が、バスルームのドアを開ける音が聞こえる。

洗い物を終えた衣織は、さっきまで風太郎が立っていた場所に移動し、ドリップ中のフィルターを眺めた。芳《かぐわ》しいコーヒーの香りが、キッチンの中に広がる。そして深く息を吸い込み、香りを楽しんでからゆっくりと息を吐いた。

衣織は窓のそばに近寄り、目下に見える風景を見つめる。昨日駅から歩いてきた街並みが、ミニチュアのジオラマみたいだ。

「ふふっ」

つい笑い声が零《こぼ》れたのは、風太郎との会話を思い出してしまったから。

風太郎なら、きっと裸のまま牛乳パックから直《じか》飲みする姿だって絵になる。もし彼の一日を追った写真集が出るなら、真っ先に予約して買うのに。

シンクの方を振り返ると、もうドリップが終わっていた。

並んで置いてある二つのカップを見ていると、自然と頬が緩《ゆる》んでくる。

シャワーの音が止んだ頃合を見計らって、サーバーを手に取り、淹《い》れたてのコーヒーをそれぞれに注いだ。

（いいな、こういうのって。一緒に起きて、一緒に朝ごはん食べて、一緒に片付けてコーヒーを飲んで……。ずうっと一緒……）

コーヒーをトレイにのせ、にやついている口元を引き締めてリビングに向かう。テーブルにカップを置き、ソファに座って、ゆらゆらと漂《ただよ》うコーヒーの湯気を見つめていると、髪の毛をごしごしと拭きながら、上半身裸の風太郎が入ってくる。

引き締まった腕に鍛えられた胸の筋肉。腹筋は綺麗に割れ、腰の両脇にある腹斜筋が、ジーンズのウエスト部分ぎりぎりに見え、セクシーなラインを描いている。

「ちょ、ちょっと、風太郎……」

完璧な逆三角形の体型。さすがに目のやり場に困って、衣織は下を向いてしまう。すると、上にシャツを羽織った風太郎が、にんまりと笑った。

「なに？　今更恥ずかしがったりしてるの？　夕べばっちり見たくせに」

風太郎のからかうような言葉に、衣織は弾かれたように顔を上げた。

「ば、ばっちりって……！　確かに見たけど、部屋も暗かったし……」

「ははっ。冗談だよ」

朗《ほが》らかに笑う彼の顔が眩《まぶ》しすぎる。油断していると、はだけたままの胸元に視線が釘付けになってしまいそうだ。

「さてと……、お腹も落ち着いた事だし、さっきの続きをする？」

ソファの背もたれに置いた風太郎の手が、衣織の髪の毛に触れた。

「さっき……って……ベッドの？」

「うん。せっかく時間もあるしね。どうする？」

そう聞いてくる彼の顔が、いつもより男性的でドキドキする。

昨夜抱かれた時の熱が、身体中に戻ってきた。まだ髪の毛しか触られていないのに、もう早速息が乱れている。

「じゃあ、お願いします……」

「よし、始めようか」

衣織のすぐそばに座り直した風太郎は、彼女の肩を抱いて優しく唇を重ねてきた。

「ん……」

もう何度こんな風にキスしただろうか。毎回胸が痛いほど高鳴るが、徐々に馴染んで来ている。目を閉じて思い出せば、彼の唇の感触を頭に思い浮かべられるほどだ。

ゆっくりと口の中に舌が入ってきて、衣織はうっとりと舌を絡め彼の背中に腕を回した。

「……言っとくけど、衣織は、自分が思っているよりいい女だよ。朝からこんなに衣織が欲しくなるし」

「えっ、そんな事……ん……っ」

腰に伸びる彼の手がスカートの裾をなぞり、太ももを軽く撫でる。いきなりのエッチモードに、一気に身体が熱くなってしまう。

「午後までまだたっぷり時間がある。ゆっくりしよう……あ、そうだ。いいものがある。ちょっと待ってな」

風太郎は、おもむろに立ち上がってリビングを出て行き、白いプレートを持って帰ってきた。そのプレートの上には、色鮮やかな球体が配置よく並んでいた。全部で七つある親指大の球体は、それぞれが艶《つや》やかなマーブル模様になっている。

「これは……？」

「チョコレートだよ。ひとつひとつに、太陽系の惑星の名前がついてるんだ」

風太郎は、一番右端にある青と水色のチョコを摘《つま》んで衣織の目の前にかざした。

「食べてごらん」

促《うなが》されるまま丸いチョコを齧《かじ》ると、甘く香ばしい味が口の中に広がる。

その途端、衣織の胸元に差し込まれた風太郎の掌《てのひら》が、右の乳房を露《あら》わにした。

「ちょ……風太郎っ」

「俺の事は気にしないで、チョコを味わってて」

「気にしないでって……ぁんっ……！」

柔らかな乳暈《にゅううん》にキスを落とすと、風太郎はスカートの奥にあるショーツへと指先を移動させた。

「青と水色……何の惑星かわかるか？」

「ん……っ、ち、地球……？」

「当たり。惑星の表面は水がたくさんあるのに、中心は摂氏《せっし》六千度の熱量がある。まるで衣織のここみたいだろ？」

風太郎は、衣織の濡れた花房に指先を沈めた。自然と脚が開いて、衣織の唇から吐息が漏れだす。

「ふあっ……」

「衣織……いつからこんなに濡らしてたんだ？　下着がぐしょぐしょだぞ」

「ぬ、濡れて……なんか……、ぁあんッ！」

反論した途端、風太郎の長い指が滑るように蜜孔の中に入ってきた。別の指が、その上にある淫欲の膨らみを捏《こ》ね始める。

「濡れてない？　これでも？」

「やっ……ふ……たろ……ッ……、だめぇっ、イッちゃ……うっ」

衣織の身体がびくりと震えて、膣の奥が小刻みに痙攣《けいれん》する。

その様子を嬉しそうに見つめながら、風太郎は地球の半分を口の中に放り込んだ。そして喘《あえ》ぐ衣織の唇をキスで塞《ふさ》ぐ。甘いカカオ味の舌が絡み合い、口の中までとろけそうになってしまう。

次に風太郎は、プレートから薔薇《ばら》色のチョコレートを摘《つま》んだ。

「これは、金星。ヴィーナスだよ。綺麗な色だろ？　衣織の胸の先と同じ色だ」

薔薇色のチョコを胸の先に当て、風太郎は口元をにっと綻《ほころ》ばせた。

真っ白な歯列が艶《つや》やかな球体を齧《かじ》ると、まるで自分の乳首を愛撫されているように感じてしまう。

風太郎は半分に割ったチョコを衣織の口に入れた。金星の名がついたチョコは、濃厚なミルク味で口の中に芳醇《ほうじゅん》なバニラが広がる。

風太郎は、衣織の右脚を自分の左太ももの上にのせ、大きく脚を広げさせた。

「やっ、風太郎……」

片側が細い紐状になっているショーツは、すでに膝の下にずり落ちてしまっていた。露わになった花房に、たっぷりと蜜が滴《したた》っているのがわかる。脚を閉じたいのに、風太郎がそうさせてくれない。

「い、意地悪っ……」

「……そんな顔されると、もっと苛《いじ》めたくなるんだけど」

風太郎の指がプレートに残っている琥珀《こはく》色のチョコレートをつつく。

「これは、水星。太陽系の惑星の中で一番小さい。太陽に近い位置にいるから、普段なかなか見られないんだ——ほら、ここもそうだろ？」

「あっ……ん！」

衣織の秘裂に移動した風太郎の指が、小さな突起に触れた。指の腹で薄い皮をめくって、敏感な花芯を剥《む》きだしにする。そっとなぶるように突端を撫でられ、衣織の肌が一気に総毛立った。

「ひっ……あああぁっ！」

つま先まで突き抜ける快楽に、思わず腰が浮く。くずおれた身体をソファに預けると同時に、風太郎がソファから下りてラグの上に跪《ひざまず》いた。閉じかけた衣織の脚を掌《てのひら》で押し止《とど》め、濡れた割れ目の中に舌を入れた。

「あぁっ……！　あん！　……あ……ンッ！」

喘《あえ》ぎながら閉じていた目蓋《まぶた》を開けると、風太郎は薄《うっす》らと目を細めていた。まっすぐに衣織を見つめたまま、風太郎は舌を伸ばし、ぷっくりと腫《は》れ上がった花芯をぺろりと舐め上げる。

「そこ、だめぇ……っ……風……太郎……っ」

あまりに淫靡《いんび》な光景に腰が砕け、ソファから落ちそうになってしまった。するとたくましい腕に身体を抱き込まれて、蜜に濡れた唇でにっと微笑まれる。そこで再びキスが始まり、彼の舌先が口の中に入ってきた。ねっとりと口腔を動き回る舌に、また新たに蜜が溢《あふ》れてくる。

「衣織が感じているとこ、すごく可愛い……。見てるだけで興奮するよ。今すぐに挿《い》れたくなる――」

「そんな……」

「衣織は童顔だって悩んでるけど、俺にはそれがたまらなく魅力的に思える。ほら……今みたいに、いくらでも表情が変わる――」

「ぁ……」

二人の唇の間に、ひんやりと丸いチョコレートが割り込んできた。

「これは、海王星。太陽から一番遠いから表面がマイナス二百度以上だ。だけど、中心は五千度もある。一度味わったら、もう虜《とりこ》になる……そんな女に男は惑わされるんだよな」

ガリリと音を立ててチョコレートを齧《かじ》ると、風太郎はその半分をまた衣織へ口移しした。

甘いキスと共に、舌の上でとける濃厚なチョコ、最高級の男。極上のシチュエーションだ。

もしかして、全部夢なんじゃないだろうか？

うっとりと目を閉じた衣織のブラウスのボタンに、風太郎の指先がかかった。

「脱がしていい？」

「……うん」

彼が、ボタンをひとつひとつ外し始める。

「何度も身体を重ねると、交わり方もより濃密になっていくんだ。ただ触れ合って一緒に気持ちよくなるだけじゃなくて、二人だけの快楽を見つけたりして――」

「そ、そうなの……？」

するとと風太郎は笑顔で頷いて、キスを仕掛けてくる。舌先で唇をくすぐり、頬に軽く口付ける。

「ぁ……、はぁ……っ……」

衣織の胸が激しく上下して、瞳は潤《うる》み呼吸がどんどん乱れ始める。キスを焦《じ》らされているだけで、身体の奥から蜜が滲《にじ》み出すのがわかった。

「あ……ぁッ……」

「衣織の声、堪《たま》んないな……。聞いてるだけでイキそうになる」

風太郎の囁《ささや》きに、耳の奥がジンと熱くなって、触れられていないのに耳朶《じだ》を愛撫されているような気分になる。

「衣織はお利口だな。相変わらず勉強熱心で……」

ふっと微笑んだ風太郎は、衣織の頭をそっと撫でてくれた。そのまま顔を引き寄せられ、唇が重なったと同時に、はだけたブラウスに指を忍ばせ、下着越しに右の乳房を揉みしだいた。

「ぁ……、ん……ッ」

ブラのホックが外され、ブラウスごとソファの隅に追いやられてしまう。

上に着ているものを脱がし終えると、今度はスカートのジッパーを下げられた。風太郎の唇が衣織の喉元へ下りていき、乳房の上に移った。薄いピンク色をした乳暈《にゅううん》の縁《ふち》をなぞられ、快感に足がガクガクと震えてしまう。

その後、乳房を齧《かじ》るように食《は》まれて、完全に腰が砕けた。ショーツごと脱がされたスカートがソファの背もたれにかかる。

「はぁ、あ……ぁ」

「……可愛い」

乳房に口付けていた彼の唇が、更に下りていく。それと同時に、風太郎は今度は衣織の右脚を肩に掛け、露《あら》わになったそこに再び顔を寄せた。

「あああっ！」

花芽を包む包皮を指先で剥《む》かれて、露出した花芯をちろちろと舌の先でいたぶられる。

「衣織のここ、まるで薔薇《ばら》の蕾みたいに綺麗だ——。すごく感じやすいし、何度でも愛撫して、気持ちよくしてあげたくなる」

「……やあっ……、み、見ちゃ駄目っ……。恥ずかしい……からっ」

そんな衣織の言葉もお構いなしで、風太郎は執拗《しつよう》にそこを攻め続ける。

脚の間から聞こえる、淫《みだ》らな水音——

それを立てているのは、濡れた花房を執拗に攻め続ける風太郎と、蜜を垂らし快楽の虜《とりこ》になっている自分だ。

恥ずかしくて仕方ない。だけど、もっと続けてほしい。

自分が、こんなにもふしだらな格好をするなんて——だけど、今はもうそれを受け入れている。

受け入れるどころか、羞恥《しゅうち》にまみれる事に愉悦を感じるまでになっているのだ。

「いやぁ……、ンッ！　あぁんッ！　あああっ……！」

突然身体の中に彼の舌が入ってきた。ゆっくりと抜き差しを繰り返して、蜜孔の入り口をほぐしてくる。

「ふうたろ……、ぁアッ……！　そんな事……っ……。あ、あ……！」

「衣織の中、すごく熱い……。もっと感じさせて、もっと濡らしてやりたくなる……いい？」

「えっ……、い、いいか、って……」

「衣織が感じてるとこ、もっと見せて？　ほら、衣織もちゃんと見てみろよ。自分が今、何をされているか——」

下を見ると、自分の花房に口をつけている風太郎が見えた。衣織の視線に気が付いた彼は、それをやめるどころか、まるで見せつけるように舌の先を蜜孔の中に埋め込ませた。そして、ゆっくりと抜き差しをしながら、溢《あふ》れ出る蜜を音を立てて啜《すす》り上げてみせる。

「ぁあっ……！　こんなのって……。ぁんッ……！」

あまりにも淫猥《いんわい》な光景に、腰が砕け、今度こそソファから腰がずり落ちてしまった。

風太郎は、床にくずおれた衣織をすばやく両腕に抱え、おもむろに立ち上がった。

どうやら向かう先はベッドルームのようだ。

部屋に着くと、朝起きた時よりもたくさんの光がブラインドの隙間から差し込んでいる。

そして、ベッドまで近づいた風太郎は、衣織を仰向けに下ろした。

胸元を隠そうとする衣織の腕をやんわりとシーツの上に押し止《とど》めて、ゆっくりと覆いかぶさる。

「そろそろ本格的に始めようか」

「ほ、本格的っ……？」

今までも十分本格的だったというのに、それよりもすごい事とはいったい何だろうか？

思わず期待してしまう自分に気付き、頬がかっと火照《ほて》った。

そんな事を考えている間に、彼に両方の膝を左右に大きく開かされる。

「やっ……、ふ、風太郎っ。……部屋、明るすぎるよっ……」

ベッドルームの窓はミラーガラスになっている。カーテンを開け放っている今、外からの陽光が部屋中に溢れているのだ。衣織は掌《てのひら》で顔を隠し、目を閉じて横を向いた。

「大丈夫。すぐにそんな事が気にならなくなるほど、気持ちよくしてあげるよ」

風太郎の右手が、衣織の花房の上をなぞった。指先が、浅く蜜孔の中に沈む。

「あ……」

途端にそこが反応して、きゅんと窄《すぼ》まる。

指はすぐに出て行き、次は両脇にある濡れた花弁をめくり上げた。

「もっといろんな事を知りたいんだろ？　俺が全部教えてあげるよ」

彼の指が、もう一度衣織の中に入ってきた。それはさっきよりも深い位置に入り込んで、熱く潤《うるお》った蜜壁を少しだけくすぐる。

「ぁン！　あっ……、ぁうンッ……！」

彼の左手が、衣織の右の乳房を掴んだ。そして親指の先で先端を捻《ひね》りながら、蜜に濡れる花房の上に舌を這わせた。

秘裂の始まりから蜜孔の下まで、小刻みに舌先を動かしてはきつく吸い付いてくる。

彼の指が、衣織の蜜孔に沈んだ。それは、下腹の内側を捏《こ》ねるように奥に進み、ある場所をとんとんと突いてくる。

「んっ！　ん、ぁ、あぁんッ……！」

身体に稲妻が走って、背中をしならせて絶叫する。

「風太郎っ……、そ、こ……、いやぁ……！」

ちゅぷちゅぷという唇が秘裂を愛撫する音と、指が蜜を捏《こ》ね回す音が部屋に響く。悦楽と羞恥《しゅうち》にまみれて、衣織は風太郎の指をきつく締め付けながら、軽く達してしまった。

「衣織……」

　身体が燃え上がりそうなほど恥ずかしくて、衣織は返事も出来ずただ俯《うつむ》いて身体を震わせる。

「平気か？　ちょっと強引すぎた？」

　顔を覗き込んでくる颪太郎の顔が優しい。

「ううん、平気……」

「気持ちよかった？」

「うん……」

　そう答えた途端、彼のキスが唇に降ってくる。

　さっきみたいに触れるだけのものではなく、お互いの唇の温度を感じ合えるような深いキスだ。

「実は、ちょっとヤキモチ焼いてた」

「え……ヤキモチ？」

「さっき、衣織の会社の副社長がテレビに出てただろ？　やけに彼のこと褒めてたし、きっと俺が思ってる以上に仲がいいんだなって」

（嫉妬？　颪太郎がヤキモチ……？）

「なんで？　副社長と私はただの上司と部下の関係だよ。ぁ、んっ……」

そう答えようとした衣織の口の中に、風太郎の舌が滑り込んでくる。

その間も、風太郎は衣織の全身を撫で回す。触れられたところが熱く火照《ほて》って、衣織の口から吐息が漏れる。

「デート中に他の男の話をするのは、彼氏にとってあまりありがたい事じゃないな……。ちょっとした嫉妬なら、いいスパイスにもなるけど」

「ふぁっ……」

淫《みだ》らな彼の指の動きに、今がカウンセリング中である事を忘れてしまう。

やがて風太郎の体重が、衣織の身体の上にかかって、ぴったりと肌が合わさった。

「あっ……」

脚の間に、熱くて硬いものを感じた。いつの間にか避妊具を付けているそれは、蜜孔に浅く沈んでは出ていく。それを何度も繰り返しながら、先端やくびれで、敏感になった花芽を刺激してくる。

「アッ……、ん、ふ……」

蜜孔のほとりに強い圧迫を感じて、衣織のそこがひくひくと震えだした。

今度こそ入ってくる——そう思ったが、彼はそれ以上進んでこない。そんな期待を何度も裏切られて、衣織はつい風太郎の背中に置いた指で軽く引っ掻いてしまう。

「衣織……早く挿《い》れてほしいって思ってるんだろ」

少し意地悪く聞こえる彼。頬がかあっと赤くなったので、答えるまでもなく自分の気持ちは彼にバレているだろう。

「そ、そんな事……」

「違った？　じゃあ、挿れるのやめるか？」

「えっ、嫌っ……！」

咄嗟《とっさ》に口走った途端に、頬の火照りが全身に広がった。

風太郎が、にんまりと微笑みを浮かべて、これみよがしに茎幹の先で蜜孔の入り口をくちゅくちゅと往復させる。

「ふぅん？　だったら、ちゃんと言って。『挿れて』って」

「そんな……っ」

「言わなきゃ挿れてあげないよ。これもカウンセリングだ」

「も……うっ……、ほんと意地悪っ……」

拗《す》ねて横を向いた唇を、風太郎のキスに塞《ふさ》がれる。甘い舌遣いに懐柔《かいじゅう》されまいとするが、掌《てのひら》で乳房をやわやわと揉まれて、つい吐息が漏れてしまう。

快楽に抗《あらが》えず、衣織はとうとう観念した。

「い……っ」

彼の右手が、衣織の左脚を肩の上に掲げた。

「い？　……なに？」

彼の熱が蜜孔の入り口にぴったりと合わさり、じわじわとそこを圧迫している。あともう少し先に進んでほしい——はしたない台詞《セリフ》だとわかっていても、それを言わなければ、いつまでたっても終わらないのだ。

「い……、挿《い》れ……て……」

「よく出来ました」

言い終わった瞬間、彼のものがじゅぷりと一気に奥深くまで入ってきた。

「あああぁっっ……！」

嬉しさのあまり、風太郎の首筋に縋り付いて声を上げる。

昨日処女を失ったばかりなのに、もうこんな風に感じるなんて信じられない。

きっと、抱いてくれているのが風太郎だからだ。

彼でなければ、きっとこんな風にならない。好きな人でなければ、こんなに濡れないし、こんなに気持ちいいはずがないだろう。

「っく……、ふ……、あッ……ン、あんッ……！」

風太郎が刻む腰のリズムが、彼の身体から直《じか》に伝わってくる。徐々に荒くなっていく彼の息遣いが、衣織の心をとろとろに溶かしていく。

「衣織……」

風太郎が自分の名前を呼んでくれる——その事がすごく嬉しい。

彼に挿れられたまま肩にかけられていた脚を下ろされ、両膝を立てた姿勢でぴったりと抱き合う。もちろん、身体は繋《つな》がっている。

「いやぁ……んっ……！」

衣織が感じている顔を見つめながら、風太郎は緩《ゆる》やかに腰を動かす。恥ずかしくてたまらないのに、目をそらす事が出来ない。

自分の中に風太郎が入っている。

彼のものが、自分の中で蜜にまみれ抽送を繰り返して——

視線を合わせ、キスを交わしながら、衣織は押し寄せる快楽に身を任せた。

「あぁ……、ふ……、ぁッ……あ……ぁん」

自分がこんな甘えた声を出せるなんて、カウンセリングを受けるまでは知らなかった。

決して動きは激しくはないのに、悦楽の海にどっぷりと首元まで浸《つ》かって揺らめいているような感覚に陥《おちい》る。ゆっくりと突かれつつも乳首をちゅっと吸われて、衣織の身体の奥がきゅんと窄《すぼ》まった。

「感じてるんだろ？　衣織の中、すごく締め付けてきてるよ」

「やっ……そんな事、言わないで……」

風太郎の囁《ささや》きに、ふと恥ずかしさが戻ってきて、胸元を隠し横を向いて身体をひねった。そのせいで、さっきまでとは違う角度で蜜壁を擦られ、大きく仰け反ってしまう。

「ひあっ……っ」

「衣織、後ろ向いて」

そう言われ、衣織はぼんやりした頭で言う通りに動いた。身体が繋《つな》がったまま脚をそろえ、腰を高く上げて四つん這いの姿勢になる。

(まるで獣みたい——)

こんな格好をしたら、彼に恥ずかしい部分を全部見られてしまう。

そんな衣織の葛藤をよそに、彼は突き出した衣織のお尻を撫で回す。

「風太郎、見ないで……っ。お願い……」

「それは無理。すごく綺麗だし、目が離せない……」

「ぁ、ああっ!」

腰を持たれ、後ろからトン、と突かれた途端、身体が引きつるような凄《すさ》まじい快感が襲ってきた。

すると、彼のものが蜜孔の入り口ぎりぎりのところまで引き抜かれて、また一気に奥深くまで入ってくる。

「あああぁっ……!」

絶叫に近い嬌声《きょうせい》を上げてしまう。身体の最奥まで——もうこれ以上先は行けないという場所にまで、彼の先端が触れているのだ。蜜にまみれた襞《ひだ》が彼のものに追い縋り、蜜壁が彼を感じてヒクヒクと収縮する。

叫び、更に腰が高く上がる衣織の身体を、風太郎は執拗《しつよう》に攻め続けている。

「ここから見る眺め、最高だな……すごくエロいよ」

腰の後ろを撫でられ、衣織の背骨が弓のようにしなる。

「ほんと、ミツバチみたいなお尻だ……。それに、ほら、これ……ヴィーナスのえくぼ。すっごくそそられる」

「やだぁっ……！　あんっ、あっ！」

腰のくぼみに指を遊ばせながら、風太郎が激しく蜜孔を攻め立ててきた。じゅぷじゅぷという淫《みだ》らな水音が部屋の中に響く。

「ふ、うたろ……っ……、あぁ……ああっ……！」

腰が砕け、うつ伏せになった衣織の上に、風太郎の身体がぴったりと重なった。後ろから伸びてきた彼の手が、衣織の顔を横向かせ、唇を重ねてくる。

腰から胸に回った風太郎の右手が、衣織の乳首を摘《つま》み、きつくしごいてくる。一方で左手の指先が、赤く腫《は》れ上がった花芽を挟んで、小刻みな振動を加えてきた。

「ひあッ……！　アッ！　あッ！　あぁッ！」

後ろから抱きかかえられる形で、身体を横向きにさせられた。そして茎幹を挿《い》れられたまま右の膝を取られ高く掲げられる。

右腕を風太郎の肩に回され、上向いた乳房の先をしゃぶられる。その間も花芽を執拗《しつよう》に弄《いじ》られて、休む間もなく悦楽の波に引きずり込まれた。

ためらいのない一連の動きから、彼は衣織がもう抵抗出来なくなっている事を知っているのだろう。

彼の舌が誘うと、自然と唇を開いてしまうし、彼に触れられるだけで、身体が勝手に反応して蜜を溢《あふ》れさせる。そうとわかっているくせに、淫靡《いんび》な攻め立てを止めようとしないなんて。

「エッ……チッ……！　風太郎の……エッチ！　もうっ……！」

キスの合間に何とか文句を言うけれど、もう身も心もとろかされているのは隠し切れない。

「衣織、もっと思った事を言ってごらん。してほしい事や、したい事――。今みたいな文句でもいいよ」

風太郎の魅惑的な微笑み。明るい部屋で聞くと、なぜか余計淫らに聞こえる。

今の彼は、衣織が知るどんな風太郎とも違っている。優しいけれど、とてつもなく意地悪だ。

だが、そんな風太郎が好きでたまらない。

　風太郎にもっとエッチな事をされたい。

　彼と二人してもっと気持ちよくなりたい。

　今なら、その想いが叶う。叶えてもらえる。

　風太郎が、カウンセリングをしてくれている、今この時なら――

「風太郎……もっと教えて……。私が知らない、いろんな事を、教えてほしい……」

「……いいよ」

　風太郎が指で衣織の背骨の上をつぅ、となぞる。

「お尻を高く上げて。衣織のここに、俺が入っているのがよく見えるように」

「えっ……」

　一瞬ためらいはしたものの、衣織は彼に言われた通り、おずおずと腰を高く上げる。

「……もっと見たいな」

　繋《つな》がったまま身体を反転させられ、二人は向き合った姿勢になる。大きく脚を広げて、風太郎のものが一番奥まで入っている状態で――

「ぁアッ……！　風太郎っ……、ぃ……ぁ……」

　膝立ちになった風太郎が、衣織の脚を両肩に掲げた。お尻がシーツから離れて、彼と繋がっている部分が露《あら》わになる。

「見えるか？　俺が衣織の中に入ってるとこ……」

彼の舌先が、上唇の縁《ふち》をなぞった。両手を衣織の顔の横について、微笑んだ顔で見下ろしてくる。彼の掌《てのひら》が衣織の太ももの裏を押し開くと、彼の猛《たけ》りが根元まで衣織の中に沈んだ。

「ぁあッ！　ぁ、あッ……！」

悲鳴のような嬌声《きょうせい》を上げ、そばにある風太郎の腕にしがみついた。

「ふう……たろっ……、あ……ンッ！　……っ、すご……ぃ……」

ぴったりと合わさり、衣織の中に沈む彼の切っ先が、ちょうど衣織の一番の場所――膣壁の上側にある敏感な膨らみに当たる。

風太郎が、ゆっくりと腰を引いた。

「ひ、あ……！」

凄《すさ》まじい快感が全身を襲う。それ以上与えられたら泣き出してしまうほどに。きっとすごく情けない顔をしているだろう。

燃え立ちそうな熱を頬の上に感じながら、衣織は囁《ささや》くような声で懇願する。

「……風太郎……、おねがい……、動かないで……」

じっとしていても膣の中がひくつく。

風太郎の茎幹が、甘くとける蜜棒のようだ。

「……なんて顔するんだ。自分がとんでもなく意地の悪いサディストに思えてくるな」

風太郎の指先が、蜜に濡れた花芽を軽く押し潰すように愛撫してくる。

「あ……っ、そこは、だめっ……！」

「ごめん、衣織……。悪いけど、それは聞いてあげられない」

「やぁ……っ……ん……っ」

見つめ合いながら腰をリズミカルに動かされて、蜜窟の奥がビクビクと痙攣《けいれん》する。

「中、すごく熱い……もっと動くよ」

そう言って風太郎は更に速く動き始めた。

彼が深く入ってくるたびに身体の最奥が悦《よろこ》びに震えて、出て行こうとする彼に追い縋っては新しく蜜を溢《あふ》れさせる。

(身体だけじゃなくて、心までトロトロにとけてしまいそう……)

衣織はいつの間にか、両方の腕を風太郎の身体に絡みつかせていた。

「衣織……俺と今なにをしてる？」

キスの合間にされた風太郎の問いかけに、衣織は息も絶え絶えに答える。

「……セックス……」

「そうだな。衣織は、俺とセックスしてる。すごく淫《みだ》らで、すごく気持ちいい……。彼氏とこんな風になるのは、素敵な事だろ？」

「うん。……ぁッ……、あ、はっ、ぁうっ……」

徐々に強くなる突き上げの中、衣織は無意識に何度も繰り返し頷いていた。

風太郎の切っ先が、蜜壁の奥にある秘密の場所を軽くつついた。

「――ここが、Gスポット。わかるか？　ここを攻められると、衣織はめちゃくちゃに感じて、イっちゃうんだ」

「G――、ぁッ……！」

言っている先からそこを攻められ、衣織は一層強く風太郎にしがみついた。

そういう場所があるという知識はあった。だけど、こんな風に気持ちよくなるとは、風太郎に教えられるまで知らなかった。

「そして、男は自分のせいでこんなにも感じてる彼女が愛しくてたまらなくなる……」

風太郎は、衣織の耳元でそう囁《ささや》き、一層リズミカルに腰を動かし続ける。

荒々しく、抉《えぐ》るように突き上げられるたびに、衣織はこれまでにないほどに淫らな嬌《きょう》声《せい》を上げた。

何度も攻め立てられ、衣織の中が激しく収縮する。

(好き……大好き……。このままずっとこうしていたい。風太郎と離れたくない……)

きっと、こんなに好きになれる人は、この先現れないような気がする――

それほどまでに強い気持ちが、衣織の中でどんどん膨らんでいく。

その時、風太郎の張りつめた茎幹が、衣織の蜜孔の奥を突きながら力強く脈打った。

「ふうたろっ……！」

「衣織……くっ！」

衣織の中が、彼を感じ取ってビクビクと痙攣《けいれん》する。

激しい余韻《よいん》に全身を震わせつつも、二人の身体はお互いから離れる事のないまま、もう一度快楽の海に沈み込んでいった。

◆◆◆

「はぁ……」

濃厚な夜を過ごした翌日、月曜の午後。衣織はロッカールームでぼんやりとテーブルの前に座っていた。目の前には、手付かずのサンドイッチ。昼に食べようと買ったものの、どうにも食欲が湧かない。

『アトランタ行きの事だけど、よく考えて決めたらいい。衣織がどんな選択をするにしろ俺は支持するし、いつだって応援してるよ』

日曜の夜、家まで送ってくれた車の中で、風太郎はそう言って微笑んでくれた。

その時の彼は爽《さわ》やかで、すでに世間の人々が知る人気カウンセラー佐々木風太郎の顔に戻っていた。

胸の先に触れれば、まだ颪太郎が口付けてくれた時の熱が残っている。キスをした唇や、彼に開かれた膝、繋《つな》がった脚の間……

（颪太郎と、何度もエッチしちゃった……）

思い出すと、下腹の奥がじんわりと火照《ほて》ってくる。

だけど、それはあくまでもカウンセリングのためであって、彼は本当の彼氏じゃない。

颪太郎は、カウンセラーであり、自分は彼の個人的なクライエント――その事を何度となく頭に叩き込んでいるのに、彼と触れ合うたびに、それを忘れてしまいそうになる。

（颪太郎……）

昨日から、頭の中で何度その名前を呼んだだろうか。

再び彼を好きになった自分を受け入れ、納得した上でカウンセリングを受けているつもりだった。

なのに――

彼に抱かれ、その悦《よろこ》びを知ってしまった今、また心が激しく揺れ始めている。

（颪太郎が好き……。大好き。ううん、大好き以上。たぶん、愛してるって言ってもいいくらい、好きが加速してる……）

キスをし愛撫を受けていただけの時はどうにか割り切っていられたが、身体を交わらせた事で、気持ちがぐっと彼に傾いてしまったのだろう。

セックスがあんなに素敵なものだとは思わなかったのだ。見つめ合い、お互いの熱や快感を感じ取りながら、それを共有する事の素晴らしさを知ってしまった。

初恋は実らない場合が多い。その言葉が、データでも実証されたとどこかのサイトで読んだ事があった。

だけど、今回の恋は？　初恋だけど二度目の恋である今回は、該当するのだろうか。

どちらにしろ、実る確率なんてゼロに等しいだろう。なぜなら、彼は、クライエントと恋愛をしないと決めているからだ。それに、衣織を少しでも好きになっているのなら、あんな風にアトランタ行きをすすめるような事を言うはずがない。

「はぁ……」

風太郎の事が好き。大好き。

彼とのセックスがあんなにも素敵だったばかりに、余計気持ちが募ってしまう。

（風太郎は、私と身体の相性がいいとか言ってたよね……。だから、こんなに苦しくなるのかな……。いっそ、身体の相性がイマイチだった方がよかった？　……いや、考えたってしょうがない！　今は仕事に集中しなきゃ）

余計な考えを振りほどくように、衣織は頭をぶんぶんと振る。

「衣織さん」

「はいっ!?」

突然後ろから呼びかけられ、勢いで席を立ってしまう。

「あぁ、京香ちゃん！　び、びっくりした」

「衣織さんったら、どうしたんですか？　なにか物思いに耽《ふけ》ってましたねぇ。あれ、お昼まだ食べてないじゃないですか」

京香はテーブルの上にあるサンドイッチを見て言う。

午前中の会議が長引いたせいで、京香は今お昼に入ったらしい。

「私もお昼は外で買ってきちゃいました。一緒に食べていいですか？」

「うん、もちろん。今日は大変だったね。朝になって急に用意する資料が増えたもの」

衣織の隣の椅子に腰かけた京香は、持っていた雑誌をテーブルの上に置き、ペットボトル入りの紅茶に口をつけた。

「ほんと、てんてこまいでしたよ。それにしても、田代常務ってあんなに手の掛かる方だとは思いませんでした。仕事は出来るし尊敬出来る方には違いないんですけど、まるで大きな子供みたいなところがあるんですね」

京香の言葉に、衣織はつい噴き出してしまった。

「大きな子供……そう言われればそうかもね」

「衣織さん、すごいです。そんな大変な人を完璧に手懐《てなず》けて……いえ、サポートしてましたもんね。私、尊敬しちゃいますよ」

「私だって慣れるまでに相当時間かかったのよ。だけど、常務のやり方や行動パターンがわかれば、ある程度先読みしていろいろと準備出来るから、ずいぶん楽になると思う」

衣織が副社長秘書になると同時に、京香はそれまで担当していた秘書課全体のサポート的立場を離れ、常務の専属秘書を務めている。だが、役員つきの秘書となった第一歩が常務だった事は、彼女にとって大変な試練であるに違いなかった。

「は〜、そうなんですか……。私なんてまだまだだなぁ……」

ため息を漏らしながら、京香は手元の雑誌をめくる。毎週月曜が発売日のゴシップ雑誌だ。

「どうしたの、これ」

「あぁ、田代常務が暇つぶしに駅でお買いになったものです。もういらないからあげるって言われたんですよ。あまりこういった雑誌は見ないけど、たまにはいいかなと思って」

「そうなんだ」

「さっきちらっと見てみたんですけど、これ……最近よくテレビとかに出てるイケメンカウンセラーの佐々木風太郎さんなんです。ショックだなぁ。私、実はファンだったのに〜」

「え……？」

京香が指差した見開きのページには、モノクロの写真と共に『熱愛』の文字がでかでかと載っている。

衣織は思わず雑誌を手に取り、食い入るように見た。そのページには、仲睦《なかむつ》まじそうに寄り添っている風太郎と女性の写真があった。急いで記事に目を走らせると、撮影場所は都内某所にあるジュエリーショップとの事。たまたま店にいた他の客の証言から、二人が嬉しそうにダイヤの指輪らしきものを選んでいたと書かれている。

それを読み終わった途端、衣織は引きつるような胸の痛みを感じた。肺が押しつぶされてしまったかのように息が出来なくなってしまう。

(風太郎が……? まさか……。でも……)

「一緒にいる設楽《したら》夏海《なつみ》ちゃんって、ドラマに出てますよね。そういえば、昨日やってたバラエティ番組でも共演してましたよねぇ。あーあ、がっかり。いくら手の届かない人だってわかってても、いいなって思ってる人には、フリーでいてほしかったなぁ」

ぺらぺらと一人喋《しゃべ》っている京香を前に、衣織はただ黙ったままページに見入っている。日頃からあまりドラマは見ないが、昨夜見たバラエティ番組なら録画もしたし、リアルタイムでも見ていた。そう言えば、画面に映る風太郎の横に、小柄で可愛らしい顔をした女優がいた事を思い出す。

載っている写真は、全部で五枚。店に入る時に一枚、店内にいる時のものが三枚、最後の一枚は風太郎の車に乗った二人の写真だ。

同窓会の時、風太郎なら将来女優さんと結婚してもおかしくないと思ったのは自分だ。それが今現実として目の前に突きつけられている。あの時は、まさかこんなに動揺するとは思っていなかったけれど。

「どうかしました？　あ、もしかして衣織さんもファンだったんですか？」

興味深そうに身を乗り出してくる京香に、衣織ははっと我に返って答えた。

「あ……、うん、実は彼、私の高校の時の同級生なの。だから……ちょっと気になっちゃって」

出来るだけ平静を装って笑ってみるけれど、どうしても顔が引きつってしまう。

「わぁ、そうなんですか！　すごーい！　いいですねぇ、彼みたいなイケメンが同級生だったとか！　彼の結婚式に呼ばれたりしたら、芸能人といっぱい会えますね！　だってほら、この記事によると、もう二人は指輪まで準備しちゃってるわけですから」

「うん、そうだね……」

指輪――。風太郎が、指輪を……。

「まぁ、この手のゴシップ記事はどこまでが本当かどうかわからないですけどねぇ。衣織さん、友達としてどう思います？」

「……」

「衣織さん？」

「えっ？　あ、女優さんと噂になっちゃうとかすごいよね。彼、昔からモテてたのよ。かっこよくて……、ほんと、私なんかと同じ同級生とは思えないほどだった」

衣織は、不思議そうな顔をする京香に何とか笑顔で答える。

「そんな、衣織さんだって素敵ですよ。最近は特に！　副社長だって、きっとそう思ってますって！」

「……？　なんで副社長が――」

「副社長ったら、本社に来て以来ずっと衣織さんばかり見てるじゃないですか。やっぱり専属秘書が未来の花嫁候補っていう噂は本当だったって、みんな言ってますよ。並居るライバル達も、副社長が衣織さんを選ぶなら納得するしかないって感じですし」

「そんな、私が副社長の花嫁候補とか、ありえないから！　そんな器《うつわ》じゃないし、副社長とはつり合わないわよ。私はあくまでも秘書だから」

（風太郎のゴシップ記事から、いきなりなんでそっちに話が飛んじゃうわけ？）

いつも唐突に始まる彼女の妄想話には、毎回驚かされてしまう。

全力で否定する衣織を前に、京香は余裕の笑みを口元に湛《たた》えた。

「もう、衣織さんってば相変わらず謙虚ですね。まぁ、そんなところがライバル達に勝負を諦めさせちゃう所以《ゆえん》なんですけど。衣織さんなら、能力的にも人間的にも副社長夫人に相応《ふさわ》しいと思います。人望も信用もありますし」

「はぁ……」

なんだかものすごく褒めてくれているが、まったく自覚はないし、そう言われている事自体、京香の脳内だけのものなんじゃないかと思うほどだ。

とにかく、今は副社長の事よりも、風太郎の記事の方が気になる。

記事の内容が嘘にしろ本当にしろ、あんな風に寄り添ってジュエリーショップに行った事は事実だ。いったいいつ撮られたものかは記載がないけれど、記事を読む限りでは、二人はかなり前からの知り合いであり、それが恋愛関係に発展したのではないかと書かれている。

ふと時計を見ると、もう休憩時間が終わろうとしていた。

「わ、もうこんな時間！　じゃ、私行くね。お、お昼ごゆっくり」

そそくさとロッカールームを出て、洗面所に向かった。

鏡に向かい、持っていた化粧ポーチを開けて、口紅を取り出す。それは、風太郎とのデートのために買ったローズピンクの口紅だ。

ふたを開けくるくると捻《ひね》ると、今はもう使い慣れた鮮やかなピンク色が覗いた。

鏡に向かい、それを唇の上に塗ろうとしたけれど、なぜか急にその色が自分に似合わないような気がしてきた。

ぼんやりと前を見る視線の先に、どんよりとした表情を浮かべる自分が映っている。

（同窓会では彼女いないとか言ってたけど……そりゃあ、相手が女優だったらみんなの前で言えないよね。そんな事したら、すぐに広まってマスコミが騒ぎ出しちゃうもの……）

それにしても、いきなりあんな記事が出るなんて、風太郎は知っていたんだろうか。

「ふぅ……」

衣織は大きくため息をついて、鏡の前で脱力した。

正直、かなりのダメージを受けたが、今はそんな事を言っていられない。頭を切り替えて午後の仕事に集中するのだ。

そう自分に言い聞かせながらデスクに戻った途端に、副社長室から内線が入った。執務室に来るように言われ、衣織はお茶を用意してすぐに出向く。すると、応接セットのソファに副社長と田代常務が向かい合って座っていた。

促《うなが》され常務の隣に腰を掛けると、二人の顔が一斉に衣織の方を向く。

「まず大まかな事は私から説明しよう」

事前に打ち合わせでもしていたのか、常務の言葉に、副社長は軽く頷いたまま黙っている。

「笹岡君。結論から言うが、君のアトランタ行きの話はなくなった。ちょっと事情があってね。いや、ちょっとどころじゃないかな……うむ」

「は、はあ……」

いきなりの話に、衣織は頷く事しか出来ない。ぽかんとしていると、副社長がおもむろに口を開いた。

「社長の持病については君も知っていると思うが、それがここ最近悪化したらしい。そこで、来年度をめどに会長職に退いて、私に社長の席を譲りたいと言いだしてね」

「社長が……」

雅彦の父であり社長である高科幸一《たかしなこういち》は、五年ほど前から心臓に持病を抱えている。発症以来、極力無理をしないよう努めてはいたが、如何《いかん》せん社長という立場上デスクの前にずっと座っているわけにはいかない。どうしても必要な事以外は他の役員に業務を回したりしていたものの、最近は身体が辛くなる一方だったという。そんな現状を一番気に病んでいたのは社長自身だった。

「実のところ、社長が会長職に退くのは五年先を予定していたんだ。だが、思いの外《ほか》身体に負担がかかってきてね。主治医から出来るだけ早く隠居した方がいいと言われたらしい。それで、急遽《きゅうきょ》一族で話し合いをして、今回そうする事になった」

副社長が湯のみ茶碗に手を伸ばしたのを機に、再び常務が口を開く。

「それによって、アトランタに関する諸々の業務は、副社長ではなく私がメインに動く事になった。来年度アトランタに行くのも私になる。ちなみに、秘書は現地調達しようと思っているから、西尾君には引き続き日本で働いてもらうつもりだ」

最初こそパニック状態だったが、京香は今では常務の下で働くのにだいぶ慣れた。彼がアトランタに行っている間は、多少手持ち無沙汰になるかもしれないが、その場合は新しい仕事が割り振られる事になるのだろう。

「そうですか。わかりました。会社の決定に従います」

社長の辞任準備は、今後一年にわたって進めていく予定だという。それだけの期間があれば、社内の混乱も最小限に抑える事が出来るだろう。

「笹岡君には、引き続き副社長の下で働いてもらう。つまり、一年後には君は社長秘書になるってわけだ」

言い終わり、ソファの背もたれに身体を預けた常務は、発言を譲るように副社長に視線を向けた。

「それについて異存はないかな?」

おもむろに身を乗り出した副社長は、衣織の方に身体を向け、まっすぐに見つめてくる。

「一年後、君は今以上に忙しくなるだろうし、これまでのように裏方に徹してばかりではいられなくなる。だが、今の君なら大丈夫だと判断しての人事だ。君の秘書としての能力には、まだまだ期待出来ると思っているよ」

副社長の力強い言葉に、衣織はこれまで積み重ねてきた努力が報われたような気がした。

これまでは自分の性に合っているからと裏方に徹し、表立った仕事を避けてきた。

でも、それも自分に自信がない事の言い訳だったのかもしれない。

人目に晒《さら》されるのが苦手で、華やかな場所を避けていたけれど、自分を変える事が出来た今、そういった仕事もこなせるような気がする。

なにより、副社長にここまで信頼してもらえているなら、それに応える事が秘書としての自分の役割ではないだろうか。

「ありがとうございます。そう言っていただけるなんてとても光栄です。もちろん、異存はありません。一生懸命頑張らせていただきますので、これからもどうぞよろしくお願いいたします」

そう言って深々と頭を下げると、常務が嬉しそうに声を上げた。

「いやぁ、君はどんどん出世していくねぇ。なんだか元上司である私まで鼻が高いよ」

常務が得意げな表情を見せると、すかさず副社長が言葉を継いだ。

「田代常務の下で鍛えられた人は、全員優秀な秘書に育っていると聞いています。ただ、困るのが、そうなった人達がほどなくしてみんな良縁に恵まれて退社してしまう事です」

副社長が言うように、常務の担当秘書は、一人残らず相当の良縁に恵まれ、結婚や出産を機に円満退社している。以前は『縁結び常務』などと陰であだ名を付けられていた時期もあったらしいが、それを七年かけて風化させてしまったのが、前担当者の衣織だった。

「私は大丈夫です。秘書としてまだまだ学ぶべき事が山積みですし、そもそも肝心の相手がいませんから」

頭の中に、ちらりと風太郎の顔が浮かぶが、それを無理矢理かき消して笑みを作った。

意外そうな表情をする副社長の前で、常務はにやにやとしている。

「なにはともあれ、そういう事だから、笹岡君もそのつもりで今後の業務に励んでくれ」

笑顔の常務に送り出されて、副社長室を辞して真っ先に思ったのは、これで風太郎と離れずにすむという事だった。

スキルアップに繋《つな》がるチャンスがなくなってしまったのは残念だが、今は風太郎がいる日本にいられる事を嬉しいと思う気持ちの方が大きい。

チャンスはまた得る事が出来ても、風太郎との縁は、途切れてしまえばもう二度と復活しないかもしれないのだ。

ふと、さっき見たゴシップ記事を思い出した。一気に気分がずっしりと重くなってしまう。

(駄目駄目！　今は仕事中でしょ)

それきり仕事に意識を集中させた衣織は、無事終業時刻を迎え、帰途についた。

よほどぼんやりしていたのか、電車を乗り換えるために渋谷駅に降りたのに、気付けば改札を出て南口に向かっていた。

思えば四月初めの日曜日に、こうして同窓会会場に行くために南口を目指したのだ。

卒業以来初めて颯太郎に再会して、店を出て二人きりで話した時から、衣織と衣織を囲む状況は一変した。颯太郎からカウンセリングを受ける事が決まって、その一環として彼と擬似恋愛をする中で、キスをしてロストヴァージンをすませて――

颯太郎のおかげで、冴《さ》えない自分をここまで変える事が出来た。彼が導いてくれなかったら、きっとなにひとつ変わる事は出来なかっただろう。

そんな事を思い出しながら自宅に帰り着いた衣織は、簡単に夕食をすませ、お風呂に入った。パソコンを開き、持ち帰りの仕事をすませ、一息つく。

いつもの日常。OLとして働く二十六歳の平日。

颯太郎と再会する前は、毎日がこんな感じだった。彼と土曜日の午後にカウンセリングをするようになってからは、彼と会わない平日でさえどこかうきうきとした気分で過ごせた。

このまま二度目の失恋をして、前と同じほどの年月をかけて気持ちを風化させるしかないのかもしれない。その頃の自分は、もうとっくに三十歳を超えてしまっている。

（三十路《みそじ》かぁ……。そう言えば、設楽夏海ちゃんってどんな人なんだろう――）

ふと思い立って、開いたままでいたパソコンで『設楽夏海』を検索する。

事務所のプロフィールによると、年齢は二十二歳。幼少の頃からモデルをしていて、五年前に当時人気だった学園ドラマでデビューし、以降学生を続けながら仕事をしているらしい。来年の春には映画の仕事も決まっているとの事だ。

出てくる写真はどれもとびきり可愛らしく、ヒットする記事は彼女に好意的なものばかりだった。

(もしあの記事が本当だったら……)

風太郎が本当に彼女と付き合っているならば、たとえ元同級生の悩みを解消するためとはいえ、あんな特別なカウンセリングをするだろうか。

いや、経験を積むためという目的があっても、恋人を裏切るような事はしない。

衣織が知っている風太郎は、そんな男じゃないはずだ。

(だったら、あの記事はなに?)

いくら考えても、頭の中は悶々《もんもん》とするばかり。

わかっているのは、こんなうやむやな状態で、これまで通り風太郎からカウンセリングを受けるわけにはいかないという事だ。

(風太郎に確かめなきゃ……)

記事が本当なのかどうか、会って直接彼に聞いて確かめるのが一番いい。

聞くのがすごく怖い。だけど、それしか選択肢はない。

たとえそれが、風太郎との関係を断ち切ってしまう結果になっても。

そう決心した衣織は、次のカウンセリングの時に、風太郎に直接聞いてみる事にした。

その後、もやもやした気持ちのままベッドに入った衣織は、周囲がシンと静まり返る夜中にやっと眠りの中に落ちていった。

◆　◆　◆

風太郎とのカウンセリングのために空けておいた、その週の土曜日の午後。

衣織は、京香と横浜にあるスタジアムに来ていた。

本来なら、カウンセリングを受けているはずだったのだが、風太郎の方に急遽《きゅうきょ》予定が入って、キャンセルになったのだ。その後タイミングよく京香から野球観戦のお誘いがあったので、受ける事にしたのだった。

「よかった！　衣織さんが一緒に来てくれて。一人で野球観戦とか、寂しすぎですもん！」

京香は、昔からある野球チームの大ファンであり、結構な頻度で野球観戦をしている。

「彼ったら、急な出張が決まっちゃって。まぁ、仕事は大事だし、仕方ないんですけどね」

京香の彼氏は、ある企業で営業部の仕事を担当しているのだという。元々二人とも野球好きで、知り合ったのも、同じ大学の野球サークルに入った事がきっかけらしい。

「残念だったね。……っていうか、京香ちゃんって彼氏いたんだね。てっきりフリーなのかと思ってた」

それというのも、京香はここ半年彼氏がいないと衣織に言っていたし、副社長が本社に来ると決まって、一番テンションが上がっていたのは京香だったからだ。

「実は、前に一度別れて、つい最近復活したんです。彼、就職してからというもの、今回みたいなデートのドタキャンがやたら多くなって、それで私がブチ切れた感じで別れちゃって……。それからずっと会わなかったんですけど、やっぱり忘れられなくって」

そんな時、彼氏の方から連絡が入り、話し合いの末もう一度付き合う事になったらしい。

「話し合うって大事ですねぇ。私、正直、仕事だとか言ってるけど実は浮気してるんじゃないかって疑ってたんです。だけど、本当はそんな余裕なんかないくらい忙しくて……話をちゃんと聞くまでわかりませんでした」

そう言って笑う京香の顔は、普段よりも格段に可愛らしく思える。

「だから、衣織さん。私、全面的に衣織さんと副社長の事、応援しますから！」

「は？」

「やっぱり、衣織さんと副社長ってお似合いだと思うんです。生涯の伴侶《はんりょ》としても、ビジネスパートナーとしても、お互いを高め合っていけるって」

「い、いや、だからそれは誤解というか、元々ない話だから……」

そんな話をしながらスタジアム内のショップで飲み物を買い込み、二人してエキサイティングシートという一塁側のファウルゾーンに近い席に着いた。試合開始まであと十分だ。

「近いっ！　ボールとか飛んできそうだね」

目の前を通り過ぎた選手が、近くにいるファンに笑顔で手を振る。

「ふふっ、でしょ？　実際、飛んできますからそこにあるヘルメットつけて観戦するんです。さてと……」

京香はバッグから双眼鏡を取り出し、ホームベース側にピントを合わせている。

衣織のすぐ側で、練習中の選手が、同じシート内の子供にサインを書いてあげている。なんだかちょっとわくわくしてきた。普段野球には特に興味がない衣織だったけれど、たまにはこうしてスポーツ観戦をするのもいいかもしれないと思い始める。

「あれ？　ちょ、ちょっと衣織さん……！」

双眼鏡から目を離した京香が、いきなり驚いたような声を上げた。

「え？　どうかしたの？」

「しーっ……、はいこれ。バッターボックスの向こう……バックネットの裏にラウンジがあるの見えます？　中にいるの、佐々木颪太郎さんと設楽夏海ちゃんですよね？」

衣織は、手渡された双眼鏡で教えられた場所に焦点を合わせた。

「見えました？」

「うん……、ほんとだ……」

確かにいた。かなり距離があるしネットで見えにくくなっているが、そこにいるのは確かに風太郎だ。そして、隣にいる女性——設楽夏海と、親しそうになにか話している。

「うわぁ、やっぱりあの噂ってほんとだったんですね。どっちかが野球ファンなんでしょう。衣織さん、佐々木風太郎さんってバスケ部でしたよね？」

「あ、うん。そうだよ……」

「じゃあ彼女の方の趣味に合わせたのかなー。……あっ、試合が始まりますよ」

それからすぐに試合が始まり、あたりは熱狂的なファンの応援合戦で大いに盛り上がる。

それに合わせて衣織も声援を送ったものの、心がざわついて野球観戦に集中するどころではなかった。

（風太郎……、本当だったんだ……）

——噂になっていた二人が、実際に会っているところを目《ま》の当たりにしただけ。

風太郎は男だし、あんなにかっこいいんだから、普通に考えて彼女がいない方がおかしい。

それに、別にドタキャンされたわけでもないし、彼が土曜日の午後に誰とどこにいようが彼の勝手だ。

衣織は胸が締めつけられながらも、無理矢理自分を納得させる。

試合が終わり、仕事帰りの彼と合流するという京香と別れた衣織は、まっすぐに自宅マンションに帰った。

(カウンセリング、もう終わりにしなきゃ)

週刊誌の記事だけでは確信が持てなかったが、実際に仲良さげに寄り添っている二人を見たからには、もう噂が真実だと認める他なかった。

二人がいつ付き合いだしたのかはわからない。だけど、彼女がいながら衣織と肌を合わせるようなカウンセリングをしたのは、止むに止まれぬ事情があったからなのだろう。

(風太郎は優しいから、私の事を放っておけなかったんだろうな……)

本当のところは、本人に聞いてみなければわからない。だけど、責任感の強い彼の事だ。一度引き受けたカウンセリングを途中で投げ出したりせず、最後まで面倒をみようと頑張ってくれるかもしれない。

とにかく、彼女がいると確定した以上、もうカウンセリングを受け続ける事は出来ない。風太郎からそれを止めると言えないでいるなら、衣織からそうしなければ。

そう決心した衣織の胸の奥に、じんわりとした痛みが起こった。それは、みるみる心を支配し、しばらくの間うずくまって動けなくなるほどだった。

その後の日々を淡々と過ごす中、水曜日に風太郎からのメールが届いた。それは、いつもと変わらない今週末のカウンセリングの連絡メールだ。

指定されている場所は、東京湾に臨むリゾート型ホテルにあるフレンチレストラン。

土曜日の午後六時、自宅に迎えに来たタクシーに乗り込み、衣織は海岸近くにあるホテルへと向かう。

『仕事の都合で迎えに行けなくてごめん。ドレスは届いてる？　土曜はそれを着ておいで』

追って送られてきたメールに書いてあった通り、真里菜からドレスとそれに合わせた靴やバッグが届いた。

肩が細いチェーンタイプのドレスは、身体のラインが綺麗に出るテイルカットのデザインで、色は上品で光沢のあるシャンパンゴールド。その上に羽織るショールは、大ぶりの花びらを寄せ集めたのかと思うほどの軽さだ。

タクシーを降り、ホテルの入り口に向かう。以前仕事で一度だけ前を通った事があるけれど、あの時はプライベートではまったく縁がない場所だと思っていた。

衣織はエレベーターで最上階まで行き、広々としたフロアに到着する。そこに飾られていた壮麗なフラワーアレンジメントにひとしきり見入った後、廊下の突き当たりにあるレストランに入り、係の男性に個室へと案内された。

すでに中で待っていた風太郎が、立ち上がり、衣織に向かって手を差し伸べてくる。フォーマルな黒のスーツに、翡翠《ひすい》色のネクタイ。軽く後ろに撫でつけた髪は、艶《つや》やかな光を放っている。

この一週間で、気持ちの切り替えはすませた。

（今日は、なるべく自然な感じで、カウンセリングを終わらせたいと風太郎に伝えるんだ）

何度も気持ちを確認して、彼と元のような友達関係に戻る事を最大の目標に据える。

終始笑顔で過ごそうと決心し、タクシーの中で手鏡に向かい何度もにっこりと笑う練習をしてたので、きっと大丈夫だろう。

あれ以来、衣織はもう余計な詮索や情報収集を一切しないと決めた。気にならなかったわけではないけれど、彼に関する情報を目にするとどうしても心がかき乱されてしまうからだ。普段見ているワイドショーの芸能情報すらつけなくなった。

こんな風に風太郎と会うのはこれが最後になる――

そんな気持ちを胸の奥に秘めて、衣織は笑顔を作った。

「お待たせ。今日はありがとう。こんなフォーマルな格好で食事するなんて初めてだから、ちょっと緊張しちゃうな」

にこやかに笑って、差し出した彼の手に自分のそれを重ねる。

「個室だから、マナーとか気にしなくていいよ。ほら、おいで」

手を引かれ窓辺にある席の前に立ってみると、足元まであるガラス張りの窓の外に、煌《きら》びやかな湾岸の夜景が広がっているのが見えた。

「わあっ……」

目下の景色に、自然と感嘆の声が出て目を瞬《また》かせた。

「衣織、すごく綺麗だ」

上から下まで見つめられた後、指先にキスをもらう。

いつもと変わらない風太郎の優しさ。今日も完璧な恋人を演じてくれている、自分だけの恋愛カウンセラー……

そんな関係も今夜限りだと思うと、胸の奥に鈍い痛みが走り、精一杯の笑顔が消えそうになる。

「風太郎こそ、素敵すぎてどうしようかと思った」

「ははっ、そう言ってもらうと頑張って着飾った甲斐があった」

ほどなくして、ギャルソンが食前酒と料理を運んできた。並べられたのは、雲丹《うに》とトマトのパイに、ホワイトアスパラガスのスープ、桜鯛《さくらだい》のポワレだ。

他愛ない話をしながら料理を口に運んでいるうちに、窓の外にある湾岸の風景は、刻一刻と美しい夜景へと変わっていく。

「少し痩《や》せたか？」

この二週間にこなしてきた仕事の話をすると、風太郎が心配そうな顔をして尋ねてくる。

「ううん、そんな事ないよ。いつもと変わらないくらい食べてる。最近ジムに行くのをさぼってるから、逆にちょっと太ったんじゃないかな」

春になり、ずっと週二回のペースで頑張ってきたジム通いも、ここ十日ほど足を向けていない。月末に予定している副社長のアトランタ出張の準備や、取引先のパーティがあって、なかなか時間が取れなかったからだ。

だが、一番の原因が自分の内面にある事は重々わかっている。

「でも、なんとなく疲れているみたいだけど……仕事が忙しすぎるんじゃないのか？」

風太郎がテーブルの上に置いていた衣織の左手に、そっと触れた。

「……最近少し忙しくしてるのは確かだけど、こなせない量じゃないから大丈夫。私より、風太郎こそ平気？　ちゃんと寝る時間、ある？」

前回風太郎がくれたメールで、母校の大学で臨時講師をする事になったと書いてあった。クリニックが終わってから母校に打ち合わせに出掛けたり、講義に必要な資料を作ったりするのに、てんてこまいらしい。

「ああ、俺は平気。元々体力には自信あるし、何事も経験を積むためだと思えば苦にならないんだ」

（あぁ、やっぱり――）

風太郎は、衣織のカウンセリングを決める時にも、衣織のためであると同時に、自分の経験を積むためだと言っていた。むろん彼の事だから、自分の事よりも、まず人の役に立つかどうか考えたのだと思う。

そんな彼だから、衣織のカウンセリングを決めた後に恋人が出来ても、途中で放り出す事が出来なかったのだろう。もし衣織と同窓会で再会する前に恋人がいたら、さすがにあんなカウンセリングをするとは言わなかったはずだ。

（風太郎は、きっと自分からカウンセリングを止めるとは言えない。だから、私から言ってあげなきゃ……）

「そう言えば、戸田がまた同窓会をやりたいって言ってきたよ。出来たら先生も呼びたいって。先生、夏に移住先の海外から一時帰国するみたいなんだ」

元同級生達の近況を話しているうち、ギャルソンがデザートのプレートを持ってきてくれた。

プレートにのせられたショコラアイスが、初めてのデートで食べたチョコレートアイスを思い出させる。

そこから記憶が一気に高校時代にまでさかのぼって、風太郎から掛けられた最初の言葉を懐かしく思い出した。

『衣織って言うんだ？　古典的でいい名前だね。俺の風太郎って名前といい勝負だ』

入学式の当日、がちがちに緊張している衣織に、一番初めに声をかけてくれたのが風太郎だった。

『おごってやるよ。どれにする？』

たまたま会った休日の図書館の自販機前で、そう言われた。思えば、男の子からなにかおごってもらうなんて、その時が初めてだったような気がする。

『衣織、絆創膏《ばんそうこう》持ってる？』

文化祭の準備で残っている時、手を切った風太郎に頼まれ、彼の指に絆創膏を貼った。そんな近い距離で男の子と接する事がなかったので、恥ずかしいほど手が震えていたのを覚えている。

そして今も、こうして手を握られ、風太郎と向き合って座っている。

思えば、たくさんの衣織の『初めて』が風太郎と一緒だった――

「風太郎……」

「うん？」

風太郎は、重ねていた掌《てのひら》を離し、コーヒーカップを持った。

カップから立ち上る湯気が、風太郎のスーツの上に柔らかな白い線を描く。

にこやかに笑う彼の口元。魅力的すぎる濃褐色の瞳。

今更ながら、自分がどんなに風太郎の事が大好きなのか思い知らされる。だが、きちんと告げなければ――

「あのね、カウンセリングなんだけど……今日で、終わりにしたいの」

「……えっ？」

カップを持つ風太郎の手が、ぴたりと止まった。驚いた表情を浮かべて、じっと衣織の方を見つめている。

「風太郎のおかげで、私、変われたと思う。女としてもずいぶん自信ついたし、仕事も順調で、自分でもびっくりしてるくらい。これも、風太郎がここまで導いてくれたおかげだよ。ほんと、感謝してる……」

衣織が言葉を切っても、風太郎は手に持ったカップを宙に浮かせたまま固まっている。

「……衣織、なにかあったのか？　どうしていきなりそんな事を言い出す？」

風太郎は手にしていたカップをプレートの上に戻し、心底困惑した表情をして口を開く。

「なにか不都合があったのか？　言ってくれれば改善する。もし俺がした事で衣織が傷ついているなら――」

「ち、違うの！　そうじゃないの……。風太郎がしてくれた事は、全部ためになったし、楽しくて嬉しかった。今だってそうだよ？　お料理は素敵だし、景色だって素晴らしくて、風太郎は理想的な彼氏で……」

　言葉にしたせいか、風太郎への想いが、一気に胸の奥から込み上げてきた。炎が広がっていくようにじわじわと身体中に浸透していく。

「じゃあどうして？　せっかくここまで頑張ってきたのに……どうして途中で止めるなんて言うんだ？　カウンセリングはまだ終わっていない」

　そう言って、風太郎はテーブルにある衣織の手の甲に触れる。温かくて、優しくて、それでいて衣織を燃え立たせる指だ。

　このまま彼に触れられていると、決心が鈍ってしまいそうになる。

「……じ、実は、アメリカに——アトランタにね、行く事が正式に決まったのよ」

　何気なく手を引っ込めると同時に、そう口にしていた。

「アメリカに？」

「う、うん。副社長と一緒にね、どうしても私に一緒に行ってほしいって……」

「副社長と……。いつ行くんだ？」

「正式には来年度だけど、それまではばたばた行ったり来たりするって感じ……かな」

　咄嗟《とっさ》に嘘をついてしまった。嘘をつくにしても、土日に習い事をするとか、もっと軽めの言い訳を用意していたのに。

「そっか。行く事に決めたんだな」

テーブルの上に残っていた彼の手が、もう一度カップに戻った。

風太郎は、微笑を浮かべて言う。

「すごいな、衣織。これからもっと仕事の幅が広がるんだろう……おめでとう。衣織の将来を考えると、それが一番いい選択なんだろうな」

「うん……ありがとう」

嘘をついたせいで、風太郎の目をまともに見る事が出来なくなってしまう。視線を彼の胸の上に留めて、少しぬるくなったコーヒーを飲み干す。

「えっと……じゃあ、私、もう帰るね。明日、急に休日出勤する事になって——ほら、行くのは来年度だけど、いろいろと下準備が必要で、時間がいくらあっても足りなくて」

これ以上ここにいたら、きっとぼろが出る——そう思った。

嘘つきな自分。そんなありもしない予定をでっち上げた事で、余計顔が上げられない。

「……わかった、送っていくよ」

風太郎が手にしていたカップが、プレートの上に戻った。

「う、ううん！　いいの。途中で寄るところもあるし、タクシーで帰るよ。風太郎も忙しいでしょう？　今まで本当にありがとう。いつか恩返し出来たらいいな、なんて……」

思い切って顔を上げた先に、風太郎の顔が見える。

かっこよくて、素敵で、優しくて、大好きな風太郎の顔が。

「ごちそうさまでした。こんなに素敵なディナー、初めてだった。じゃあ――」

最後まで彼の目を見ている事が出来ず、衣織は俯《うつむ》きながら席を立ち出口に向かう。ちょうどやってきたエレベーターに乗り込み、半分駆けるようにタクシー乗り場に急いだ。涙がこみ上げてくるけれど、こんなところで泣き出すわけにはいかない。

タクシーに乗り込み、ドライバーに自宅の住所を告げる。

(もっとちゃんとお礼を言いたかったのに……)

下を向いていたら、余計に涙が零《こほ》れてきそうだ。そう思い、無理に顔を上げて唇を閉じたまま口角を上げた。

きっとこれでよかったのだ――

「お姉さん、ずいぶんおしゃれしてるね。彼氏とデートだったのかな？　いい笑顔してるよ」

衣織が微笑んでいる事に気付いて、ドライバーがバックミラー越しに話しかける。

「ありがとうございます。はい、彼氏とデートだったんです。彼、とっても素敵で優しいんです。だから、私、嬉しくて……。彼といられる事が嬉しくて泣き笑いしちゃうくらいで……あははっ」

衣織の目から、ぽろりと涙が零れ落ちた。

(風太郎に出会えてよかった。また会えてよかった――)

これで永遠に会えなくなるわけじゃない。きっとまた、昔みたいに、ただの元同級生として会える日が来る。

（その時は、ちゃんと颯太郎の目を見て笑う事が出来るようになってるかな……）

タクシーは、夜の街を静かに走っていく。

窓の外を見ると、少しだけ雨が降ってきていた。映っている自分の顔についている雨の粒が、衣織の流した涙をそれとわからないように流し去ってくれるようだった。

◆　◆　◆

颯太郎に会わなくなってからふた月――

高科商事は、自社開発の製品を各種業界や外国企業に向けて発表するため、七月上旬にレセプションを開催した。それは、講演会と交流会の二部構成になっており、講演会が終わった後はホテルのパーティ会場に移動し、マスコミも招待しての交流会が始まるのだ。

レセプション当日、秘書課全員で招待客のサポートに回るため、衣織も会場に向かった。

今回のドレスは、たまたま通りすがった店のショーウインドウに飾られていたラベンダー色のもので、真里菜からコーディネートのレクチャーを受けて以来、初めて自分のセンスで選んだものだ。それに合わせるアクセサリーや靴も、いろいろと店を回り、自力で選び出した。

開催中、衣織達秘書は忙しく立ち回り、会は滞《とどこお》りなく終了した。続く交流会は、近くにあるホテルのボールルームが会場になっているため、衣織達も急ぎ着替えをすませ、担当役員と共に会場を歩き回った。

広い会場の中に設置されたいくつものテーブルの間を移動し、一段落着いたところでメイクを直すためにパウダールームに向かう。ずらりと並んだ一人がけ用の椅子の一番奥に腰掛け、ため息をついた。

副社長秘書になってから、初めて出る大きなレセプションだったせいか、いつもより何倍も緊張してしまった。交流会の時間も、残すところあと少しだ。もう一息頑張れば、うちに帰る事が出来る。

「はぁ……」

自然とため息がこぼれた。頑張って貼り付けていた笑顔は、すっかり剥《は》がれ落ちてしまっている。指先で両方の口角を上げてみるけれど、口元だけ笑って、目元が笑っていない。

（あとちょっとだよ、衣織。頑張ろう！）

心の中で自分を元気付けてみるが、それでも疲れが滲《にじ》み出てしまう。

明日は土曜日だが、何も予定は入れていない。朝は少し遅い時間に起きるのもいいし、逆に早起きして朝一でジムに行くのもいいかもしれない。

そうやってなんとかして気分を盛り上げようとしてみるが、出るのはため息ばかりだ。

（そう言えば、今週の日曜日、バスケ部のOBの試合だって言ってたよなぁ。風太郎、今頃何してるんだろ……。まだクリニックにいるのかな。それとも番組の収録とか取材とかかな……）

ここのところ、何かにつけ、風太郎の事を思い出してしまう。

彼とは、カウンセリングが終わってからも二回ほどメールのやりとりをしていた。いずれも仕事や体調などの近況報告といった、当たり障りのないものだ。

会わなくなって以来、一層風太郎が出るテレビや雑誌を見ないようにしてきた。

だから、衣織にとって風太郎からのメールだけが彼の近況を知る唯一の手段だった。

今思えば、そうやって無理に風太郎から目を背《そむ》けたせいで、かえって彼への想いを強くしてしまったのかもしれない。

以前から、仕事中は意識して風太郎の事を考えないようにしてきた。だけど、最近ではふと気が付けば、仕事中でも彼の事を考えてしまっている。

もちろん、業務に支障をきたす前に頭を切り替えているが、その反動なのか、昼休みなど箸を動かすのも忘れて、彼を想ったりしているのだ。

（やっぱり、風太郎の事、忘れられないよ……）

自宅洗面所の鏡に貼ってあった水色の便箋《びんせん》は、カウンセリング終了後に剥がした。だけど、どうしても捨てられずに、今も引き出しの奥にしまってある。未練たらしいのはわかっているが、今となっては、それも大事な想い出の品のひとつなのだ。

忘れよう、諦めようとするのに、結局まだ吹っ切れていない。

「馬鹿みたい……」

そう呟《つぶや》き、鏡に映るめかし込んだ自分をなじる。

どうしたらいい？　どうすれば、風太郎を忘れられる？

幸い、今日はいろいろとばたついていたから、普段よりは風太郎の事を考えずにすんだような気がする。

（結局、仕事か——）

当面、風太郎の他に夢中になれるものといったら、それしか思いつかない。

だったら、仕事に打ち込もう。風太郎の事を考える暇がないくらい頑張ってみよう。

いつも仕事の事だけを考えて、頭の中から他の一切を締め出すのだ。

（よし、とりあえずもっと仕事を頑張ろう。今は恋よりも仕事。そうしよう……それが一番いい。他に逃げ場なんてないもの——）

衣織は手早く化粧を直し、もう一度笑顔を貼り付け、副社長秘書としての役目を果たすべくパーティ会場へと戻っていった。

七月中旬、降り注ぐ日差しもすっかり真夏のじりじりとしたものに変わってきている。

そんなある木曜の夕方、衣織は副社長室で、来客の後片付けをしていた。

その日衣織が身につけていたのは、柔らかな色合いのストライプ柄ブラウスに、膝丈のスカート。

もうずいぶんとオリジナルの着こなしにも慣れてきたし、幸いな事に周りからの評判もいい。仕事は徐々に忙しさを増しているけど、やり甲斐はあるし、毎日が充実している。

アトランタでの事業計画の件が本格化してきて、それに伴う主要メンバーの現地出張も今月になってもう二回目。全員が多忙を極め、特に副社長である雅彦は、来年度の社長就任に向けての準備に加えて、関連の業務をすべて田代常務に移行する作業も進めている。

「笹岡君、ちょっといいかな?」

茶器を持って出て行こうとするタイミングで、副社長が衣織に声をかけてきた。促《うなが》されて応接セットの椅子に座ると、彼は衣織の正面に腰掛けて、おもむろに口を開いた。

「笹岡君、君はとても優秀な秘書だし、来年度社長になる私にとってかけがえのない人材だと常々感謝している。——その君が、ここのところ今ひとつ顔色が冴《さ》えないのはなぜかな？」

副社長の言葉に、衣織は少なからず動揺した。

副社長秘書ともあろう者が、上司をサポートするどころか逆に心配をかけてしまうなんて。

「申し訳ありません。ですが、ご心配には――」

「いや、なにも文句を言っているわけじゃなんだ。それに、君のプライベートに口を出すつもりもない。強いて言えば、上司として部下の君にちょっとしたおせっかいを焼きたくなった、というところかな」

普段めったに表情を崩す事のない副社長だが、眉間に皺《しわ》を寄せて、やや困ったような表情をしている。

「何かいろいろとやせ我慢をしているんじゃないか？　事情はよくわからないが、もし悩んでいる事があるなら、一度その原因と向き合ってみた方がいい。自分の気持ちを素直に見つめ直して、その上でどうすればいいか結論を出すんだ」

そう言われ、頭の中に風太郎の顔が思い浮かぶ。何も知らないはずの副社長に、まるで風太郎への想いを見透かされたような指摘を受けてしまい、心底驚いてしまう。

仕事に打ち込む事で風太郎への想いを断ち切る――それが出来ると思っていたけれど、やはり無理があったのだろうか。

衣織はすっかり恐縮して、シートの上で顔を下に向けてかしこまる。

「副社長……、私、そんなにやせ我慢しているように見えますか？」

「ああ。このところ、いつも以上に仕事に没頭しているのも、その反動に思える」

そんな事まで、副社長にはお見通しだったようだ。それとも、衣織の態度が露骨すぎたのだろうか。

衣織が言葉に詰まっていると、副社長はやや残念そうな顔をして呟《つぶや》く。

「やはりそうか。出来れば僕の思いすごしであってほしかったが……」

「えっ？」

「いや、なんでもない。ただの独り言だ。差し出がましい事を言ったかもしれないが、許してくれ。今の君には、誰かが背中を押してやる事が必要だと思ったものでね」

副社長は、そう言って親しみを込めた微笑を見せた。

ビジネスにおいて、いつだって冷静で的確な判断を下《くだ》す、信頼の置ける上司。

そんな彼のアドバイスを、真剣に受け止めないわけにはいかない。部下としても、一人の人間としても、きちんと問題に向き合ってよりよい結論を出さなければ――

「副社長、ありがとうございます。私、もう一度きちんと自分の気持ちと向き合ってみます。その上で、どうすべきなのか考えて、自分なりの結論を出します」

どれほど忙しくしていても、風太郎への想いは消えやしない。いくら仕事に打ち込もうと、心はほんの少しの隙をついて彼との想い出に浸《ひた》ろうとする。

所詮、自分の本当の気持ちからは逃げられないのだ。風太郎に対する恋心は、どんな事をしても誤魔化しきれるものではない――

それほどまでに、彼を想っている。彼を愛している。そんな想いに背を向けたままでは、どうやったって前に進む事は出来ない。

それからというもの、衣織は自分の心の中を真剣に探り始めた。

（やっぱり、このままじゃいけない。もう一度、風太郎とちゃんと会って話そう……。結果はわかってるけど、きちんと自分の気持ちを伝えなくちゃ）

そうでなければ、いつまでも同じところをぐるぐる回っているばかり――。玉砕覚悟でぶつかって、結果粉々に砕け散っても、本気で恋をした事だけは想い出として綺麗に残るはずだ。

◆　◆　◆

七月の下旬の金曜。副社長はアトランタへの出張に出掛けた。

衣織は、たった今副社長をゲートの外で見送ったばかりだ。本来ならここまでやらないのだが、今朝方かかってきた現地関係者からの国際電話のせいで、急に出発ぎりぎりまでかかる仕事を仰《おお》せつかってしまったのだ。

そんな一連の慌ただしさも、ようやく終わりを迎え、いよいよ決戦の時がやってきた。

風太郎ともう一度向き合うため、これから連絡を取るのだ。

衣織は一人ターミナルの分厚いガラスの壁にもたれ、唇をぎゅっと結ぶ。そして、バッグからスマートフォンを取り出して手に握り締めた。

首から背中にかけて筋肉ががちがちに緊張している。

ハイヒールを履いた足のふくらはぎがピンと張りつめ、奥歯がカチカチと微かな音を立てている。

時間は午後四時三十分。

副社長の指示で、今日はこのまま直帰出来るので、仕事の事は考えなくていい。

(風太郎に電話しよう――)

今はきっと仕事中だろうし、電源を切っているかもしれない。だけど履歴は残るので、もしかしたら後でかけ直してくれる可能性がある。それに、衣織が連絡を取りたがっている事は伝わるだろう。

(とにかく――)

画面に風太郎の番号を表示させ、衣織はじっとそれを見つめた。

(頑張れ、衣織。とりあえず、会う約束を……ううん、もういっそ告白する？　その結

果、砕けちゃってもいい。自分に正直になるの……素直に気持ちを伝えなくちゃ）

心の中で自分を鼓舞して、何度か深呼吸してみる。

人の少ない場所で電話するため、衣織は歩き出す。だが、いきなり大勢の女性達に目の前を横切られ、立ち止まった。全員がカメラや綺麗にラッピングされたプレゼントらしき袋を持っているところを見ると、たぶん外国の俳優かなにかの見送りに来た人達なのだろう。

仕方なくその行列が行き過ぎるのを待ちながら、肩に入っていた力を抜く。

もしかしたら、告白する事で風太郎と気まずくなるかもしれない。だが、もう中途半端な気持ちのままではいられないのだ。

衣織が覚悟を決めた、その時――

「衣織！」

「えっ？」

雑踏《ざっとう》の中から突然聞こえてきた、自分を呼ぶ男の声。

聞き間違いでなければ、あのよく通る声は――

「衣織！」

ぞろぞろと続く人波の向こうに、こちらに手を振っている背の高い男性が見えた。

「風太郎っ!?」

すると、何人かの女性が衣織の目線の先を追って歓声《かんせい》を上げた。

「ちょっと！　あれ佐々木風太郎じゃない？」

「ほんとだ！　ねぇ見て、佐々木風太郎がいる！」

「マジ？　なになに、なんかのロケ？　それともプライベート？」

ざわつく列の間を縫うようにして駆けて来た風太郎は、衣織の前に立ち止まって口元を綻《ほころ》ばせた。周囲の視線はまったく気にしていないようだ。

走ってきたとわかる乱れた呼吸と、うっすらと汗ばんだ額《ひたい》。きちんとした黒地に細いストライプが入ったスーツを着込んでいるものの、シャツの襟元ははだけ、ネクタイは思いっきり曲がっている。

「どっ、どうしたの？　なんでここに？　もしかして仕事で海外とか……？」

「いや、違う——」

膝に手を置いて息を切らしていた風太郎は、衣織の言葉にやっと顔を上げて首を振った。

「衣織を追ってきたんだ。会社に行ったら、衣織は副社長と空港に行ったって……今追いかけたら間に合いますって言われて——」

「え？　風太郎、うちの会社に行ったの？　いったいなにが——、あっ……！」

いきなり風太郎に肩を掴まれ、そのまま腕の中に引き込まれてしまう。

力強い彼の腕に抱かれ、途端に心臓がびくりと跳ね上がった。いつの間にか集まってきた人々が、驚いてどよめく。

「ふ、風太郎っ！　ちょっと……！」

こめかみに彼の息遣いを感じる。

温かな風太郎の胸、彼の香り、力強さ。

今ここにある現実が、過去の記憶と入り混じって衣織を包み込んでいる。

衣織を抱いていた彼の腕がゆっくりと解けた。

「今更だけど、聞いてほしい」

半歩後ろに下がった風太郎は、衣織の腕を軽く掴んだまま口を開く。

「俺は、衣織が幸せになる事を願っていた。衣織が副社長と行く事を選んで、それで幸せになるならって――。でも、せめて自分の気持ちだけは伝えておくべきだと考え直したんだ。そうでなきゃ、絶対後悔すると思ったから」

風太郎の顔に、苦しげな表情が浮かんだ。そして、思いつめたように衣織を見つめる。

「風太郎……」

彼はいったいなにを言おうとしているのだろうか。どうしてそんな目で見るのか、混乱している衣織にはなにがなんだかわからない。

そんな衣織の様子を見て、風太郎はまた口を開く。

「ごめん、これから飛行機に乗るんだよな？　時間ないだろうから単刀直入に言う。俺、衣織が好きだ。カウンセリングとか疑似恋愛とか関係なく、本気で衣織に惚れてるんだ」

「え……っ？」

衣織は驚きのあまり、その場に立ち尽くした。

誰かの喚声《かんせい》が聞こえたけれど、それすら耳に入ってこない。

「衣織が幸せになるのを邪魔するつもりはない。副社長との事、心から祝福する。……だけど、もし少しでも俺に可能性があるなら……チャンスをくれないか」

風太郎は、突然衣織の前で片膝をついて跪《ひざまず》いた。まるで、お姫様に傅《かしず》く荘厳《そうごん》華麗《かれい》な騎士みたいに。

風太郎の右手が、ゆっくりと衣織の方に差し出される。

真剣な眼差しに射抜かれるものの、衣織は声を出す事も動く事も出来ない。

周りにいる誰もが皆一様に目を見開き、二人の様子を固唾《かたず》を呑んで見守っている。

「必ず衣織を幸せにする。だから、俺を選んでくれ。他の奴に、その役目を奪われたくないんだ――」

「……そんな……まさか、冗談じゃないの……？」

ようやく絞り出した声がとんでもなく上ずる。心臓が痛いほど高鳴り、脚がガクガクと震え始めた。

「俺は本気だ。絶対に嘘は言わない」

「えっ、あのっ……きゃっ！」

衣織は自分の身に起こっている事が処理出来ず、身体のバランスを崩してしまう。風太郎の方に倒れ込んだものの、咄嗟《とっさ》に立ち上がった風太郎の腕が、衣織をがっちりと抱き留めてくれる。

その瞬間、ワッと歓声《かんせい》が上がり、周りからパチパチと拍手の音が聞こえてきた。おそらく、二人が無事にくっついたと思ったのだろう。

今更のように辺りの様子に気が付いた衣織は、恥ずかしさのあまり風太郎の胸に顔をうずめたまま身動きが取れなくなる。

そんな衣織を抱きしめ直した風太郎は、周りを見回して優雅に微笑んだ。

「お騒がせしてすみませんでした。——それはそうと、皆さん大丈夫ですか？　もうそろそろロサンゼルス便の搭乗時間ですよ」

風太郎が搭乗口の方を指すと、そこにいた女性達が弾かれたように移動し始めた。その混雑の隙を突いて、風太郎は衣織の腕を掴み、耳元に囁《ささや》く。

「衣織、こっちだ」

風太郎に促《うなが》されるままフロアを足早に駆け抜け、入り口そばにある自販機の陰にいったん落ち着く。

「風太郎っ……、わかんない……。いったいなにが起きたの？　私……、私……」

　頭が完全にパニックを起こして、なにから話せばいいのか、なにを聞けばいいのかまったく考えがまとまらない。

「衣織、驚かせてごめん。だけど、さっき言った事は全部本当だよ」

「でもっ……風太郎は、私のカウンセラーじゃない。同窓会の時に言ってたよね？　カウンセラーは、クライエントとは恋愛関係になっちゃいけないって……」

だから、自分は風太郎の恋愛の対象にはならない。風太郎とは、決して恋人同士にはなれない。

　そう思って、カウンセリングの間、ずっと気持ちを隠し続けていたのだ。

「ああ、そうだよ。だけど、その前に俺達は、元同級生で、同郷で、ただの男と女で……。とにかく、衣織は特別枠だから、問題ない。好きだ、衣織……好きで好きで、たまらないよ……」

　衣織の腕を持つ風太郎の手に、ぐっと力がこもる。

「正直に言う――。そもそも、俺が衣織のカウンセラーになったのは、衣織に近づくための口実のようなものだったんだ。同窓会で、衣織に彼氏がいないとわかって、このチャンスを逃がしちゃいけないと思った。どうしても衣織にもう一度近づきたくて、一生懸命考えた末の行動だったんだよ」

衣織の腕を掴む手が、指先に移動していく。

「いろいろとごめんな。もっと早く衣織に連絡すればよかった。ずっと好きだったのに……それを伝える勇気がないまま、ずるずると十二年も――」

「えっ？　ちょ、ちょっと待って。十二年もってなに？」

「……衣織は気付いてなかっただろうけど、俺はずっと好きだったよ。高校一年生で同じクラスになった時から」

さらりとそんな事を言われて、衣織はぎゅっと手を握り返し、叫んだ。

「それは私の方だよ！　高校一年の時、気が付けば風太郎の事が好きになってて、だけどそんなの言えるわけもなくて、そのまま卒業式を迎えて――」

今の混乱した状況の中で、当時を思い出して、更に頭の中がごちゃごちゃになる。

「だって風太郎に振り向いてもらえるわけないもの。風太郎は昔からモテモテで、スポーツ万能で頭もよくてかっこいいし――」

まくし立てる衣織に、風太郎が遮るように言う。

「ちょっと待ってくれ。衣織は高校の時、他の学校に好きな人がいたんだろ？　朋美にそう言ってたよな？　高校一年の夏休みの前日、図書室で話しているのを、たまたま聞いてたんだ」

それを聞いた衣織は、一瞬きょとんとした表情を浮かべた後、首をぶんぶんと横に振った。

「違う！　あれは違うの！　あれは朋美にしつこく好きな人がいるんでしょうって聞かれて……本心を誤魔化すために適当な事を言っただけで……」

少しの間黙って衣織を見つめていた風太郎は、握り合った指先をそっと絡めて、言葉を選ぶようにゆっくりと口を開いた。

「なんか、俺達、いろいろとすれ違っていたみたいだな。──衣織、もう一度言うよ。俺は衣織の事が好きだ。だから、ここまで追いかけてきた。出来るなら、衣織を引き止めたい」

風太郎の濃褐色の瞳が、その言葉が真実である事を物語っている。

「わっ……私も風太郎の事が好きっ……。アトランタには行かないよ。あの話、もうなくなっちゃったの」

「えっ？　じゃあ今日はなんでここに？」

「今日アトランタに行くのは副社長だけなの。私は見送りに来ただけ。私は、風太郎のそばにずっといたいの──」

身体がぐっと引き寄せられ、風太郎の腕に一瞬強く抱かれた。

「あ……でも、雑誌の記事は？　設楽夏海ちゃんと熱愛だって──」

それを見た時の事を思い出して、一瞬胸がぎゅっと苦しくなる。そんな衣織の顔を見た風太郎は、目を見開いて首を横に振った。

「あれは本当の事じゃないんだ。それについては、後でちゃんと説明する。とりあえず、二人っきりでちゃんと話せるところに行こう――」

車を走らせ、風太郎のマンションに到着した。

走っている間は、二人ともあまり口を開かなかった。衣織としては、なんとなく気恥ずかしくて話せなかったのだ。

いったい何が起こったのか。突然の事で、いまだに頭の中は混乱したままでいる。

カウンセラーは、クライエントとは絶対に恋愛関係にならない――

そう言ったのは風太郎だし、そうとわかっていながら彼にまた恋をしてしまったのは自分で――

車を降りて部屋に着くなり、ドアの内側で繰り返し唇を奪われた。

「衣織……、衣織……」

キスの合間に名前を呼ばれるが、胸がいっぱいで声を出す事もままならない。

唇をつけた状態で横抱きに抱え上げられ、ソファまで連れて行かれる。

「本当に……俺の事、好きか？」

風太郎の、これまで見た事のないような不安げな顔。それを目にした途端、母性本能やらなにやらが全開モードになってしまう。

「ほんと！　本当だってば！　風太郎の事、大好き。高校の時からずっとずっと。でも、そんな事、誰にも言えなかった。結局、初恋を引きずったまま卒業して、大学に入って就職して……今思えば、心の底で風太郎の事を想い続けていたんだと思う」

「俺だってそうだ。俺達、……案外似たもの同士なのかもしれないな。もっと素直に気持ちを伝えてたら、高校生の時の衣織にキス出来たかもしれないのに……くそっ！」

風太郎が、自分の頬を軽く拳《こぶし》で叩く。

「そうだ、さっき言ってた記事の事だけど、あれはまったくのガセネタだよ。だから、安心していい――俺が好きなのは、衣織だけだ」

風太郎は口元に笑みを浮かべ、改めて衣織を腕の中にすっぽりと抱え込んだ。

「元々は、彼女の母親と真里菜が繋《つな》がってたんだ。以前から何度も設楽親子には会った事があったし、夏海は俺にとって姪っ子的な存在かな……間違っても、恋愛対象にはならないよ」

そう言って風太郎は、衣織の目じりにキスする。

「でも、婚約指輪見てたんでしょ？　あれって……」

「見に行ったのは確かに婚約指輪だ。でも、俺のじゃないよ。夏海の彼氏――これはまだマスコミには内緒だけど、野球チームのドルフィンズって知ってるよな？　あそこで捕手をやってる選手が夏海の彼氏なんだ。どうしても彼に買ってもらう指輪の下見をしたいって頼まれてさ。俺の指のサイズが、彼と同じサイズなんだ。だから、ついでに結婚指輪の注文もしたいって」

「え、そこまで話進んじゃってるの？」

「ああ、二人とも早く結婚したいとか言ってるから、そろそろマスコミにも発表するんじゃないかな。だから、わざわざ俺との記事を否定するようなコメントをしなかったらしい」

ひとつひとつ疑問を解いていくにつれ、風太郎のキスが徐々に衣織の唇に近づく。

「そうだったの……。私、てっきり風太郎と夏海ちゃんが恋人同士だと思い込んでたんだ。だから、カウンセリングも止めなきゃって。風太郎と、もうあんな風に会っちゃいけないと思って……」

「ごめん、全部俺が悪い。ちゃんと説明しなかったばかりに、衣織に余計な心配をかけたな」

風太郎の唇が、衣織のものと重なる。ゆっくりと味わうようなキスが、衣織の心に残るわだかまりを取り除いてくれる。

「そして、ドルフィンズのメンタル面の専属ドクターをしているのが、うちのクリニックの垣田先生ってわけ。俺はその助手もやってるから、たまにチームに付き添ってスタジアムに行ったりもするんだ」

「そうなんだ……」

衣織は以前カウンセリングがキャンセルになった日に、横浜にあるスタジアムにいて、偶然ラウンジにいる風太郎と設楽夏海を見た事を話した。それを聞いた風太郎は、心底驚いた表情を浮かべる。

「あの時、俺がラウンジにいたのも、仕事がらみだ。夏海がいたのは、ただの偶然。あいつ、マスコミには内緒だとか言いながら、人目も気にせずに前の方でうろうろするから、こっちの方がヒヤヒヤしたよ。そうか、あの日、衣織もスタジアムにいたのか……」

風太郎が、感じ入ったようににっこりと微笑む。

「俺達、よっぽど縁があるんじゃないか？　きっと、どうしても離れられない運命なんだよ。離れていた八年分の時間、これから取り戻さないとな」

「うん……、ん、んっ……」

風太郎の舌が、衣織の舌を誘った。甘い甘い彼の舌は、どんなチョコレートよりも美味《お》しくて、決して飽きる事のない極上のスイーツみたいだ。

キスで唇を塞《ふさ》がれている間に、ブラウスの前をはだけさせられ、露《あら》わになった胸を揉まれる。

思わず身体を跳ねさせると、風太郎が唇を胸の先に移動してきた。乳房を優しく齧《かじ》られ、舌先で乳暈《にゅううん》をくすぐられてしまう。

「ふあっ……、ぁあっ……！」

耳に響く自分の声が、淫《みだ》らすぎて泣きたくなる。

もっと彼に触れてほしい。もっといやらしい事をしてほしい。

もっと――

「んっ……、ぁんっ……」

下着とブラウスを剥《は》ぎ取られ、ショーツとストッキングごとスカートを脱がされてしまった。風太郎と視線を合わせると、彼はこれ見よがしに舌で胸の先端を小刻みに弾いてくる。

「ぁッ……、あ……ん、は……ぁっ……」

身体中が、一気にじゅんと濡れたような気がした。いつの間にか風太郎は服を脱いでおり、最後の一枚をソファの向こうに放り投げる。

「ベッドへ行く？　それともこのままここでしようか……？」

風太郎はスカートを脱がしながら、太ももを撫で回す。

「……ここで……」

衣織が囁《ささや》くような声で言うと、風太郎は衣織の右足首を持ち、つま先に唇を寄せた。

「ここで、俺となにをしたいって？」

意地悪な風太郎――

空港で見たジェントルな彼はすっかり鳴りを潜《ひそ》めている。つま先をなぞっていた彼の舌が、桜色のペディキュアを塗った指の間に滑り込んだ。

「ぁッン！」

衣織の中で膨らんでいた羞恥心《しゅうちしん》が、じんわりと解けて燃えるような欲望に変わっていく。

風太郎の手に引かれ、衣織の左脚がソファの背もたれの上にかかった。

「言ってごらん。俺となにがしたい？　俺にどうしてほしいの？」

衣織の脚の間を見つめ、風太郎は目を細める。衣織は、込み上げてくる熱に浮かされ、消え入るような声で答えた。

「風太郎と……セックス、したい……。風太郎に、抱いてほしいの……」

すると風太郎は口元に笑みを浮かべ、ゆっくりと衣織の上にのしかかった。

「俺もそうしたい……。衣織の全部が欲しい。好きだよ、衣織……。ずっとそう言いたくてたまらなかった――」

彼の囁《ささや》きが聞こえると同時に、舌先で耳朶《じだ》を愛撫される。

「ぁ、ふぅっ……」

「衣織は耳たぶも弱いよな。こんな風にすぐにとろんとした顔をするだろ。他はどうかな……。セックスの前に、衣織の気持ちいいところを、もっと探しておきたいな。……さぁ、まずは、後ろからいこうか」

風太郎の掌《てのひら》に導かれるまま、衣織はソファの上でうつ伏せになった。ゆったりとしたサイズだから、狭くはない。だけど、これから何をされるのかと思うと、期待と羞恥でつい身体が縮こまってしまう。

「リラックスして……。大丈夫、これも恋人同士の大切なスキンシップだ。お互いの気持ちいいところをわかり合っていれば、もっといいセックスが出来るだろう？」

「う、うん……。あっ……」

風太郎の唇が、衣織のうなじに触れる。舌先が髪の毛の生え際をなぞった後、ゆっくりと背中に下りていく。

「綺麗な背中だ……。すべすべしてて、舌触りも抜群だな」

右の肩甲骨をぺろりと舐められ、一瞬身体がソファから浮き上がった。後ろを向いているから、彼の動きが見えない。

次はどこにキスをされるのか——。そんな事を考えるうち、自然と呼吸が乱れてくる。いっそ、目を閉じていた方が、より一層風太郎を感じられるかもしれない——

「ん、ぁ……」

風太郎のキスが、背骨の上を通るくぼみに移った。そして、そこにキスを落としながら、掌《てのひら》でわき腹を軽く撫で回してくる。くすぐったいわけではないけれど、身体が勝手にくねくねと動いてしまう。吐息が漏れる中、彼の唇が衣織の腰にあるえくぼの上で止まった。

「ひんっ……」

くぼみを丁寧に舐められ、思わず甘い声を上げる。

「ヴィーナスのえくぼ……。ここも衣織の性感帯かな？」

掌でお尻を捏《こ》ねられ、えくぼの縁《ふち》を軽く噛まれた。

「あ、ぁ……、んっ！　風太郎……っ……」

跳ねた腰を風太郎の右腕にすくわれ、いつの間にか腰を天井に突き上げるような格好になってしまった。彼の歯列が、衣織の左の尻肉を齧《かじ》った。

（ちょっと待って！）

そんな格好をしたら、恥ずかしい部分が全部見えてしまう――

「やだやだっ……、恥ずかしいっ……！」

恥ずかしさのあまり、ふるふると腰を振って風太郎の腕を逃れる。

「っと……仕方ないなぁ。まぁ、今の仕草が可愛かったから、今日はこの辺で許してやるか……。今度はもっとじっくり見せてもらうから覚悟しといて」

風太郎の艶《つや》のある声音が、衣織を従順にさせる。

風太郎はゆっくりと上体を起こし、うつ伏せた衣織の脚を挟むようにして膝立ちになった。

「衣織、すごく濡れてるだろ……。脚の間から、くちゅくちゅって、いやらしい音が聞こえてるぞ」

「やっ……、嘘っ。そんな事ないしっ……」

口では否定したけど、自分でもそこが熱く疼《うず》いているのがわかる。風太郎とこうしているだけで、どんどん蜜が溢《あふ》れてくる。まだ触れられてもいないというのに、そこが勝手にひくひくと蠢《うごめ》くのだ。

「……ほら、また。聞こえるだろ？　衣織のここ、もうびしょびしょになってエッチな音を立ててる」

「ち、違うっ！　音なんか聞こえないっ……。それに、エッチなのは風太郎でしょっ……」

怒った声を出そうとしたけど、なぜか拗《す》ねたような声にしかならない。

「ふぅん？　だったら、見せて。ほら、こうやって、両方の掌で自分でお尻を――」

風太郎は、衣織の掌をお尻の上に置いた。そして、その上に自分の手を重ねて、ぐっと外側に押し広げてくる。

しっとりと濡れた花房が開かれ、またしても秘部が露《あら》わになり、風太郎の目下に晒《さら》されてしまう。

「きゃっ！　や、やだっ！　風太郎のエッチ！　意地悪のサディスト！」

衣織はそう叫び、慌てて身体を捻《ひね》り、仰向けになる。

「うーん、また逃げられたか。せっかくいい眺めだったのに……。俺、どうも衣織のお尻フェチになったみたいだ。まぁ、こっちも同じくらい魅力的だけどな」

声だけ聞いていたら、半分ふざけた風に聞こえていたのに、対峙した風太郎の顔は至って真面目で、この上なく官能的だ。

そんな表情を目の当《ま》たりにして、衣織は声を失ってしまった。

まさか、自分の大きすぎるお尻が、風太郎を魅了する日が来るとは――

衣織は、あんぐりと口を開けたまま、風太郎を見つめた。そんな衣織を前に、風太郎はゆったりと微笑む。

「衣織……、俺達、もう本当の恋人同士なんだな。嬉しいよ……まるで夢みたいだ」

風太郎は、衣織の唇にそっと口付ける。

「この二ヶ月の間に、何度も衣織の夢を見たよ。よっぽど衣織が恋しかったんだろうな……」

「夢……？」

乳房を愛撫され、軽く喘《あえ》ぎながら衣織が呟《つぶや》く。

「ああ。夢の中の衣織は、いつも笑ってたよ。俺、嬉しくってさ。衣織が夢に出てくるたびに衣織とっつかまえて、キスして――」

「う、嘘……、ぁんっ……！」

風太郎の口の中で、衣織の胸の先がとろけた。くるくると舌で回され、上顎《うわあご》と舌で挟み込まれた状態でちゅくちゅくと吸われる。

「本当だよ。何度もこうやって衣織の身体を舐め回したし、エッチもしまくったよ。だけど、所詮夢だ。目が覚めた時の空《むな》しさったらなかった。――けど、やっと想いが叶った。衣織……もう絶対に誰にも渡さない……。頭のてっぺんからつま先まで、全部俺のものにしていい？」

風太郎は上目遣いをして微笑む。途端に、衣織の心臓が痛いほど高鳴り、泣きたくなるほどの愛しさが込み上げてきた。そんな風に言われて、首を縦に振らないなんて無理に決まっている。

「いいよ。全部あげる……。その代わり、私も欲しいな……風太郎の全部……」

それを聞いた風太郎は、嬉しそうに白い歯を見せて笑った。

「もちろんいいよ。その代わり、責任持って可愛がってやってくれよ。……よし、じゃあお互い、相手のものって事でいいよな。衣織、俺を受け入れてくれてありがとう。本当に嬉しいよ……」

風太郎の言葉に、思わず涙が込み上げてきた。

「お礼を言わなきゃいけないのは、私の方だよ。冴《さ》えなかった私をずっと好きでいてくれてありがとう。こんな私の、願いを叶えてくれてありがとう。私……ぁ、あふっ……ッ!」

突然全身が仰け反ってしまったのは、風太郎がいきなり衣織の脚の間に舌先を埋めてきたから。

「ひ、ぁんっ……!　や……、ふうたろ……っ、は、ぁっ……!」

大きく脚を広げさせられ、硬く尖《とが》らせた舌で蜜孔の中を暴き、捏《こ》ね回してくる。まるでセックスをしているみたいに、全身が火照《ほて》り、唇からは嬌声《きょうせい》が零《こぼ》れ落ちる。

身を起こし、貪《むさぼ》るようなキスをしながら、風太郎は勃起した自身に薄いゴムを被せた。熱く反り返った彼自身が、衣織の中に入ってくる。そして蜜をまといながら、一気に最奥まで突き進んだ。

「あァッ!　アンッ……、あ、あぁッ……!」

あまりの衝撃に、衣織は彼の背中にしがみつき爪を立てた。仰け反った顎《あご》を風太郎の舌が追いかけ、上下する胸の先を指先で緩《ゆる》く押しつぶしては捻《ひね》ってくる。

「やあ……、あンッ……、ぁあ……」

生まれたままの姿で大きく脚を広げ、彼を受け入れている事に震えるほどの愉悦を感じる。

「……好き……!　風太郎が、大好き……」

「衣織……っ」

彼のものが一気に衣織の中で硬さを増した。衣織の中を甘く苛《さいな》んだまま、風太郎は衣織を抱きかかえるようにして立ち上がる。

「ふうたろ……っ……？　あっ！」

風太郎がベッドルームへと一歩進むごとに、彼の切っ先が衣織の蜜壁の奥を擦り上げる。

「ひあぁっ……！」

衣織の身体が、風太郎の腕の中でビクリと痙攣《けいれん》した。彼の首筋に回した腕が激しく震える。衣織を見る彼の顔に、とろけるような微笑が浮かんだ。

「ベッドに行く前にイかせちゃったな。衣織……すっごく可愛い。もう二、三回イかせてもいい？」

「ばっ……馬鹿っ！」

顔を赤く染めた衣織が責めても、風太郎は笑ったままだ。ベッドに倒れこんだ二人は、もうすっかり暗くなったベッドルームで、お互いの身体をきつく抱きしめ合ってキスを重ねた。彼の唇が徐々に下がっていき、硬く尖《とが》る胸の先をちゅっと吸い上げる。

「いゃ……あ、んっ……、んっ……！」

びくりと仰け反った衣織の身体を、風太郎はそっと抱き起こした。そして、一度抜けた熱い塊《かたまり》を、衣織の蜜孔の入り口に押し当てる。

「ひっ……！　あぁっ！　ぁあ……！」

二人の重なった脚の間から、じゅぷん、という卑猥《ひわい》な音が聞こえてきた。再び最奥まで入り込んだ風太郎のペニスが、容赦なく衣織の身体を突き上げてくる。

「衣織……、すごくエロい……。もう、我慢出来ない」

風太郎の腰の動きが、徐々に激しくなる。激しく腰を動かし始めた。

「んっ！　……ん、……ンッ……！」

「中、すごく気持ちいいよ……」

まるで獣のように互いの淫欲を混じり合わせる。

身体中を愛撫してくれる風太郎を見つめているうち、彼がもっと欲しくてたまらなくなってしまった。

「風太郎……、私も、したい……。風太郎がしてくれるような事、私も風太郎にしたいの」

衣織の言葉に、風太郎は驚きの表情を浮かべた。

言っている先から、恥ずかしくて目の奥がジンとなる。

「どうしたらいいかわからないし、上手く出来ないかも……。でも、したいの。いい……？」

きっと、泣きべそをかいたような顔をしているに違いない。そんな衣織を、風太郎は愛しそうに抱きしめ、額《ひたい》に音を立ててキスをした。

「いいよ。衣織がしたいようにしてみて——」

そう囁《ささや》いた風太郎は、ベッドの上に仰向けになって衣織を手招きする。風太郎の肩に手を置き、自分から彼の唇にキスをしてみた。その途端、もっと彼が欲しくなって、呼吸まで乱れだす。

そしておずおずと彼の唇に舌を差し入れ、待ち受けていた甘い舌先を、唇の中に誘い込んだ。

風太郎の掌《てのひら》が、衣織のヒップラインをゆるゆると撫でる。それを合図にして、衣織は彼の唇から胸元へとキスを移動させた。

「衣織……すごくセクシーだよ……。お尻——もっと上げてごらん」

言われるまま、膝を立ててお尻を高く掲げた。

「あぁ、たまんないな……、すごくエッチだ。もう一人俺がいれば、こうしていながら後ろから衣織をたっぷりと可愛がってあげられるのに……」

「ふ、風太郎が二人っ……？」

彼の言葉に、思わず顔を上げて風太郎を見つめた。そんな贅沢すぎる状況を想像しただけでも、頭がくらくらする。

恥ずかしさを堪《こら》えながらも、思い切って彼の猛《たけ》りに視線を移した。

初めて間近に見る男性器に、衣織は全身の血が逆流するほどの欲望を感じる。呼吸がとんでもなく乱れる中、衣織は目の前にある彼の自身にそっと唇を寄せた。そして、くっきりとした曲線を描く先端を舌の先でなぞっていく。

衣織の髪を撫でていた彼の手が、ピクリと震える。

唇に感じる彼の熱が、たまらなく愛おしい――。誰にも渡したくない、自分だけの宝物だ。

「衣織……無理しなくていいよ？」

風太郎が、くぐもった声でそう呟《つぶや》く。それを聞いた衣織は、緩《ゆる》く頭を振った。

「無理なんかしてない……。もっとしたい、続けていい――？」

風太郎は、返事をする代わりに、衣織の頭に置いた掌《てのひら》にほんの少し力を込める。

衣織の唇が、風太郎の切っ先を含んだ。そして、徐々にそれを口の中に招き入れては、咥《くわ》えきれないほどの太さをした彼のものを、ただ必死に舐め上げる。

「……ッ……」

頭の上で、風太郎の呻《うめ》き声が聞こえた。それがだんだんと荒い息づかいに変わって、熱い塊《かたまり》に浮かぶ血管が太さを増す。それを目にすると、彼が気持ちよくなっている事がわかり嬉しくなる。

もっと舌を絡めようとしたところ、突然身体が反転し、ベッドの上に仰向けに寝かされてしまった。

「風太郎っ……、まだ途中……っ」

衣織の懇願に、風太郎は困った顔をして首を横に振った。

「今日はこれが限界。続きはまた次の機会に……な？　今度は俺の番だ。衣織の中に入って、めちゃくちゃに掻き回してやりたい。……いいか？」

返事をしようとする唇に噛み付くようなキスをし、風太郎は、衣織の太ももを大きく開いた。

「ぁ……ッ……」

小さく悲鳴を上げると、風太郎は喉を鳴らし、衣織の上に覆いかぶさってくる。

「衣織、好きだ……。衣織の全部が愛おしくてたまらない……。愛してるよ、衣織」

風太郎の猛りが、衣織の濡れた蜜孔の中に沈んだ。

「あぁっ……！　私も……、私も、愛してる……、ぁ、あん……！」

嬌声《きょうせい》と共に衣織の目から涙が溢《あふ》れ出した。涙で歪む視界の向こうに、風太郎の微笑んだ顔が揺らめいている。

彼の肩に腕を回し、腰に脚を絡め、全身で風太郎の動きに意識を集中させた。

もう少しの距離も我慢出来ないほど、風太郎を欲している。

「もう絶対に離さないで……」

繰り返される甘いキスと、心を通わせた二人の愛に満ち溢れたセックス。

何度上り詰めても足りずに、二人はお互いに疲れ果てるまで身体を貪《むさぼ》り合った。

◆◆◆

いつまでも長引いていた暑い日が鳴りを潜《ひそ》めて、初秋の風が吹く日曜の朝。衣織は自宅のキッチンでコーヒーを淹《い》れていた。

この部屋で暮らし始めて、およそ五年と半年。いろいろな思い出が詰まったここでの生活もあと少しだ。大家さんはいい人だし住み心地も抜群けれど、引っ越しをする事にしたのだ。

荷物が増えて手狭になったという事もあるが、もうひとつの理由は、空港で風太郎に告白を受けて以来、マスコミに衣織という恋人の存在を知られてしまった事にある。実名やはっきりと個人が特定出来る写真こそ出なかったが、風太郎がこれを機に一緒に住もうと提案してきた。外で頻繁《ひんぱん》に会うと、いつ衣織の事を突きとめられるかわからないからだ。

それにあたって、お互いの両親には了解を得た。もう子供ではないのだからと、双方とも温かく見守ってくれている。

他にも、親しい人には何人か事情を話した。

『衣織さんったら、びっくりしましたよぉ！』

　空港で想いを伝え合った三日後のランチタイムに、ロッカールームで衣織に飛びついてきたのは京香だ。彼女は、あの日会社に突然やってきた風太郎に仰天したものの、彼の様子からどうやら自分が恋のキューピッドの役目を担《にな》った事に気付いたのだという。

『風太郎さん、衣織さんをどうしても引き止めなきゃいけないって言ってました。もう、すっごくドラマチックで！　私、つい衣織さんが副社長とそのままアトランタに旅立っちゃう、みたいな勘違いをさせてしまって……すいません』

　二人を無事引き合わせてくれた恩もあって、京香にはある程度の顛末《てんまつ》は話した。それを聞いて彼女は目を丸くして驚いたものの、心から祝福してくれたのだ。

　朋美には、風太郎と正式に付き合いだした後に、一連の出来事を話した。

『衣織ったら、いつの間に！』

　最大級に驚いた朋美は、高校当時と同窓会の時の記憶を掘り起こしながら、衣織を質問攻めにした。

『道理でここまで変わったわけだ。やっぱ男だったたか。しかも、相手が風太郎だとはねぇ。なるほど～。な～るほどねぇぇ～』

　さんざん冷やかされた挙句、いつ式を挙げるのだのなんだのと突っ込まれて、ほとほと参ってしまった。

真里菜には、カウンセリングの時にすでに『恋人』として紹介していたので、そのままにしてある。

その彼女から、今日は『Freesia』主催のプライベートパーティに招待されていた。

再来月オープンする二号店のオープニング祝いも兼ねているらしく、設楽親子も来るらしい。

風太郎はといえば、裸のままベッドに寝転がっている。

「ほら、もう起きなきゃ。パーティに遅れたら、真里菜さんに叱られちゃうでしょ」

「んー……、わかったよ。さすが優秀な秘書だなぁ」

衣織の言葉に、風太郎は諦めたように立ち上がって、ハンガーに掛けていたジャケットを手にした。すると、その拍子に胸ポケットにあった白いチーフが、ぽろりと床に落ちてしまう。

風太郎が拾い上げたそれを見て、衣織は声を上げた。

「それ、私のガーターリングでしょ？　返してもらうの忘れてた」

このガーターリングは、以前風太郎が預かっていたものだ。

手を伸ばしたものの、風太郎はひょいとそれを衣織の手の届かないところまで持ち上げてしまう。

「ちょっと、返して」

「駄目。これは想い出の品として、記念にもらっておく」

風太郎の勝手な言い分に、衣織は眉をひそめた。もう一度手を伸ばすと、風太郎は更に高くそれを掲げて、ぷらぷらと振ってみせる。

「何言ってるの。片方じゃ使えないでしょ」

頬を膨らませ、衣織は反論する。

「衣織こそ何言ってるんだ、他に使い道がある事くらい、とっくに知ってるだろ？　なんなら教えてやろうか？　太もも、手首、それ以外にも使える場所があるって——」

思わせぶりな彼の言葉に、つい首を縦に振ってしまいそうになるが、なんとか踏みとどまる。

「そ、その手には乗らないんだからね！　ほら、早く返してったら」

衣織はガーターベルトを取り返そうと、もう一度背伸びをした。すると、いきなり膝をすくわれ、お姫様抱っこをされてしまう。

「なっ……、なに？　いきなり」

じたばたと脚を動かすが、一向に下ろしてくれる気配がない。

「返してあげてもいいけど、その前にひとつ言っておきたい事がある」

「う、うん」

「衣織、覚えてるか？　カウンセラーをやるって決めた時、俺が衣織を幸せにしてあげるって約束した事」

「え？　うん、もちろん覚えてるよ」

そんな大切な言葉、忘れるわけがない。

あの時は、まさかこんな展開になるとは思いもしなかったけれど。

「あれ、実は一生をかけた約束のつもりで言ったんだよ。カウンセラーとクライエントとしてだけじゃなくて、一人の男と女として。愛してるよ、衣織。これからも俺とずっと一緒に――」

と、その時、テーブルの上に置いた衣織のスマートフォンが、着信音を奏《かな》で、すぐに留守番電話に切り替わった。

『もしもし～！　私よ、真里菜で～す。さっきから風太郎の携帯に電話してるけど、ちっとも出ないのよね。大方、マナーモードにしたままどこかでイチャついてるんだろうな～と思って、衣織ちゃんに電話してま～す。お邪魔しちゃったならごめんね～』

「わっ！　ま、真里菜さんっ？」

あまりのタイミングに驚き、咄嗟《とっさ》に風太郎の首にしがみつく。

『風太郎、頼んでたシャンパン、あれ、もう二本ばかり追加してもらえる？　味見したら、思いの外美味《ほかおい》しくって。じゃ、そういう事でよろしく～』

通話が途切れて、部屋に不通音が鳴り響いた。

風太郎の顔を見ると、明らかに不機嫌そうな顔で電話を睨みつけている。

「ふ、風太郎、すごく怖い顔してるよ……」

「真里菜のやつ、どんだけ間が悪いんだよ……」

そう言いながら、風太郎はちょっと乱暴にキスしてきた。そして、そのままくるりと一回転して、ようやく衣織を床に下ろす。

「仕方ない、続きは帰ってからだ。衣織、今夜は俺んちに泊まれるんだろ?」

「えっと、まだ荷物の整理が終わってないし、あさってはごみの日だし――」

「そんなのまた今度にしたらいいだろ。これ以上おあずけを食らわせると……すごい事になるぞ」

風太郎が、わざと怖い顔をして衣織を威嚇《いかく》してくる。

風太郎の言葉の意味を理解した途端、衣織の頬が火照《ほて》った。

「はいはい、わかりました。泊まります。その代わり、来週は荷造り手伝ってもらうからね」

唇を尖《とが》らせ不満そうに言うが、もちろんまったく嫌がってなんかいない。それに、こうやって折れたほうが、これ以上風太郎の文句が出ないのだ。最近になって、やっと恋人とのうまい付き合い方がわかってきた。

これも、風太郎の恋愛カウンセリングのおかげかもしれない――

いや、もしかして、この状態もカウンセリングのうちなのだろうか。

いずれにせよ、心地いい事に変わりはない。

それにしても、風太郎の言う『続き』とはどんなものになるんだろう。それを思うと、つい顔がにやけてしまう――

「ん？　何にやついてるんだ？」

「な、何でもないよ……って、私、そんなににやついてた？」

「ああ、ものすごくにやついてた。時代劇の悪代官並みににやついてたぞ」

「あ！　ひどーい！　そんなに悪くないよ！」

そんな軽口を叩きながら準備をすませ、車に乗り込んでパーティ会場へと向かう。

着替えは向こうに用意してあるので、二人ともいたってラフな格好だ。

窓から空を見れば、外は抜けるような青空だった。

「いい天気だな。明日も晴れたら、また虹ヶ崎公園にチョコアイス食べに行ってみようか」

「うん、賛成！」

二人が初めてデートした場所の事は、きっと一生忘れられない。

これからも、たくさんの『初めて』を風太郎と一緒に迎えていくんだろう――

「家に帰り着いたら、絶対スマホの電源は落としてやる……」

運転をしながら、ぶつぶつと独り言を言う風太郎が愛しい。

誰にも邪魔されない二人だけの時間は、きっと共に歩く未来に続いている。

書き下ろし番外編

不埒な恋愛カウンセラー、母校に帰る

高校を卒業して、九年目の秋。風太郎は母校である「慶和高等学校」を訪れていた。

「風太郎、もうそろそろ出番だぞ」

バスケット部の先輩で、母校の数学教師をしている岡《おか》が風太郎に声をかける。

風太郎は今日明日と行われる学祭に招待され、恋愛に関するトークショーを開催する事になっているのだ。

「はい、わかりました」

窓際に置かれたソファから腰を上げると、風太郎は大きく背伸びをした。

「おお、頑張れよ、風太郎。みんなお前が来てくれるのを心底楽しみにしていたんだから」

肩をポンと叩いてきたのは、高校二年生の時に担任だった英語教師だ。学生の頃頻繁《ひんぱん》に訪れていた職員室には、今も何人か当時の恩師が残っている。

「はい、任せてください。せっかくこうして呼んでもらったんですから、精一杯期待に応えてきます」

岡とともに職員室を出て、体育館に向かう。廊下で会った生徒に握手を求められ、その都度対応する。

「おい、お前ら～。握手だと時間がかかってしょうがない。風太郎に触りたいやつは全員ハイタッチにしとけよ～」

岡に言われ、その場にいた全員が廊下の端に一列に並んだ。その前を通る風太郎は、テンポよく挙げられた掌《てのひら》とハイタッチをする。

渡り廊下を通りすぎ、体育館に入った。待ち構えていた生徒達が歓声を上げて風太郎を拍手とともに迎え入れる。

壇上の隅で待ち構えているのは、トークショーを企画した生徒会会長の女子生徒だ。彼女とは事前にあった打ち合わせの時に顔を合わせているが、その時に聞いた話によると、ついこの間までバスケット部のマネージャーも務めていたらしい。

風太郎の部活の後輩でもある彼女は、目下同級生であり英語研究会に所属する男子生徒に片想い中だという。

『彼、すごく真面目で奥手なんです。オマケにすっごく鈍感で、私が一生懸命アプローチしてるのに、まるで気づかないんですよ～。でも、そんなところも可愛いって思っちゃうんです。ずーっと見つめていたいって思うし、彼の事本当に大好きなんです！　でも、あと少しで卒業だし、春からもう会えなくなっちゃうと思うと悲しくって――』

まるで俺と衣織の逆バージョンだな――。

雑談をしているときに聞かされた女子生徒の話は、風太郎にかつての自分達の恋を思い出させた。

館内の真ん中に設置された通路を歩く途中で、幾多の掌《てのひら》とハイタッチを交わした。

壇上に続く階段を上り切ると、風太郎はうしろを振り返って館内にいる大勢の生徒を見回す。

再び、わっと歓声が上がり、男女入り乱れた学生達が一斉に風太郎を見る。

向けられた視線は期待に満ち満ちており、そこにいる全員が「恋愛」というものに大いに関心を持っているのだと窺《うかが》い知る事が出来た。

館内の後方では、数人の教師が興奮気味の生徒達の様子を見守っている。その横に、やや遠慮がちに佇《たたず》んでいる女性が一人。風太郎は、その人を見つけるなり大きく手を振って声を張り上げる。

「おーい、衣織！　こっちおいで！」

風太郎の視線の先には、秋色のツーピースを着た衣織がいる。それまで前を向いていた生徒達が、一斉にうしろを向いてざわつきだす。驚いた様子で固まっている衣織を、近くにいた岡が壇上に案内する。

「ほら、行っといで！」

岡に背中を押され、衣織が壇上に続く階段を上ってきた。

「ちょっともう、風太郎ったら！　急に呼ぶなんて……そんな打ち合わせとか、してないでしょ！」

階段を一段上がるごとに、衣織の眉尻が下がっていく。いくら学祭という小規模のイベントとはいえ、慣れないシチュエーションにビビリまくっているという感じだ。

「衣織は俺の横にいてくれるだけでいいから」

「そ、そんな事言われても……」

壇上に上がった衣織を、風太郎が自分の横に誘導する。館内に集まった全員が固唾《かたず》を呑んで事の成り行きを見守るなか、風太郎が余裕の笑みを浮かべ、再び口を開く。

「慶和高校の生徒諸君！　はじめまして、佐々木風太郎です。今日は学祭にお招きいただきありがとうございます。まずは僕と僕の婚約者であり、慶和高校の同級生でもある笹岡衣織さんを紹介させてください――」

「えーっ!?　佐々木風太郎の彼女？」

「へえ！　あれが空港でスクープ写真撮られた彼女って事か？　結構可愛くね？」

「うそぉ！　やっぱ彼女いたんだ～！　なんかショック～！　でも、うちの卒業生なら許せるかも～！」

ゴシップ好きの生徒達が、にわかにざわつきだす。

館内が大いに盛り上がるなか、風太郎はマイクに向かって二人の馴れ初めを簡単に語り始める。

いつの間にか始まっていたトークショーのなかで、風太郎は恋愛に関するノウハウをいくつか披露した。その他にも恋愛と勉強の板挟みになる事によって発生するジレンマの対処法や恋をする事の素晴らしさを語り、その都度会場を沸かせた。

いつの間にかスタートしていた風太郎のトークショーは、話すほどに十二分な盛り上がりを見せる。

衣織はといえば、終始恥ずかしそうにしながらも、この場の雰囲気を心から楽しんでいる様子だ。

ひとしきり話し終わると、生徒会長の指揮のもと風太郎への質疑応答が始まった。

挙手をして名指しされた生徒達が、順次質問や悩み事を口にする。そのなかの一人だったテニス部の男子生徒が「告白したいけど勇気がない」と言う。

「ふぅん、そうか。ちなみに、君が告白したい相手って、今ここにいる人かな？」

風太郎が問うと、男子生徒は大きく頷《うなず》いて「はい」と答えた。

「じゃあ、もしそうしたいと思うなら今ここで告白するか？　その人の事が本当に好きなら、結果がどうであれ伝えたほうがいいと思う。言わないで後々後悔するより、当たって砕けろ、だ。僕自身、もし高校生の時に告白していたら、ここにいる女性ともっと早く恋人同士になれていた。同窓会で再会するまで八年――そんなに長い間待つ必要がなかったんだ」

他の高校に好きな男子がいる――衣織がその場しのぎについた嘘が、風太郎との距離を広げさせた。

壇上の二人が見つめ合うと、生徒達が次々に冷やかしの声を上げる。

「よし、じゃあ今から告白したいと思う生徒は壇上に集まれ！」

風太郎の声をきっかけに、十数人の生徒達が体育館の前に集まりだす。

「生徒会長、君はどうする？」

風太郎が声をかけると、生徒会長は頬を赤くして一歩前に進み出る。

「よし、集まったな。君達の勇気には感服するよ」

風太郎が拍手をすると、彼らを見守る全員がそれにならう。

それから始まった告白大会は、トークショーの持ち時間いっぱいまで続けられたのだった。


学祭が終わり、二人は連れ立って自宅マンションに帰った。それぞれに着替えを終え、リビングのソファに並んで腰を下ろす。

「お疲れ様、風太郎。トークショー大成功だったね」

「ああ、衣織もお疲れ様。急に引っ張り出して悪かったな。だけど、大勢の後輩が体育館に集まっているのを見て、急に衣織を紹介したくなったんだ」

「いきなりだったから、驚いたよ！　でも、みんな祝福してくれたし、結果的によかったかも」

衣織が照れ臭そうに笑うと、颪太郎もほっとしたような笑みを見せる。

芸能人ではないものの、イケメン恋愛カウンセラーとしてマスコミから動向を注目されている颪太郎だ。空港での一幕があってからというもの、いつ衣織の素性がマスコミに知られてもおかしくない状態になってしまっている。時折マンションの近くで見かけるパパラッチもどきのカメラマンとも、そろそろ決別したい。今回の事が、二人の関係を公にするいいきっかけになればと思う。

「それにしても、あんなに告白したいっていう子がいるなんて、びっくりした～。今時《いまどき》の高校生って、もっとドライなのかと思ってたよ」

告白した生徒は、結局全部で二十五人にも及んだ。そして、幸いなことにそのうちの半数以上の者が告白をした相手に承諾の返事をもらえた。

「颪太郎、はじめから告白タイムを設けようって思ってたの？」

「いや、質疑応答の時、テニス部の男子が『告白したいけれど勇気がない』って言ったのを聞いたからだ。壇上でも言ったとおり、昔の俺みたいに伝えるべき事を伝えないいまま卒業してほしくなかったからね」

「そっか。……懐かしいなぁ、高校時代……。みんなの告白、初々しかったな。特に、生徒会長の告白――『好きだから、付き合って！　お願い！』って。あれ、ものすごく直球だったけど、気持ちがドーンと伝わってきて、なんだか見ているだけで胸がキュンとしちゃった」

「そうだな。生徒会長には、特に上手くいってほしかったから、よかったよ」

生徒会長達の部活動については、壇上にいた時に説明してある。事情を知った衣織は、まるで自分の事のように緊張した様子で生徒会長の告白の結果を見守っていた。

「うん、ほんとよかった……。生徒会長、頑張った甲斐あったね」

衣織が感じ入ったように呟《つぶや》き、二人はしばらくの間、ただ黙ってそれぞれの想い出に浸っていた。

風太郎は、衣織の頭をそっと抱き寄せて髪の毛に頬ずりをする。そして、卒業式当日の事を思い出して小さくため息を吐いた。

（あの時、衣織と『じゃあまたな』って言って別れたんだよな……）

本当は気持ちを伝えたかったのに、結局は出来ずじまいだった自分のヘタレっぷりを今でも恨めしく思う。

「――ねえ、風太郎！」

衣織が突然立ち上がり、風太郎の目の前に立った。その顔は、いつになく赤く上気しており、瞳には真剣な色が浮かんでいる。

「ど、どうした？」

風太郎は少なからず驚いて衣織を見た。

「うん……あのね……。私も、ちゃんと告白しようと思って……。風太郎は空港で私に好きだって言ってくれたよね。だけど、私はまだ自分から風太郎に告白出来てないから……。高校生の時からずっとそうしたいと思っていたのに、出来ずじまいになっちゃってる。だから……」

衣織が恥ずかしそうに言いよどむ。その姿が可愛すぎて、風太郎は思わず立ち上がって彼女を抱きしめたくなってしまう。

「そうか」

風太郎は頷《うなず》き、自らも腰を上げて衣織の前に立った。

短く深呼吸をすると、衣織が意を決したような顔をして風太郎を見る。

「……ふ……風……ううん、佐々木風太郎さん。私は、高校一年生の時からあなたの事が好きです。いつだって人に優しくて、かっこよくて人気者で……。高校の三年間、あなたをずーっと見つめ続けていました。本当に本当に好きだったし、今も大好き……。私、一生あなたのそばにいたい。……風太郎、愛してる……。どうか、この気持ちを受け取ってください」

衣織が風太郎を見つめながら、おずおずと右手を差し出す。上目がちになっている眼差しが愛おしすぎて、風太郎は瞬きもせず衣織の顔を見つめ返した。

「ありがとう、衣織。俺も衣織の事が大好きだ。愛してるよ、衣織……。ずっとそばにいてくれ」

風太郎は衣織の手を握り、そのまま彼女の身体を引き寄せてきつく抱きしめる。

「最高の告白だよ、衣織。ぐっときたし、ヤバいくらい惚れ直した。衣織、可愛すぎるぞ……。ちょっともう、ほんと、いろいろとヤバすぎて限界ギリギリだ――」

最後のほうは、自分でもなにを言っているのかわからないくらい頭に血が上っていた。

風太郎は改めて自分を見上げている衣織の顔に見入った。そして、何度触っても触り足りないと思う彼女の双臀に右掌《てのひら》を添え、そこを丹念に撫でさする。

「えっ？　ちょっ……ふ、ふうたろ――ん、んっ……」

驚いてうろたえる衣織を腕の中に抱き上げると、風太郎は目の前の唇をキスで塞いだ。

そして、大股でベッドルームに向かい、一晩中衣織に愛を囁《ささや》き続けるのだった。

アパレル企業の総務部で働く丸山《まるやま》里美《さとみ》は、何故か昔から存在感がとても希薄で、“総務部の幽霊さん”とあだ名されるほど。そんな里美が、自分とは正反対の華やかで人目を引く、勤め先の社長・健吾《けんご》に告白された！　一時の気まぐれだろうと思う里美。でも、健吾のほうは本気も本気、里美に甘く迫ってきて……!?

B6判　定価：本体640円＋税　ISBN 978-4-434-25250-1

〜大人のための恋愛小説レーベル〜

ETERNITY
エタニティブックス

四六判
定価：本体1200円+税

エタニティブックス・赤

野獣な獣医

有允《ゆういん》ひろみ

装丁イラスト／佐々木りん

ペットのカメを診察してもらうために、動物病院に行った沙良。そこにいたのは、野獣系のイケメン獣医!? 彼によると、カメには毎日の通院か入院治療が必要だという。時間も資金もないため途方に暮れていると、彼が「うちで住み込みで働かないか」と提案してきて!?

四六判
定価：本体1200円+税

エタニティブックス・赤

恋に落ちた コンシェルジュ

有允《ゆういん》ひろみ

装丁イラスト／芦原モカ

彩乃がコンシェルジュとして働くホテルに、ベストセラー旅行記の作者・桜庭雄一が泊まりにきた！ しかも、なぜか彩乃は彼の専属コンシェルジュに指名されてしまう。仕事だと言って、彼から告げられる数々のリクエストは、だんだんアブナイ内容になってきて……!?

※エタニティブックスは大人の女性のための恋愛小説レーベルです。ロゴマークの色で性描写の有無を判断することができます（赤・一定以上の性描写あり、ロゼ・性描写あり、白・性描写なし）。

詳しくはアルファポリスにてご確認下さい

http://www.alphapolis.co.jp/

携帯サイトはこちらから！

エタニティ文庫

叶わない恋だと思ってた

エタニティ文庫・赤

blue moonに恋をして

桜《さくら》 朱《しゅ》理《り》　　装丁イラスト／幸村佳苗

文庫本／定価：本体 640 円＋税

日本経済界の若き帝王の秘書を務める夏澄。傍にいられればそれだけでよかったのに、ある日彼と一夜を共にしてしまう。想いが溢れ出し、報われない恋に耐え切れなくなった彼女は、退職を決意。するとそれを伝えた途端に彼の態度が豹変し、二人の関係が動き出した── !?

※エタニティブックスは大人の女性のための恋愛小説レーベルです。ロゴマークの色で性描写の有無を判断することができます（赤・一定以上の性描写あり、ロゼ・性描写あり、白・性描写なし）。

詳しくは公式サイトにてご確認ください。
http://www.eternity-books.com/

携帯サイトはこちらから！

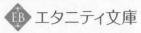

エタニティ文庫

イケメン課長は我慢できない!!

エタニティ文庫・赤

愛されてアブノーマル

柳月《りゅうげつ》ほたる　　装丁イラスト／絲原ようじ

文庫本／定価：本体640円+税

上司の真山課長に片想い中の奈津。女性社員達の憧れの的である彼にアタックする勇気なんて持てない……。そう思っていたところ、とある事件をきっかけに二人は急接近し、めでたく恋人同士に発展。舞い上がる奈津だけれど――次の瞬間、彼の〝かなり〟特殊な性癖が発覚して!?

※エタニティブックスは大人の女性のための恋愛小説レーベルです。ロゴマークの色で性描写の有無を判断することができます(赤・一定以上の性描写あり、ロゼ・性描写あり、白・性描写なし)。

詳しくは公式サイトにてご確認ください。
http://www.eternity-books.com/

携帯サイトはこちらから!

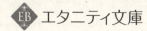

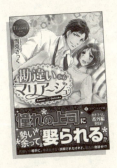

本書は、2016年6月当社より単行本として刊行されたものを文庫化したものです。


この作品に対する皆様のご意見・ご感想をお待ちしております。

おハガキ・お手紙は以下の宛先にお送りください。

【宛先】

〒150-6005 東京都渋谷区恵比寿4-20-3 恵比寿ｶﾞｰﾃﾞﾝﾌﾟﾚｲｽﾀﾜｰ 5F
(株) アルファポリス　書籍感想係

メールフォームでのご意見・ご感想は右のＱＲコードから、
あるいは以下のワードで検索をかけてください。

アルファポリス　書籍の感想　検索

ご感想はこちらから

エタニティ文庫

不埒《ふらち》な恋愛《れんあい》カウンセラー

有允《ゆういん》ひろみ

2019年5月15日初版発行

文庫編集－熊澤菜々子・宮田可南子
編集長－塙 綾子
発行者－梶本雄介
発行所－株式会社アルファポリス
〒150-6005 東京都渋谷区恵比寿4-20-3 恵比寿ｶﾞｰﾃﾞﾝﾌﾟﾚｲｽﾀﾜｰ5F
TEL 03-6277-1601（営業）　03-6277-1602（編集）
URL http://www.alphapolis.co.jp/
発売元－株式会社星雲社
〒112-0005 東京都文京区水道1-3-30
TEL 03-3868-3275
装丁イラスト－浅島ヨシユキ
装丁デザイン－ansyyqdesign
印刷－株式会社暁印刷

価格はカバーに表示されてあります。

落丁乱丁の場合はアルファポリスまでご連絡ください。

送料は小社負担でお取り替えします。


ISBN978-4-434-25884-8 C0193